2020 "善德武陵杯"

全国微小说精品集

《作家文摘》报社
中国微型小说（小小说）创作基地
武陵区纪委监委
武陵区文联
———— 编

中国市场出版社
China Market Press
·北京·

图书在版编目（CIP）数据

2020"善德武陵杯"全国微小说精品集 /《作家文摘》报社等编. — 北京：中国市场出版社有限公司，2021.6

ISBN 978-7-5092-2060-3

Ⅰ.①2… Ⅱ.①作… Ⅲ.①小小说 – 小说集 – 中国 – 当代 Ⅳ.①I247.82

中国版本图书馆 CIP 数据核字(2021)第 089889 号

2020"善德武陵杯"全国微小说精品集
2020 "SHANDE-WULING BEI" QUANGUO WEIXIAOSHUO JINGPINJI

编　　者：	《作家文摘》报社　中国微型小说（小小说）创作基地　武陵区纪委监委　武陵区文联
责任编辑：	张再青（632096378@qq.com）
出版发行：	中国市场出版社
社　　址：	北京市西城区月坛北小街 2 号院 3 号楼（100837）
电　　话：	（010）68024335/68034118/68021338/68022950
经　　销：	新华书店
印　　刷：	成都兴怡包装装潢有限公司
规　　格：	145mm×210mm　32 开本
印　　张：	12.5　　　　字　　数：300 千字
版　　次：	2021 年 6 月第 1 版　印　次：2021 年 6 月第 1 次印刷
书　　号：	ISBN 978-7-5092-2060-3
定　　价：	68.00 元

版权所有　侵权必究　　　印装差错　负责调换

序一

文化自觉、文化自信与善德精神

中共常德市武陵区委书记　莫汉桃

文化自觉是对文化的自我觉醒、自我反思和理性审视，是指生活在一定文化历史圈子中的主体对自己的文化应该具有的自知之明，既清楚其优势，也认识其不足，同时还广泛地了解甚至熟知其他文化，并处理好本土文化与其他文化的关系。文化自觉的主体既可以是个人，也可以是共同体，如民族、国家、政党、团体等。我们今天所说的文化自觉，是指在马克思主义指导下和在中国共产党的领导下，对中华文化的组成要素和总体构成，对中华文化的历史、现在和未来所作的全面、客观的分析和认识，是对中华传统文化积极因素和消极因素的辩证分析与科学认识。

《中华世纪坛序》云："文明圣火，千古未绝者，唯我无双；和天地并存，与日月同光。"文化自信是主体对自身文化的认同、肯定和坚守。文化自信来源于历史深处，泱泱大汉，煌煌盛唐，这些盛世虽湮没于历史的大河中,留给人们的却是深深扎根在民族灵魂深处的文化记忆。当沉睡千年的曾侯乙编钟再次奏响乐章时,当唐诗宋词被世界各国传颂时,我们就会充满对中华文化的高度自信。这自信发展于千百载的演变,形成于中华民族的胸襟气度。费孝通先生曾提出"各美其美,美人之美,美美与共,天下大同"的观点,从春秋战国诸子百家争鸣,到近代中国大家频出激烈讨论,终于在中国共产党领导下"以古人之规矩,开自己之生面",形成中国特色社会主义文化,不断坚定文化自信。

一个民族需要有民族精神,一座城市同样需要有城市精神。常德是善德文化发祥地,底蕴深厚,气息浓烈,作为新时期武陵人我们应尽力开发之,尽心弘扬之。善卷两拒帝位,三次遁逸于湘西北蛮荒之地设坛传经讲学,教化乡民,一扫"信神弄鬼、好巫喜傩、粗鄙无礼"之风,使之"人气和柔",成为"守节礼仪之国",更兼其日出而作,日落而息,春耕秋收,在大宇宙和小宇宙之中逍遥自得。善卷在禅让文化、道家文化、释家文化、儒家文化,尤其是中华民族"立"的精神等方面的影响很大,是华夏文化的重要源头之一。

善德文化作为中华文明史和优秀民族传统文化的重要组成部分,在其发展过程中不断与荆楚文化和湖湘文化甚至北方文化相碰撞、相融汇,形成了当下最具地方特色又最具影响力的文化现象之一。作为今天的武陵人,我们就是要挖掘善德文化发祥地的深广内涵,探寻善德文化源头,厘清其发展脉络,使其服务于当前武陵的文化建设,并给中国道德文化建设注入新鲜血液。

为有力推动新时期道德文化建设,提高文化自觉,坚定文化自信,武陵区连续出版《"善德武陵杯"全国微小说精品集》。文集所选作品皆围绕弘扬中华传统道德文化这一主旨,题材新颖,内容丰富,构思精巧,堪为当下全国"善德"微小说之代表作。这一举措不仅是为武陵区也是为全国道德文化建设添砖加瓦,为促进中国乃至世界微小说的发展繁荣贡献力量。

习近平总书记高瞻远瞩地指出:"没有高度的文化自信,没有文化的繁荣兴盛,就没有中华民族伟大复兴。"我们一定要牢记并践行之。

序二

临去秋波那一转
——微小说中的微妙转折

《小说选刊》副主编　顾建平

文学作品不能以篇幅长短论品质高下，这应该算是共识。但是优秀长篇小说关于社会、人生的信息含量高于中篇小说、短篇小说、微小说，这也是不争的事实。我们无法想象一个终身写作微小说的人会获得诺贝尔文学奖。中篇小说、短篇小说、微小说除了篇幅长度以外，有没有文体本身的特点，使它区别于其他长度的小说，因而也体现自身的存在价值？具体到微小说，自身有没有文体特点，使它区别于长篇小说、中短篇小说，区别于社会新闻、《故事会》和《龙门阵》上的作品，区别于饭桌段子和俏皮幽默？明确这一点十分重要。

中国古代的"小说"概念，跟现代小说的概念完全不同，它可能是朝政秘辛，民间传闻，或者鬼怪传奇故事，仅仅满足读者的好奇心。如《汉书·艺文志》里所说的："小说家者流，盖出于稗官，街谈巷语，道听途说者之所造也。"唐宋传奇中有一些篇章，明清文言小说里的一些作品，有头有尾有故事有转折的，接近我们今天所说的微小说或者微型小说、小小说。《聊斋志异》和《子不语》都是文笔俊俏的文言作品，其中有不少鬼怪故事只是采录于民间，作为扪虱闲谈的掌故，作者加以润色创作，才成为一篇完整的作品。袁枚撰《子不语》，只是才子的游戏遣兴之作，他也知道这在封建王朝是不登大雅之堂的，所以径直借"子不语怪力乱神"之意而命名。

作为谈资的奇闻趣事与小说的区别，主要在结构和意蕴。小说的篇幅再小，哪怕千字以内，起、承、转这个过程还是要完成的。而小说之精魂，就在最后那一转。普通的故事结束了，也就完了，而小说要有余味有余音，要耐琢磨，或者说得冠冕堂皇一些——要有意义。

在短篇小说和微小说中，因为其篇幅短，结尾需要一个意料之外、情理之中的转折产生触动人心的效果。这样的例子很多。文学爱好者熟知的法国小说家莫泊桑的《项链》，美国小说家欧亨利的《麦琪的礼物》，都是文学课堂上著名的范例。

明末清初的文学家李渔的词学理论著作《窥词管见》里有这样一句话："盖主司之取舍，全定于终篇之一刻，临去秋波那一转，未有不令人销魂欲绝者也。"用来评价微小说结构特点，最恰当不过。

2020"善德武陵杯"全国微小说精品奖获得一等奖的三篇作品，可以作为例子来谈谈"临去秋波这一转"，即微小说中的微妙转折。

王炬《老脸》中的老马，本来安安生生过着退休的日子，因为老罗换假肢的事引起内心不平衡，在女儿、女婿的怂恿下，起诉原来的厂子，要求巨额赔偿。工会主席上门求情，老马不为所动。事情的转变是老车间主任老于上了门，几句话一顿酒就让老马改了主意撤了诉。这篇小说的细腻之处在于老马的态度转变过程写得非常微妙，老于不按常理出牌，一上来就用当年的气势压住老马，接着又用调侃讽刺，让老马觉得理亏心虚，最后又用老哥俩喝酒叙旧的方式，彻底瓦解老马的斗志。标题上的"老脸"，既是老马沾上油墨渗入肌肤绿了二十年的老脸，也是老于倚老卖老快刀斩乱麻的这张老脸。

安谅的《一品食享》写的是老同学约会聚餐，先是介绍餐馆，介绍同学，同学之间互相逗乐打趣，在一派温馨热闹之中，问题出现了：服务员上错了一道汤，老同学们本想将错就错，没想到服务员撤走这道汤，换上了原先点的那道。饭吃完了，事情没完。戏剧性转折发生在几天之后，当事人遇到一位老朋友，也是那天在一品食享另桌吃饭的，才恍然明白，那天他们喝的也是别人喝过的汤。

结尾这一转折，它的难度在于不仅要转出新意，还要转出合理性。要合乎生活的常态，合乎人之常情，但事情的变化又是意外，常言所谓"意料之外，情理之中"。我们平素读到的许多微小说作品，要么根本没有转折，平平淡淡不起不伏像一篇小散文，要么转得牵强生硬，不合情不合理，失去了可信度，整个故事也由此坍塌。

张晓林的《道士曹若虚》写得古意盎然。小说先写主人公曹若虚如何医术精湛，又如何潇洒出尘，接着写了他年轻时的爱情故事，心上人的早逝也是他求道学医的缘由。如果仅仅写到这里，内容足够丰富，但意蕴不足，故事还收不住尾。小说又加了一段，老年的曹若虚好像已被世人遗忘，他想做的事已经无能为力，他活在人世间如同活在一个梦中。这结尾不是急转弯的情节转折，也不是情非得已的态度转折，而是今非昔比的氛围转折，足以让读者感慨唏嘘。

微小说的结尾转折，有情节性很强的急转，比如《一品食享》，读者看完还得回头再看看前文，方才确信。也有《老脸》这样的慢转，还有《道士曹若虚》这样的微转。这也如同山路行车，急转惊险刺激，但容易翻车。慢转和微转，亮点多在人物心态与故事氛围的变化，幽微之处耐人寻味。

中国的微型文学有着悠久的历史，并且有一个强大的传统，有些文体，比如诗与词，在中古时期以后的中国文学中占有最大的比重。微小说在中国文学史上也是源远流长，在融汇现代小说观念之后，成了一个独立而成熟的文体，但在中国当代文学界微小说也一直是被主流话语所轻视甚至忽视的文体。直到最近一届鲁迅文学奖，冯骥才的微小说集《俗世奇人》获奖，才算为这个文体撑了一下腰杆。

而智能手机的广泛普及，又为短诗、微小说提供了最便捷的传播途径，也大大拓宽了它们的生存空间。有许多写作者加入微小说创作者行列，微小说作品的数量也骤然增长。我相信大多数新入行的微小说创作者都是因为钟爱这一文体，但其中相当一部分作者，他们的选择是基于一个错误的观念，即认为微小说容易创作，容易成功。其实大为不然。一篇优秀的微小说在结构上、遣词造句上所花的心思功夫，往往要超过一个中篇小说。

微小说结尾的转折，无论情节性强的急转，还是情节性稍弱的慢转或微转，都因为小说总体篇幅有限，腾挪空间不大，"螺蛳壳里做道场"，非常考验作者的细密谨慎。翻空出奇很困难，合理性不容易解决，所以微小说套路化的作品很多，出产次品的比例也大。微小说就像旧体诗的律诗绝句一样，五言七言四句八句，每字每句都要斟酌，容不得冗词冗句，更容不得多余的枝蔓。

微小说不宜多写。我建议专业写微小说的朋友们，适当写一些短篇小说甚至中篇小说，体会一下放开篇幅限制之后，小说的起承转合是怎样一种状态。由长入短，心中有大局观，知道何处该简化何处该省略。微小说不是中短篇小说的缩写或故事梗概，在中篇小说中需要做的交代或者描写，在微小说中往往应该省略，但在核心部分，它的细腻具体丝毫不弱于中篇小说。

相较于长篇小说、中篇小说，微小说有它独特的艺术规律，存在另一种技术难度。创作者应该对此保持敬畏，多花一些心力研究它的奥妙之处，让微小说在当代文学的百花园中大放异彩。

目录 contents

一等奖

001　老脸　/ 王　炬

009　一品食享　/ 安　谅

012　道士曹若虚　/ 张晓林

二等奖

016　鸟医　/ 聂鑫森

020　追逃　/ 戴　希

023　赶庙会　/ 王　往

027　兔冢　/ 鲁兴华

030　手　/ 天　晴

034　让座　/ 津子围

038　晚秋　/ 孟丰敏

三等奖

041　胡瑞鹤　/ 伍中正

045　舞美老孟　/ 刘立勤

049　灭毒　/ 孙春平

053　风筝　/ 白小川

056　世事　/ 刘　浪

061　月夜　/ 李胜志

064　心窗　/ 李春华

068　颠倒　/ 柴亚娟

072　魔术师　/ 蔡中锋

075　避雨的蓖麻仙儿　/ 王彦艳

入围佳作

078　书法大师刘二蒙　/ 王金石

082　煤油饭　/ 江　岸

085　明天升起的，不是今天的太阳　/ 莫小谈

089　老戏骨　/ 张中杰

092　老人和牛　/ 王　宇

096　鱼霸自述　/ 段金林

099	古玉·古盘·古砚	/ 陆涛声
110	修行	/ 谭成举
116	万寿山	/ 艾克拜尔·米吉提
123	逆行者	/ 蔡中锋
126	爱心菜	/ 侯发山
130	人在他乡	/ 欧阳华丽
134	因果	/ 张晓玲
137	忆一场爱情	/ 许心龙
141	家常	/ 罗光成
146	喜大姐	/ 唐波清
149	送穷	/ 黄大刚
153	黑羊白汤	/ 赵文辉
157	上不了桌面的桌面事	/ 刘 浪
162	丢失	/ 李伶伶
165	李光平的豆腐	/ 尤秀玲
169	寻找英雄	/ 海 华
172	暖流	/ 朱士元
176	无价的捐赠	/ 罗甜姣
178	投资	/ 贺小波
180	有一天发生的事	/ 秦 俑

184 拾鹿角 / 申 平

188 孟勐的远方 / 徐建英

191 抓药 / 莫小谈

196 疙瘩的幸福之路 / 李利军

199 重点工程 / 贺妙忠

202 谷婆婆与麦面粑粑 / 李尧隆

205 强娃 / 田光明

208 相约爱琴海 / 贾荣勤

211 战士石 / 超 侠

216 一串念珠 / 金 狐

220 凤凰涅槃 / 袁金泉

223 长康伯 / 岑燮钧

227 鸟又飞回来了 / 京格格

231 悔棋 / 赵淑萍

235 一生很长 / 高淑霞

238 马老 / 三 石

241 天漏 / 周东明

246 中医大夫 / 代应坤

249 小医生 / 贾 文

253 撒手锏 / 范子平

257	摇摇床	/ 王溱
261	柳暗花明	/ 戴希
265	听取民意	/ 鲁芦
268	大湖	/ 蒋冬梅
272	变通记	/ 徐慧芬
275	一号工程	/ 蒋泥
282	岁月无痕	/ 刘泷
286	橘色	/ 春明
290	关系	/ 邢庆杰
293	假钞	/ 海波
297	闲章	/ 曾立力
301	小板凳	/ 陈光
304	就等你来说	/ 曾宪涛
308	鸡抱窝	/ 江明
312	心安	/ 柴亚娟
316	价值	/ 砌步者
320	赵七爷	/ 蒋育亮
323	牡丹富贵图	/ 部爱巧
326	军功马	/ 申平
330	碎壶	/ 班琳丽

334	千年一镜	/ 朱士元
338	丁忧	/ 相裕亭
342	拉锁事件	/ 柳　林
346	一碗方便面	/ 源　泉
350	安顺娘	/ 修祥明
354	归去来兮	/ 戴　希
357	远去的驼鹿	/ 蒋冬梅
361	浸染鸟音的碰瓷	/ 甘克明
365	家	/ 侯发山
369	捏"疙瘩"	/ 滕敦太
373	大雪过后	/ 尤秀玲
377	别样的父爱	/ 段金林
380	煮长寿面的小偷	/ 黄　扬

附　录

382　2020"善德武陵杯"·全国微小说精品奖获奖名单
384　2020"善德武陵杯"·全国微小说精品奖终评委名单

一等奖

老　脸
王　炬

事情是由老罗的假肢引起的。

二十年前，东光油墨厂发生大火，老罗被砸断了腿，装上了假肢，当时受伤了四五个人，老罗伤得最重，当然装假肢的钱是厂子里出的。老马也是伤者之一，在抢救那些油墨时，有一桶油墨爆炸了，一团燃烧的油墨飞到老马的脸上，把老马的脸上、脖子上各烧焦了一大片。当时老马也住了院，住院费当然是单位掏的，在当时，有老罗的腿比着，大家都有点庆幸自己比老罗伤得轻，伤稍一见好，又回车间上班了。但老马的脸上、脖子上却有一块绿色的伤疤，医生说，油墨进肉里了，如果想那绿色掉了，一是等着吸收，再一个就是剜掉脸上的肉，把屁股上的肉贴上去。

脖子上的伤疤老马不在乎，但脸上的疤却总是折磨人。老马照镜子，看自己右脸颊有一块绿色，有点烦，但把脸上肉剜掉，换上屁股的肉，老马觉得更是不妥。老马说："等着吸收吧！"

当年，因为老马带伤复工的行为鼓舞了很多人，老马还被评为劳模，厂子里记了个一等功，在厂内部道路上，老马的照片和很多劳模的照片挂在路旁电杆上，老马当时那带伤的脸，看上去有一种别样的震撼，很多人走到照片底下，都会驻足观望很久。

转眼二十年过去了，老马退休了，老伴儿也没了，但脸上的绿却没有丝毫吸收。老马慢慢习惯了，可是街上的孩子一见他就跑，喊着"妖怪来了"，尤其是他的外孙，根本不让他抱，一见他就哇哇哭，搞得老马很不爽，但也无奈。老马已经七十了，还能怎么样？

如果不是老罗换假肢的事引出一些事，老马这脸就这么下去了。

事情是这样的：老罗的假肢当初是厂子给装的，二十年了，假肢不好用了，老罗要换假肢。老罗的儿女给老罗联系了德国奥拓博克假肢，一条腿四十多万。

四十多万，老罗哪里换得起？据说是红光油墨公司出钱换的。

红光油墨公司，就是当初的油墨厂，现在发展得不错，说是要上市。

老罗当初砸断了腿，换了假肢，十年以后，假肢升级，企业又给他换了大品牌假肢，这是很自然的事，记者把这件事当正能量新闻发表在本地晚报上，可以说这件事为红光油墨公司添了正彩。

老马开始觉得老罗那么惨，别说换了个德国假肢，就算换条金腿，也值得人同情。

但老马的女儿、女婿却在这件事中看到了另外的东西。

他们对老马说："老罗换假肢，花了四十多万，老爸你脸成这样，是不是找他们要点补偿？"

老马说："找谁说理去？按规定，我这点伤构不成伤残，连掉一截小指头都比不上，我这叫轻伤。况且，当初为这点轻伤，给我长了一级工资,我还要啥补偿?再说,这么多年过去了,领导都退了,找谁?"

女婿说:"你还没争取就先自怂了,你不去争取怎么知道要不上?虽说您不是伤残,但顶着这张脸,生活有多不方便,精神有多痛苦,这份精神损失费是可以主张的呀!"

老马早听说过精神损失费这回事,但从来没想到自己也应该有精神损失费。一时也想不明白,自己的精神损失了多少,该朝厂里要多少钱?

不过,老马倒是存了心,打听当初那些受伤的工友,一打听,他还真有点不平衡。原来,凡当初断胳膊断脚的,甚至切掉一个手指头的,厂子都进行了一次慰问,有多有少,有三五万的,也有大几千的,唯独没人来慰问自己。

老马这下真不平衡了,他跑到公司人事部,问这次补偿慰问为何没有自己。那个年轻姑娘倒是客气,搬出一个"企业工伤人员名簿",认真地翻,最后说:"伤残名单里没有你哪!"

老马火一下子蹿上来,指着自己脸上的大绿疤,吼道:"我这块疤,不属于伤残?"把小姑娘吓得直抖。又来了老一点的,认识老马,说没办法,您的脸,按规定,定不上伤残。

老马说想见见公司领导,人家说,公司领导开会,公司要上市,国内国外地飞,忙得很,不可能见得到。

老马又喊:"他们掉个小脚指头,都是重伤残,我的脸这样一块疤,不算伤残?什么道理?"

老马喊了一会儿,没人理他,老马也没趣,回家了。

回家跟女儿女婿一说,两人说,没用,你找他们没用,你得让他们找你,让他们找你就好说了。

怎样才能让他们找我？老马问。

告！告公司啊，提出巨额赔偿，他们肯定来找你，女婿说。

老马默许了。

女婿本来就是学法律的，在市里一家律所上班，说干就干，找来他的同事。那个律师大概是头一次玩这样的案子，比较兴奋，先来笔录老马的材料，说最好有点实际的证据。

"还要什么证据，我脸上、脖子上的疤不是证据？"老马说。

"最好还有别的什么，比如生活上的损失啦，由此带来的不便啦，再就业的影响啦什么的。"

"那可多了去了。"老马说。老马就说起来自己老伴儿死后，他多次想找个后老伴儿，介绍几个，人家一看他那脸，都不干了，尤其是他高中有个女同学，叫陈二女，也是死了老伴儿，电话里谈得挺热乎，结果一见面，陈二女大惊失色，说你怎么这样了？他又讲，自己的外孙，一见他就喊他妖怪，影响了他的天伦之乐……

那律师说："够了，咱起诉标的得高点！"

"多少？"老马问。

律师说："一千万如何？"

老马吓了一跳，律师又说一千万美金！老马的心有点抖。自己的这张脸，能值这么多钱？

律师说："咱先申请财产保全，封了公司账号，防止到时拿不上钱。"

老马觉得有点害怕，告自己原来的企业，而且这么高的赔偿，他一时拿不定主意。女婿说，律师没要老马诉讼费，人家是风险代理，百分之四十的代理费，就是说，只要打赢了官司，人家律所拿走百分之四十，如果输了，律所就白玩儿。

老马犹豫了几天，后来架不住女婿坚持，还是签了委托代理书。

律师动作很专业，很快，人家找到了老马当年留在厂医院的病历，又找见了当初老马的工友，这些人都作证，老马当年被火烧伤了脸，留下了油墨的印痕。

这官司还真立案了，由于标的比较大，是市中院立的案。

果然，收到传票的第二天，红光油墨公司就派人来了，来的是公司工会的高德松副主席，还有一个年轻人，高德松五十多岁了，也算是公司老人。他一来就跟老马套近乎，问他咋想的，咋把公司给告了，又说公司对大家不薄啊。

老马说："你们对别人不薄，待我薄，我这张妖怪脸，二十多年了，有人管吗？"不知为啥，老马心里发虚。

年轻人看了一眼他，扑哧笑了。

老马有点恼。

高副主席看了年轻人一眼，年轻人不笑了。

高副主席说："有什么要求？能不能不打官司？你知道，现在是咱公司上市的关键时刻，一旦打官司，就会推迟上市时间。"

老马说："你说得轻松，你一句话我就不打官司了？哪有那好事。再说，我现在领退休金和原来企业也没啥关系了，我不怕你们给我穿小鞋。"

二人又磨蹭了半天，老马女儿女婿闻讯赶来了，制止了这番对话，说没必要扯这些闲话，走程序就行了。高副主席很无奈，走了。

第二天，工会高副主席又来了，不过这回他身后又跟着另一个人，那个人坐着轮椅，是红光油墨厂的前车间主任于宝辰，他得了严重的脉管炎走不了路，只能靠轮椅行走。据说他这病，也和多年生产有关。油墨厂的水啊，油啊，影响了他下肢的血管。

老马一见他来了，赶紧上前招呼，问："老主任你的腿怎样？"不料，老于主任开口就说："腿是不行了，但脸还在。"

老马听出来他损自己，讪笑道："您的脸当然在，我的脸谁管过？"

老于主任眯起眼，看他："你的脸在哪儿呢，我怎么看不见？当初你的脸上挂着彩，你的照片挂在厂路上，我看见那脸像个英雄。今天我来看，看不见当初的脸了，啥也看不见了，你的脸在哪儿呢？"

这个于主任，当年训人就这样连损带骂，谁都怕他，今天在老马家客厅里，声若洪钟，老马还是有点怕他。凭理性，老马觉得不该怕他，但不知为啥，还是怕。

"你个绿头龟，他妈的闹啥？想出名还是想干啥？退休了不好好过日子，折腾什么？"

绿头龟是老马受伤后起的绰号，是车间老帮菜互骂的绰号，车间这帮老家伙，总是嬉笑怒骂，一见面不骂是不说话的，也只有互骂才见亲昵。

老马一听他骂自己绿龟头，心一下子就热了，眼眶一下子湿了，多少年没人这样骂他了。

"你个鱼头饼，鱼头泡饼。"老马笑着回骂。于主任外号叫鱼头饼，但这是他第一次当面叫于主任外号，当初人们一般是背地里叫，当面没人敢叫。

老于也没有生气的样子，笑道："你们几个屌人，别看十年没见，你们的屌毛病我全记着，二老盔、白狐狸、红眼猫，大家都老老实实过日子，你爹什么刺？"

"没爹刺，没爹刺。"老马在老车间主任面前还是气虚。

"那你就是被人利用了，人家律师想出名，想挣钱，找官司打，咱这么大岁数了，可不能让人家利用了，官司打赢打输，咱们这脸往哪儿放？"

老马说："你们有脸，我哪有脸？我这脸，二十多年了，谁管过？我不能这样子去进棺材见老伴儿吧？"

老于说："别找这个理由说事，说穿了不就是闹钱吗？人家说，坏人变老了，你要当坏人，讹企业点钱。你这脸上有块绿，脸还叫个脸，你这么一闹，脸全没了。反正我们这些老家伙不让你，你不能退休了就祸害厂子。当初你是怎么保护它的？不是泼了命保护它的吗？现在这是咋了，又豁上命祸害它。你知道，你制造这个新闻，网上一炒作，咱企业上市的事又拖了。再说，打官司你敢保能赢吗？另外，咱是什么人，咱是对不起国家对不起厂子的人吗？你当年是劳模，现在做鬼畜。我这病拖不了几年，肯定先走，到时候咱地下见吧！"

老马说："你又欺负我，你欺负我半辈子了，至少我也去美美容，做个手术，换个脸。"

老于说："我欺负你，别瞎闹，撤案，瞎整啥，丢人不？让人笑话。快死的人了，还要整丑？现在你脸上有一块绿，再整下去，脸全是绿的。你换脸？换了脸，谁认得你？将来我到了地下，就凭你脸上这块绿找你喝酒呢！"

老马挣扎说："那我这块绿咋办？"

老于说："这块绿，证明咱厂油墨质量好，二十年了，不掉色。"

老马说："你又欺负我，又欺负我。有这样说话的吗？当初你豪横，现在你也退了，也不是主任了，还豪横！你不欺负我过不去咋地？"口气却软了。

一等奖　007

老于说:"整酒,别废话了,整酒,就在你家,喝个酒。今天喝了酒,还不定这辈子有没有机会再见了呢!"

老马会炒菜,真的乖乖去炒了几个菜。

二人喝了酒,说了话,都喝醉了。

老马真的就撤了案,这事就这么了了。后来传说,老马还为厂子立了一功。说是有个国外大客户来订货,谈了几天,谈不拢,人都要开车走了,不知怎样得到消息,老马上去了,拦住人家车,说:"我们的油墨质量有啥不放心的,看我的脸,二十年了都不掉色。"据说那个大客户很震惊,说厂子里还有这样忠诚的老工人,真不得了,往外走了十几公里,又调转车头回来,当天就签了合同。

这事不知真假。

原刊责任编辑　筱雅

【作者简介】王炬,中国作家协会会员。著有小说集《红唇》《冷眼》。曾获内蒙古自治区年度五个一工程奖、"当代汇通杯"文学奖、内蒙古自治区"索龙嘎"文学奖。

一品食享

安 谅

　　小区不远，有一家网红店，名叫一品食享，据说天天爆棚。老同学罗吴又从澳洲回来了，国庆那天，邀请我们几位老邻居加老同学聚了个餐，选的就是这家。

　　餐厅布置得相当雅致，过道和包房里摆设的收藏，不是时下顶尖的琉璃、瓷器，就是有些年代的名家古玩。包房就五六个，一层一两间，客人不太容易照面。罗吴嬉皮笑脸地说，这里隐蔽，你们这些吃饭都怕人见的"公仆"，可以放开肚子吃。明人鼻子里"哼"了一声，笑说，吃你老同学的有什么关系，只要你别摆"鸿门宴"就好！这个罗吴在澳洲做教授，平常来来回回的，还真从不找明人办什么事。罗吴说，他来这餐厅吃过一次，菜品真不错的，不信，你们今天好好品品。

　　冷菜六碟，一上桌就夺人眼球。少而精致，色彩搭配考究，摆放颇具艺术气息，味道也不赖。大家啧啧赞叹。罗吴教授得意了，说，我说可以吧。我的鼻子特别灵，我在网上看见，特意来品尝过。

"你就是一个馋猫呀，馋猫鼻子尖呀!"明人一说，罗吴和在座的几位老同学都呵呵大笑起来。

"这个，我问一句，价格老贵的吧?"老 A 说，"我是工薪阶层，每月工资都上交老婆的，我说实话哦。"同学老 B 也插言道："我是个体炒股户，眼下股市不景气，我也想问一句，这家店，不斩人吧?"

"哪里哪里，这家店价格还讲得过去，告诉你们，请老同学吃这点东西，真是毛毛雨啦!"罗吴教授笑嘻嘻地说道，场面也就愈发热烈起来。

这时上了菜，托着盘子的服务生，把位菜逐个放在各位面前，是汤盅，热乎乎的，像是瑶柱汤。明人用汤勺舀了一勺，送至嘴边，缓缓地尝了一口，不烫，挺鲜美，随即，他把这勺汤喝了下去。看见老 A 用自己的筷子撩了一块虾肉，放在嘴巴里嚼着，那神情也是美滋滋的。罗吴客气，是最后一位上菜的，服务员还没给到他。他笑着问："味道不错吧?"明人他们纷纷点头。

从外面匆匆走进一位服务生，也托着盘子，上边是与他们一样白色镶金边的汤盅。两位服务员咬了咬耳朵，先进来的服务员连忙打招呼，哟，送错了，不好意思，你们是这个。她指了指后边的服务员手上的托盘，开始收回已搁在桌上的那些汤盅。明人说："哎呀，我们都吃过了。"老 A 也说："是呀，都动过了。"服务员迟疑了一会儿。罗吴说，要不就把这汤放这儿吧，算我们点的。另一位服务员向旁边的那位使了个眼色，那位服务员就连忙说道："哦，他们那边也在催促了。"说完，又要端起明人眼前的那盅汤。明人想阻拦，又觉得一时说不出什么话儿，眼见着一盅盅汤被收回，另一盅盅汤被搁桌上了。打开盖子，确实不是同样的汤。罗吴点的更好，老A脱口而出了："佛跳墙呀，你想让我们大补呀！"

大家又恢复了刚才的气氛。想想不对，明人说道："我们都动过了，再给人家，不靠谱吧。"罗吴说："别管他，反正不是他们尝了再给我们的。这汤究竟如何，够得上一品吧？"

老A、老B都嘴里嚼着东西，声音含混："是一品，是一品。"明人被他们感染，也咀嚼起了一只软而不腻的海参。

几日后，明人又碰上一位老朋友，也是一个饕餮之徒。明人和他聊起刚去过的一品食享，说这家店去品尝过吗？大众点评也不错。

那位老友说："我去了，菜品倒是不差，可店德绝对下品。"

"这怎么说？"明人疑惑。

"那天国庆，我们点的是瑶柱汤，他们却送来了佛跳墙。我们都吃了几口了，他们却说送错了。本想将错就错，让他们店赔的，却硬从我们嘴上夺下了。我们只能催他们把我们点的快送上！"

他又说："幸亏是我们占了便宜，不然另一桌吃了我们的，不就惨了吗？"

明人翻了翻眼皮，忽然感到一阵恶心。

原刊责任编辑　赵美

【作者简介】安谅，本名闵师林，上海人。中国作家协会会员，经济学博士。20世纪80年代开始在省市级以上报刊发表各类文学作品，并出版著作三十余部，曾获《萌芽》报告文学奖、冰心散文奖等数十种奖项。

道士曹若虚

张晓林

曹若虚虽说是个道士,可他不喜欢穿灰色的袍子,而是喜欢穿碧色的。这种颜色的布料不容易买得到,多为他私下浆染,染法也并不复杂。他在院子里种了一大片的靛花,等天下雨了,隔夜将靛花里储存的雨水一朵一朵地折进陶瓯中,澄去尘埃,就可以用来染布了。

这种碧色,曹若虚叫它天水碧。

曹若虚的脾气很大,平时不爱搭理人,总是躲着人走路。但熟悉他的人都知道,这个道士还是挺古道热肠的。譬如,周围的人若有事求到他,无论当时他在忙活着什么,都会停下手来,尽心去满足你的所求。

当然,这多是针对这个道士的医术而言。在坊间,人们背地里都叫他"曹一针"。

据传,曹若虚已深得针灸妙术之精微。

有这样一件事,在汴京街巷曾广为流传。朱仙镇有一个寡妇,经媒婆说合,又嫁了一户人家,喝过合卺酒,进到芙蓉帐内,正要宽衣解带,这个妇人忽然头一歪,断气了。

这家人感到很晦气。

到天明,妇人的娘家人也来了,商量后事该怎么办。可娘家大嫂一摸妇人的胸口,惊叫一声:"这里还暖!"有人就急说:"快叫曹一针来。"

于是请来了曹若虚。

曹若虚让大家站得远一点,拉开床帐,对着妇人凝视良久,取出银针,一针扎进妇人的头颅。众人大声惊呼。呼声还未落地,妇人却已醒转过来。

更多的日子,曹若虚会躲在道观里谢绝一切来访。把院门从里面插得牢牢的。往往是插上后还不放心,走两步,再折回去摸一摸,看插紧没有。回到屋内,再放下窗帘,脱去天水碧道袍,坐在桌子前,燃上蜡烛,开始著一本名叫《述异志》的书。

这本书充满了奇思妙想和严谨的哲学思辨,然而又不玄奥与虚夸,多与人们常见的事物相关。其中他谈到了人的自身。人身上的水沟穴,处在口鼻之间,俗称人中。人中就是人体的天地之中,天有五气,都由鼻孔来承受;地有五味,都由口舌去品尝。还有一点很有趣,人身共九窍,人中以上为双数,人中以下却为单数。奇怪!

他还发现了鸟与兽的重大差别,竟然与尿尿有关。它们一个有尿而另一个则无。有尿的是兽,无尿的是鸟。

他从道家的哲学观点出发对这一奇怪的现象进行了解释。鸟翱翔于天,为阳;兽爬行于地,属阴。阴数无始,无上,所以兽没有翅膀;阳数无终,无下,所以鸟禽都缺了尿这东西。

道家哲学的精髓,归纳起来就是阴阳学说。

每逢写出一段满意的文字，他都会放下笔来，拿起黑白相间的羽毛扇，眯起眼睛，轻轻地摇着，随后陷入对往事的遐想之中。

年轻的时候，曹若虚醉心科考，曾借住在大相国寺隔壁的一处院子里，读子曰诗云，梦想着一朝能够金榜题名。这户院子的主人姓谢，坊间都喊他谢员外，家中很有钱。

除了有钱外，谢员外还有一个女儿，豆蔻年纪，绝色，会作诗。但她作诗，大都是作了前两句，后面的就作不出来了。

曹若虚问她："胡不终篇？"

谢小姐回答他的依然是两句诗："无奈情丝缠绕，至两句思迷不继。"

曹若虚疯狂地爱上了这个小姐。他直接去向谢员外求亲，谢员外满脸的不屑："我谢家的女儿，要嫁的是公卿。"

"你这是在害谢小姐啊！"曹若虚跌足道。

"我的女儿，我怎么会害她？"

曹若虚说："你没听到过这样的谚语吗？'少女少郎，相乐不忘；少女老翁，苦乐不同。'这世上哪有少年的公卿？"

谢员外思索一阵子，说："我女儿作诗多两句，你能续得完整，让她满意，就嫁给你。"

隔一天，谢小姐作了两句诗让他续：

珠帘半床月，青竹满林风。

曹若虚很快就对出了后两句：

何事今宵景，无人解与同？

谢小姐听了续诗,脸红一红,退去了。谢员外却捉住了他的手,连说:"真是天生我婿!"就把谢小姐嫁给了他。

往往到这里,他的遐想就结束了。因为后来谢小姐患病死掉了,他当了道士,并且开始学针灸之术。

道士曹若虚已经很老了。现在,他即使不再插道观的院门,也已经没人来打搅他了。他认识的人好像都从这个世间消失了,无影无踪了。他幻想着有人会推开道观的柴门,请他给患病的人去针灸,但是,他很快就否定了这一想法,因为他的手已经颤抖得拿不住银针了。

"世间再无曹一针。"他悲哀地说。

他的《述异志》还没有完稿。也难得有满意的著述了,因为他常把所叙述的对象搞混。即便偶尔有满意的了,拿起已黑白不分的羽毛扇,想摇上几摇,可是,"啪"的一响,扇子掉在了地上。

曹若虚没有什么反应。他发出了轻轻的鼾声。

原刊责任编辑　鲁微

【作者简介】张晓林,开封市政协常委、文化文史委副主任。中国作家协会会员。《大观》杂志社社长、主编。有作品被《小说选刊》《长江文艺·好小说》等选载。出版作品集13部。

二等奖

鸟 医

聂鑫森

  百里波已年届不惑,扎根洞庭湖绿苇滩的禽鸟救护站,不知不觉就是十年。有人问他为啥从城里来到这水天茫茫的地方,他仰天一笑说,父亲赐我姓名百里波,早判定了我的归宿。其实,他是赌气来到这里的。

  百里波是农学院牧医系毕业的,却阴差阳错被株洲一家宠物医院召邀供职,远离牧畜,专给宠物看病。后经人介绍,交女朋友微生露。第一次见面,百里波就说,你的姓名来自古诗"凉阶微生露",给人素洁而寂静的感觉。微生露浅浅一笑说,你的姓名来自"百里波上鸥"。等真正成为一家人,问题就凸显出来了。微生露有严重的洁癖,不管百里波如何勤洗澡勤换衣,她总会闻到丈夫身上的宠物气味,吃饭常会呕吐,睡觉必戴上口罩,否则通晚难眠。她曾试探着问,波,你能换个工作吗?百里波说,我学的就是这个,不治猫、狗,就去治马、牛、羊,别的我不会,怎么办?

百里波看着形销骨立的妻子,心尖痛得出血。他说,看着你遭罪,我于心不忍,我们还是分手吧!他知道这句话一直藏在妻子心里,只是不肯说,他现在说出来,又希望她能说"不"!微生露低头拭泪,我这臭毛病是与生俱来的……请你原谅。我会……记着你的好……永远望着……你。

他们办好离婚手续后,百里波看到洞庭湖绿苇滩禽鸟救护站的招聘广告,就毅然离开株洲,孤身一人去赴任,成了古诗中所说的"天地一沙鸥"。

救护站的一栋红砖青瓦平房,既是鸟医院,又是百里波的安身之处,夜夜独品孤眠滋味。单位领导和附近村民热情给他介绍过对象,他含笑婉辞,说有这么多鸟儿做伴,不孤寂。也不会拖累家人,洒脱得很。

百里波常被鸟儿的多情多义感动得眼含泪水。雄性棕头鸥,在求偶期间,不停地下水捉鱼,然后叼着鱼去献给心仪的雌鸥。百里波会油然想起微生露,她怕厨房的烟火,油盐气,他就主动学会了炒菜做饭,可惜她吃不了几口就要呕吐。

百里波救治过一只亚成体白鹤,误食了毒草几近奄奄一息。这是只雄鹤,他称它为小龙,为它清洗肠胃,灌调养的中草药汤剂,让它在这里住院三十多天。从小龙住院那天起,就有一只雌鹤在救护站周围徘徊,不时地会向天长唳。百里波猜出它是小龙的爱侣,就称它为小凤。当小龙恢复健康,走出救护站,小凤迎上前,彼此吻着对方的颈,颈又与颈反复摩挲。然后它们翩翩起舞,向百里波表示谢意,再振翅长唳几声,才恋恋不舍地飞走。

一个秋日,小凤忽然不见了。百里波在望远镜里看见小龙狂躁地东寻西找,悲唳声声,惨不忍闻。百里波也着急了,徒步在岸上各处探查，驾船到湿地去寻访，终于在一个流水湾岸边的芦苇丛中找到了小凤血肉模糊的残骸，它是被山狸子扑倒后咬死的。他不想让小龙看见小凤的尸体，便悄悄地埋了。没想到的是，苦苦寻找小凤数日的小龙，在绝望之后，飞离了这片湿地，从此再也不见踪影……

绿苇滩，成了百里波心中的净土。除了远在株洲的父母，他不想和别的什么人打交道。一年一次的探亲假，他从不选在春节这段日子。回去了也是待在家里看书，陪父母聊天，假没休完，就风风火火回到救护站。父母曾吞吞吐吐地告诉他，微生露还没成家，她每隔一段日子就会来看望他们，还要他们不要告诉百里波。儿子，你也不成家，她也不成家，你们能不能鸳鸯重温？百里波淡淡地说，二老好好保重身体，操那闲心做什么？

现代通信真是发展神速，洞庭湖的每个角落忽然有了互联网。领导让百里波建起名叫绿苇滩的网站，宣传爱鸟、护鸟、人与鸟和谐共处，还给他配备了大屏幕电脑、照相机、录音笔。百里波对这些玩意儿并不陌生，网站上图文并茂，赢得众多粉丝的点击。特别是他写的关于鸟的情感故事，让人啧啧称赞。

一天夜晚，百里波读到一个网名叫"凉阶"的人发的短文《我为什么养猫和狗》，不过寥寥数语：我从小就不喜欢猫、狗的气味，因为视它们为不洁之物，便容易产生异常的生理反应。这几年我执意养起了猫、狗，为的是根治我这可怕的洁癖，以此类推，无拘无束地去爱鸟及其他动物。文后还有两张清晰的照片：一只手拉着一个红色的塑料圈，逗引一只小狗跳了过去；膝盖上坐着一只波斯猫，悠然自在。人脸都在照片外，很艺术也很含蓄。

百里波头上忽然冒出一层汗珠子。这个"凉阶",让他想起"凉阶微生露"的诗句,他等这几句话,等这样的照片,已经等了十年!

原刊责任编辑　练彩莉　张凯

【作者简介】聂鑫森,中国作家协会会员,湖南省文史研究馆馆员,曾任湖南省作家协会副主席。出版小说集、诗集、散文随笔集、文化专著六十余部。

追 逃
戴 希

就在警方身心疲惫、一筹莫展之际，陈东从天而降，忽然向他们投案自首并对其犯罪事实供认不讳。警方惊讶不已，一时不敢相信这是真的。

据警方介绍，陈东是在一次聚众斗殴中故意杀人后潜逃的犯罪嫌疑人。

陈东潜逃后，警方一直在绞尽脑汁全力寻找他的下落：每年节假日特别是春节，警方都会去陈东家蹲点守候；对陈东的亲属、朋友和其他关系人，警方一直耐心地做工作，经常上门询问相关信息；也四处张贴悬赏通告进行通缉。在警方看来，陈东可能的藏身之处，他们都认真仔细地排查过多次……可挖地三尺，找遍全国，使出浑身解数，也是徒劳无果。一晃十六年过去，这十六年里，母亲去世，陈东没有回家；父亲走了，陈东没有现身；家中大小事情，陈东都不问不顾……陈东俨然人间蒸发了一般，没有一丁点儿蛛丝马迹。

而现在，十六年之后，二〇二〇年这个春天，陈东竟主动投案自首了！这么长的时间，他都去了哪儿？

据陈东坦白，杀人脱逃后，他通过改名换姓、漂白身份，浪迹了大半个中国。在广东的电子仪器厂、四川的家政服务公司、河南的建筑工地等多处打过工,也在新疆的"生命禁区"等人烟稀少的地方藏匿过。

陈东是洞庭湖里的麻雀吓大了胆,不仅不惊慌,还洋洋自得。

可天有不测风云。陈东怎么也没想到,春节前,新冠肺炎开始侵害国人,很快武汉封城,接着全国二十四个省份启动重大突发公共卫生事件一级响应,涵盖总人口超过十二亿。

也是人算不如天算。警方哪里料到,正当他们忧心如焚之际,就在全国进入"一级响应"后不久,犯罪嫌疑人陈东就投案自首,对其故意杀人的犯罪事实供认不讳了!

这里一定隐藏着某种玄机,警方很想解开个中谜团。

"说吧,你为什么直接向我们投案自首?你不是狡兔三窟,隐藏得很深很巧吗?"民警讯问陈东。

陈东狡黠地一笑:"这样躲猫猫都十六年了,我早已习惯,可你们一定累坏了,是不?"

"直接回答问题!"民警正色道。

"也行。"陈东很快梳理了一下思绪,"很显然,武汉我是不能去了。武汉成了重疫区,病毒感染人数最多,传染速度最快,医院床位最紧。如果感染,身体抗病力又差,容易死人的。新冠肺炎不好惹呀,武汉太凶险!湖北也不安全。"

"有头脑,接着说。"警方盯着陈东,点头。

"那么逃到湖南、广西、山东等其他地方藏匿吧,我试过,压根儿不行!这些地方都在挨家挨户、昼夜不息、逐人登记比对,小区物管一走,社区干部又来;社区干部刚转身,街道督查又到;街道督查离开了,公安民警又上门……一批一批,接踵而至,不断地询问,连续地清点,哪家还敢违法藏匿我这个陌生人?哪家又有招儿藏匿得住?"陈东叹气。

民警面露不易觉察的欣喜:"原来如此!继续说。"

陈东扫了一眼民警,又道:"我也试图以打工为掩护,同时挣点儿钱糊口。可大街小巷冷冷清清,四面八方关门闭户,没有一家企业开工,没有一个店铺营业,我无处可投,又身无分文,总不能眼睁睁地饿死吧?"

"还是保命要紧,"民警瞟一眼陈东,"好死不如赖活着。往下说。"

"躲到荒郊野岭去吧,"陈东几乎哭丧着脸,"南方阴风怒号,北方天寒地冻,不死也得脱层皮!再者,那里蝙蝠等野生动物多,万一感染了新冠肺炎,前不着村后不贴店的,不能及时得到医治,咋办?"

"怕死吧?"

"当然!我现在投案自首了,还能争取宽大处理,或许小命能保。就是坐牢吧,也能混口饭吃。"

"逃亡至今,你总算想清楚了。还有吗?"警方提示陈东。

陈东摇摇头,接着若有所思地说道:"我都投案自首了,你们就给我好好检查一下吧,看我是否感染了新冠肺炎?"

民警笑道:"不是给你量过体温吗?"

"可我听说,有些人在潜伏期体温并不升高。"陈东辩解道,"之前一直逃亡天涯,东躲西藏,天知道我接触过确诊患者没?"

民警们笑了,是那种尘埃落定之后的舒坦。

原刊责任编辑　于双慧

【作者简介】戴希,中国作家协会会员。多篇作品被《小说选刊》《散文选刊》《诗探索》等报刊转载。作品入选《新中国六十年文学大系》等多种选本。

赶庙会
王　往

　　柿村庙会在九月九。头一天，穗子爷就早早吃了饭，把十八个小板凳放在了板车上。

　　走了十多里路后，才到柿村庙会上。穗子爷将板车停在一棵大杨树下。树干上有粉笔淡淡写着"18"，这是穗子爷提前买下的位号。

　　穗子爷松开绑凳子的绳子，把它们一一摆在杨树下。

　　做好一切后，已经临近中午，赶庙会的人渐渐变少了。不过，穗子爷并不着急，凭他多年赶会的经验，午后两三点钟才是人气最旺的时候。再说了，他对自己六十多年的木匠手艺还是很自信的。

　　两三点钟时，赶庙会的人越来越多了。从青云村方向驶来的一辆农用三轮车，左弯右拐，最后停在了大杨树对面，一车厢都是黄灿灿的柿子。九月也是柿子成熟的季节。人们手里提的、嘴里吃的都是柿子，搞得庙会像是一个柿子大聚会。

　　卖柿子的也是一个老年男子，车厢前挡板处还站着一个小男孩，大概是他的孙子吧。穿着黄秋衣，小平头，两只睫毛长长的眼睛忽闪忽闪，像柿子树上机灵可爱的小鸟。柿子车停稳了，车厢里的小男孩下来了，直奔穗子爷而来。他跑到凳子旁，显然那些颜色鲜艳的凳子吸引了他的注意力。他一会儿坐坐这个凳子，一会儿坐坐那个凳子，轮流把所有凳子坐了个遍。看凳子的人越来越多，对面的老人唤小男孩，怕他耽误了穗子爷的生意。男孩站起身，恋恋不舍地看着那些凳子。

穗子爷问男孩："他是你什么人？"男孩说："爷爷。"穗子爷就向老人招了招手，说："大兄弟，让他坐在这儿吧，正好可以给这些凳子当招牌呢。"

男孩坐到中间的一只凳子上，双膝并拢，两只手摊在两边的凳子上，真像个做广告的童星。正像穗子爷说的，有小男孩做招牌，这些凳子吸引了一拨又一拨的人。人们先是被男孩的神情吸引，进而注意到了男孩坐的凳子。人们露出欣赏的神情，啧啧称赞着"不错不错，好看好看"。分不清他们是称赞小凳子还是小男孩，好像小凳子和小男孩是不可分割的。

很快，就有几个人买了穗子爷的小板凳。

这时，男孩的爷爷拿来几个柿子给穗子爷说："大兄弟，小孩子淘气，碍了你生意，我送你几个柿子吧。"

穗子爷说："大兄弟，你咋这么客气，他可没碍我生意啊。"好像为了表示男孩不淘气，穗子爷一把把男孩抱在腿上，说，"跟我孙女一般大，我可喜欢了。"

"那你就收下这几个柿子吧，自家种的，不要客气。"男孩的爷爷说完，丢下柿子，大步走向自己的车子。

穗子爷问男孩："几岁了？"

"八岁。"

"叫什么名字呢？"

"陆晓禾。"

"和我家的穗子差不多大呢。"穗子爷摸着男孩的头笑了笑，同时也后悔没带穗子来赶庙会，让她也看看热闹。

今天出发时，穗子要跟他来，穗子爷说好啊，可是老伴儿说，庙会上那么多人，走丢了怎么办，孩子爸妈回来我们怎么交代？穗子爷想想也对，就对穗子说，你跟奶奶在家玩儿吧，爷爷给你带好吃的。穗子还是哭着说，我想去庙会，我不要在家。穗子爷犹豫的当儿，老伴儿抱起穗子去了屋里……

夕阳下山了，庙会上的人开始回家了。

穗子爷带来的十八条小板凳卖完了十七条。他坐在石墩上吸着香烟看着在风里打滚的枯叶，想着要给孙女带些什么东西回去。

对面男孩家的柿子已经清空了。男孩的爷爷走了过来，跟穗子爷打着招呼。

男孩爷爷说："刚才听你说，你有孙女，怎么不带来庙会玩？"穗子爷说，"我想带来的，她奶奶不让带，怕孩子走丢了。"

男孩爷爷说："是啊，我也怕这事儿。孩子爸妈都在外打工，你说万一出啥事，我们做老人的可就……"说罢就叫着男孩："晓禾，回家啦。"

不远处的小男孩听了，跑向爷爷的车子，很快就到了两位老人身边。男孩的手里多了一大袋柿子。"这调皮鬼，你这柿子从哪来的？"爷爷问他。

男孩说："我趁你忙着做生意，偷偷藏在工具箱里的。"说完，看着自己的爷爷说："我想送给这个爷爷，让他带给穗子。"

穗子爷忙说:"不行不行,这哪能行,我自己买。"

男孩看着他为难,突然指着板车上的那个黄色小板凳说:"爷爷,你把那个小板凳送给我吧?"穗子爷突然给提醒了似的,哈哈笑着:"这孩子真是机灵,对对,我把这个小板凳给你!"说着,就拿过小板凳给了男孩,又抱歉似的说,"这个小板凳腿上磕了一点油漆,我不好意思送你哩。"

男孩爷爷说:"这怕什么,我看很漂亮,黄灿灿的。"男孩说:"就像一个熟透的柿子。"两位老人都被他逗得哈哈大笑。

穗子爷回家了,拉着空空的板车疾步走着,车把上挂着的柿子一晃一晃。他已经想好了,明天还要来庙会,而且一定要带着孙女穗子一起来,老太婆子说什么他也不听啦。

原刊责任编辑　有船

【作者简介】王往,从事文学创作多年,出版文集多部,部分作品获得过省级以上文学奖项。有作品入选《小说选刊》等。

兔　冢

鲁兴华

　　与文友聊天，文友无意间提起自己的一个闺蜜生病了，说病因让人很不解，觉得好奇我便追问了事情的原委。

　　文友说，她的闺蜜叫忆之，自小就喜欢养宠物，最后养的是一只小兔子。小兔子长着一对像剑一样的大耳朵，皮毛雪白，由此得名小白。忆之养小白之前经营着一家超市，生意不太好，但是自从养了小白后生意突然就好了，一年后便买了车换了房。

　　小白来家里的头一年，每天不论有多忙，忆之都会仔细为小白清理卫生，按时买来新鲜的菜叶，雷打不动地抱小白放风，并且逢人便说她家的好运是小白带来的。第二年，因为生意忙应酬多，很多时候小白是吃了上顿断了下顿。不规律的生活，使得小白原本胖乎乎的身体慢慢消瘦了下来，精气神也大不如前。

　　第三年春季的一天，小白好像病了，精神十分萎靡。初始生病的小白并没有引起忆之的重视，隔日，看到小白食欲不振，忆之才慌了神。她按自己的判断给喂了药，可是两天过去了，小白的病情不仅丝毫没有好转，而且身体还散发出一股难闻的气味。忆之丈夫下班回到家里，闻到屋里弥漫的臭味，十分气恼并责令忆之将小白赶快送走。一边是自己打小就喜欢饲养的小宠物，一边是丈夫，权衡再三，忆之决定将小白暂时寄养在一个朋友的果园里。

忆之的这个朋友叫张发，不仅有个果园，还经营着餐厅。隔天，忆之将小白塞进一个笼子里，然后开车来到了朋友的餐厅，说明来意后朋友立即答应，并当场叮嘱服务员一定要照看好小白。那天以后，只要有空忆之便去探望小白。每次看到旧主人，小白眼神里总会流露出一丝不舍。

三个月后的一天，忆之和丈夫在这家餐厅宴请朋友。饭毕，朋友提出要到果园里打猎，她丈夫爽快地答应了。朋友进园前，忆之脑海里突然闪过小白，便立即给张发打了个电话。朋友进园后，惊得园子里的呱呱鸡四处逃窜。忆之也去了，她紧跟在丈夫身后。他们一路走走停停，终于在园子的一个角落，发现了两只灰白相间的呱呱鸡正在觅食。看到猎物，她丈夫立即蹑手蹑脚地走到一棵大树的背后，屏住气斜着眼，然后拿起弹弓瞄准了猎物。啪的一声，受惊的两只呱呱鸡散落一地鸡毛逃跑了。弹珠会打中什么呢？带着好奇心，忆之和丈夫一同前去查看。真是难以置信，在两只呱呱鸡站立过的地方，她竟然看到小白仰面朝天，被弹珠打中的地方正汩汩冒血，鲜红的血液瞬间便染红了那锃亮雪白的兔毛。

看着血淋淋的小白，忆之的眼泪不由溢出眼眶。闻讯赶来的张发，看到已经殒命的小白发誓说，他确实叮嘱过服务员看好小白，突发意外他也很奇怪。事情已经这样了，忆之只好作罢。究竟如何处理小白的尸体，忆之建议就地挖坑掩埋，可她丈夫却坚持将小白的肉爆炒了给朋友吃，并说从古至今，兔肉就是一道美味。忆之无语。小白的肉忆之一口没吃，小白的皮毛倒是被她带回家，高高悬挂在阳台一角。

小白死后不久，不知为啥，忆之家里接二连三地出事。先是超市慢慢没了生意。接着是她丈夫一天凌晨开车回家，说是看到路上有个似猫像兔的东西在走动，为了躲避不慎撞伤了一个走夜路的人，自己也撞断了腿。为了赔偿和住院费用，他们盘掉了超市，卖掉了车子，生活又回到了原点。她丈夫出院不久，忆之又莫名其妙地生病了，跑了几家医院，医生对病因说法不一。

总之，忆之就是病了，病得让人很不解。病因是稍一劳累或是受到一点儿刺激就会出现昏迷抽搐的现象，医生开的药也总在吃，但是病情就是不见好转。这种怪病折磨得忆之得了严重的神经衰弱，夜夜失眠，偶尔闭眼也是噩梦不断，并且每个梦都跟兔子有关。在一个反复出现的梦境中，她仿佛来到了一座荒山，此山既没路也没人烟，一只剥了皮的兔子始终跟在背后，她害怕极了，便使劲跑使劲喊，可是兔子就是紧追不放，后来便被噩梦惊醒了。一天，忆之路遇一个亲戚，无意中说起小白和总做噩梦一事，也不知这个亲戚跟忆之说了些啥，当天忆之先到街上买了一个精致的小木箱，回家后她把一直高高悬挂在阳台上的那张兔子皮放了进去，然后在自家楼下草坪选了一块草势长得很旺的地方将箱子深埋了进去，说是给小白造了一个兔冢。

不论是耳闻，还是亲眼见证了此事的人，都觉得忆之确实病了，而且病得不轻，但我却认为或许这个兔冢真能医好忆之的病。

原刊责任编辑　蓝月

【作者简介】鲁兴华，吴忠市作家协会副主席，宁夏作家协会会员，中国微型小说学会会员，中国散文学会会员。有作品发表或转载于《小说选刊》《小说月报》《读者》等报刊。出版文学作品集三部。

手

天　晴

　　我的手指开始莫名地抖动,让人仿佛听到骨节作响的声音。我意识到,我的手指背叛了我,这一刻它们张狂起来。

　　这一刻,正是在兴隆山的两个山峰之间横架起的玻璃桥上,明晃晃的桥面匍匐着他——跟我同坐大巴的周处长,他是我上司的上司。在大巴里,他一直望着窗外,我不敢跟他说话。他不认识我。而这一刻,他甩掉男子汉的威严,"妈呀"一声趴下,闭上眼睛,身体颤抖着。我想这二百多米长的栈道他是难以越过了。

　　我一个箭步跨到周处长的身后,摘掉太阳帽"啪"地扣在他的脑袋上,这样他该看不到桥下面的深涧和涧底流动的蓝天白云了。没等他反应过来,我咬着牙拽他起身,左手攥成拳头顶住他的后腰,右手拉紧他的右手。我在他身后发力,"逼"他一步步前进。

　　走过桥头,我松了手。我的手心尽是汗。因为用力过猛,抽了筋,费了好半天劲才缓缓地舒展开来。

　　我偷眼瞧那个稍稍肥胖的身躯,他那两只手也在甩动。我开始自责起来，凭什么冒出那股蛮劲儿呢？周处长回望了一眼玻璃桥，转脸问我：好小子，人这么瘦，劲儿还挺大，敢不敢掰腕子？

我额头冒着细汗，直说不敢。

哈哈，你还用帽子遮住我的眼睛！要是我望着天上、远处，兴许就不打战了。可你让我看不到风景！

我一愣神，手上已经觉得痛，他的两只大手像两把钳子夹疼了我。

离家越远、越远，我的心越轻松、越轻松，平日里的缠缠绕绕像云烟，渐渐地散去。从车窗往外望去，老天爷，满眼的绿啊，都已经是暮春了。我一路做着长长的深呼吸。

看惯了别人紧张惊诧的脸，可这一次，在玻璃栈道上，在自然面前，我成了软蛋。

那个臭小子，细眉细眼，不爱多说话，我才知道他叫刘元，心眼儿还不赖。我挂着他的登山杖，跟他肩并肩像兄弟一样，盘旋在山腰间曲曲弯弯的栈道上。峻峰、云彩、空气、石头、崖柏、野花和鸟鸣，都足够让人忘了世俗。

那是在下山的途中，刘元站住了，咧着嘴，猫下腰捂着膝盖，哎呀哎呀地吭哧。终于他一屁股坐在地上。我也跟着坐下，喘了口粗气。刘元从布包里摸索出一瓶水，递给我，我推过去，他的手竟然软塌塌的。我问，你的手，累软了？

刘元说，平时就这样的。

拿拳头顶我的时候咋么硬？

刘元脸腾地红了，低头不吭声。

我双手覆在他的膝盖上，让温度热暖它。然后缓缓地放开他的腿，上上下下轻轻地按揉拍打。他睁大了眼睛看我，然后仰起头，眯眼望天上的流云。那云朵挺白，像棉絮团儿，忽而幻化成几缕丝，静静地散开。刘元一脸享受的样子。一会儿，他嘴里呢喃道，你的手。

是啊，这时候我的手热血充盈，宽厚，绵软，软中有力，像个父亲的手。

你练过手法？刘元问。

练过，我得意地说，在家里给老婆练过，你小子娶了媳妇，也得学着点。

刘元憨憨地笑。

我轻轻地叹了口气。我的手平日里可是硬的呢，那是握着大笔的手，大笔一挥，哪个工程就开工了，哪个职员就调了岗位了，哪个下属就喊累死或者舒坦了，哪对儿小夫妻就团聚或者分开了……可今天咋就软了呢？连心都软软的。我再一次望望天空，俗，真俗，今天才真正地做我自己。

回程的大巴上，旅客们起初都还兴奋，热烈地谈论景点和感受。后面有位热情地跟周处长打招呼，又有一个胖子递过来一袋杏仁、一袋香菇，袋上印着"承德特产"。周处长头仰在靠背上，眯着眼，把胖子的手推出去。胖子瞄了眼干瘦的刘元，又加力推过来，两个袋子便落在周处长的腿上。

周处长，想不想掰腕子？刘元的神经末梢还兴奋着。旁边的人循声望过来。周处长没吱声，脸转向窗外。

周处长发出轻微的鼾声。

刘元的手一会儿翻布包，一会儿摸登山杖，一会儿戴帽子，一会儿摘帽子。一不小心碰到了周处长的手,那手,不像在山上时热,也不像揉腿时软……

刘元浑身松懈下来,上下眼皮交合的刹那,导游喊到站了。

刘元下了车,怅然地望着前方。手软得懒得动。

一个低声传过来,小子,忘了拿包。周处长递过布包,包里鼓鼓囊囊的。

刘元伸手去接,半路上却被另一只大手有力地钳住。周处长挤了下眼睛:有空来找我掰腕子。

原刊责任编辑　张琳

【作者简介】天晴,本名刘红军,河北省作家协会会员。作品发表于《安徽文学》《山西文学》《芒种》等刊,多篇作品被《小说选刊》《小小说选刊》《小小说月刊》等转载和收入各类选本。

让 座

津子围

那天微雨，在公交车内也能感觉到阵风肆意捶打着玻璃窗。

车内的乘客很多，同往日一样，还是老年人占据较大比例。

北陵公园站到了，又急促地上来一些人。"关爱卡""夕阳红卡"，机读声不断传来，最后是"学生卡"，声音传了过来，却不见人，过了好一会儿，一个小平头才"冒"了出来。小平头上车之后，缓慢地在车内移动，双拐在晃动的车厢里寻找稳定的支点。

座位上的人似乎习惯了"给老年人让座"的思维定式，没几个人关注拄拐的小平头。那是一张年轻的面孔，脸颊丰润，眉目清秀，额头上散落着水滴，不知道是汗珠儿还是雨珠儿。在立式栏杆把稳之后，小平头挺起胸深呼吸，然后，下嘴唇包住上嘴唇吹了口气儿，眉尖上的一滴水珠落了下来。——这一切都被一位银发老者看在眼里。

老者坐在中间车门倒数第二排，他穿干净的灰蓝背心，满头白发无一杂色，连眉毛都是白色的，给人清癯、硬朗的感觉。老者四下瞅了瞅，没人给小平头让座，甚至看不出有人让座的意思。老者向小平头招了下手，要站起来。老者还没站起来，就被站在他身边的女人摁了下去。女人四十岁左右，穿宽松衫，戴防晒帽。老者用眼睛白了女人一下，第二次努力站起来，不想，女人下摁的力度随之增大，老者仍旧没站起来。很显然，在一起一摁过程中，老者的情绪发生了变化，他面带愠色，用力站起……可惜，第三次也被摁了下去。

老者改变了方式，不是自己用力站起而是发力将女人推开，这次，他终于站了起来。站起来的老者跨出两步，拉着小平头去坐他坐过的座位。

小平头谦让了一下，还是坐了下来。他大概真的累了，腾出的手不停地在额头擦来擦去。

老者瞅了女人一眼，女人扭过头去，她的脸色很难看，老者也扭过脸去，不理睬女人。

小平头是在辽宁大学车站下的车，老者还搀扶了小平头一下，小平头对老者连说谢谢，车门关闭，小平头还面对车门站着，这时，外面的雨点儿也密集起来。

老者摆了摆手，小平头没动，只是直挺挺地在雨中站着。

公交车继续开动。老者坐过的位置没人去坐，女人过来搀扶老者坐下，没好气地数落开了。"你说你，车上这么多人，按年龄你不说最大也排在前边，怎么就显着你了，啊？""你当英雄好汉倒是痛快了，我的责任可大了，你有个好歹，倒霉的是我、是我，知道吗？""真气人，气得我这胸口都疼，你说你，怎么越老越不懂事儿呢？"

数落过程中，车内逐渐安静下来，有人甚至偷偷拿出了手机。

老者四下观察着,他的面子有些挂不住了,突然雷霆爆发,大吼:"把你的臭嘴给我闭上!我怎么啦?我做好事不对吗?我帮助该帮助的人有什么错?……你什么身份啊,你有什么资格来教训我?……你,给我闭嘴!"

女人哑然失声,眼圈儿有些发红,此刻,正好赶上停车,女人头也没回,"噌"的一下下去了。

公交车继续开动。车上人的关注点聚焦到老者身上。一身运动服的老头儿说:"看你的样子像个老干部。"老者不置可否。一位穿大花衣服的老太太问:"那女的是你什么人呀?这么没礼貌。"老者说:"我家保姆。"这样一说,大家你一言我一语地帮老者声讨起来。"一个保姆,也太过分了些。""要好好教训教训她,还想要上房揭瓦咋的?""一点公德都不讲,现在的年轻人都怎么啦?""要是我啊,回去我就让她滚蛋!"

老者没再说话,他默默地看着大家,眼睛里仿佛刻进了幽深的岁月。

老者是在"三台子"站下车的,下车之后,他把胸前挂着的老花镜套在耳朵上,外面的雨越下越大,老者就站在公交车站雨搭下避雨,同时,拿出了手机,笨手笨脚地编辑着信息。"小陈对不起,我实在不该跟你发脾气,我向你道歉。这件事,先是你不给我面子(我老了,可我也要面子),后来是我不给你留情面,我们俩都有错,但主要是我错,我知道你是为我好,是好心,你平时为我做了那么多,都是我不好,我做得不对,请你无论如何都要原谅我这个固执的老头子……老赵。"

信息发出去了,老赵心里还是不踏实,他又补发了一条信息:"另外,你打出租车回来吧,车票我给你报销。我会在家一直等你!"

发过信息，老赵就在公交车站痴痴地等回复。说起来，公交车站距离老赵家并不远，隔着雨幕，抬眼就可以望见那片居民楼，望见十五层露台上放着的花盆。

老赵时不时看看手机，小陈一直没给他回复。老赵显得有些失望，有些心灰意冷。这时，老赵身边闪出一个人影儿。老赵摘下花镜一看，原来是小陈，她手里拿了一把大伞，直直地立在站牌下。

老赵有些激动，哽了一下问："你没走哇？"

小陈瞪了他一眼，气呼呼地说："谁稀罕跟你一般见识！"

原刊责任编辑　许维萍

【作者简介】津子围，发表长篇小说《收获季》等15部，出版中短篇小说集《大戏》等7部。小说刊发于《人民文学》《当代》《十月》等，有近百篇小说被各类选刊选载或收入年度选本。

晚 秋
孟丰敏

她把门往外重重一推，甩下行李，就走出了门。站在十字路口时，她忽然发现内心如此迷茫，不知要往哪里走，而甩下包袱的那一瞬间却又是那么解气，是和积累已久的生活重负告别，回归自己内心需求，与自己和解，又是一种多么帅气洒脱的表现，多么痛快啊！她从来没有这样痛快过，终于狠狠地抛下了那些生活负累，可以自由自在地想做什么就做什么了。太痛快了！她此刻对于十字路口的选择也不再迷茫了，走哪条路不行呢？不都是一种新的征途吗？

她决定往前走，但前面一百米就是公司大楼，不想从那里经过。那就右拐，思忖一下，可能会遇到某个自己不想见的人，而那个人天天都在店门口张望。她特别讨厌这个人，不是因为他们有过矛盾，仅仅因为讨厌他天天固定不变地站在店门口张望和观察路人时无聊的样子。尤其此刻，她更加讨厌这么一个固定不变、好奇别人生活的认识又不够熟悉的人。

好吧，剩下两个选择，或者左拐，或者回头。回头是不可能了，那是她刚刚得意扬扬地离开的住了很久的家。左拐呢？她思考了很久，也许是一条路，可常年来工作繁忙，似乎从未左拐到那里去过，那是一片非常陌生又新鲜的地方，对于一般人而言，特别是此刻想去尝试新生活的人而言，多么具有吸引力啊！她忍不住笑了一下，虽然没有照镜子，却可以想象得到，此刻的自己是多么美。但是，她年龄不小了，不会再像二十多岁刚出大学校门时那般激情，愿意尝试任何新鲜的事物。于是，她觉得应该把左拐这个选择先暂时搁置，保留一点幻想，直到不得不做出最后一个无奈选择时，也许会因为左拐有惊喜的结果。人生必须保留一个最后的幻想，才不至于走投无路。

此刻呢，此刻怎么办？她抬头看了看天，忽然发现天好蓝好蓝，蓝得比白更洁净透亮，因为白已经让人失去幻想了。而天空的云朵一直在走动，时刻做出不规则的变幻，就像此刻的她自己。她忽然明白，自己生活的这个世界就是这片蓝，而自己总想成为这样一片自由的白云。她站在十字路口，被这天空的美吸引住了，忘了选择应该往哪里走，也是给自己时间思考是否需要选择。选择是多么艰难的事。就这样一直站在十字路口会如何呢？她问自己，最后的答案是什么？她想让时间告诉自己。

天色慢慢地暗黑了，白云不见了，被寒风的冷酷紧逼着的她立即做出了一个重要选择，那就是必须回家穿衣服。她回头看一眼家的方向，妥协而平和地笑了。同时，她意外地发现现在已经是晚秋了，如果是夏天呢？或者是春天呢？她站在这个十字路口的结果是什么？

晚秋，似乎，应该，是在街灯亮起来时，就要走进一家温暖的咖啡屋，和一个久未谋面的朋友聊聊……

多么美好浪漫的想法！她用手机搜索发现，这附近唯一的咖啡屋就藏在左拐的那条路上。

原刊责任编辑　刘玉纯

【作者简介】孟韦敏，中国作家协会会员，福州市作家协会副主席兼秘书长，《福州文学》执行主编，《瞭望东方周刊》专栏作家。出版散文集《流翠烟台山》等。

三等奖

胡瑞鹤
伍中正

胡家垸地势开阔,田地平展,一眼望不到边。

胡记铁匠铺落脚在垸中间,一根黑黑的铁筒烟囱时不时地冒出幽蓝的烟来,那烟像疯了一般很快飘散开去。铁匠铺也时不时地传出胡瑞鹤叮当叮当的打铁声来,一阵紧似一阵后,就渐渐地小了,直到没了。

胡瑞鹤打的多为胡家垸人常用的器具,有锄、锹、铲、钉耙、弯刀、菜刀、划镰等,那些铁器粗细厚薄,纹理清晰,钢火又好,经久耐用,每一样都合人心意。

最初打铁,每打一件,胡瑞鹤都留个记号。打着打着,他就懒得做记号了。一年两年地打,十年二十年地打,他为垸子里的人打了多少铁器,没人记得清,他自己也说不上来。垸里上了年岁的人知道,从毛头小伙到嘴上胡子拉碴,他在垸子里打了多半辈子铁。

胡瑞鹤很有名气。

胡瑞鹤比杀猪佬谷友山的名气大。整个胡家垸就谷友山会杀猪，一头活蹦乱跳的猪到了他的面前，白刀子进，红刀子出，猪在案板上嚎叫，挣扎不了几下就断气。进刀出刀，谷友山杀猪讲究的是刀法跟胆子。重捶轻捶，胡瑞鹤打铁讲究的是纹理跟诚信，名气自然盖过谷友山。

谷友山相信外地铁匠，杀猪用的杀猪刀、剥皮刀、剔骨刀、砍刀、通杆，甚至刮毛用的刮瓢，都是外地铁匠打的。谁知打回来的器具，用过后，总感觉比不上胡瑞鹤打的好用、耐久，便暗暗后悔。

胡瑞鹤让谷友山真真切切求了一回。

往后，家用的铁器，还有杀猪用的刀具，都在胡记铁匠铺打。谷友山站在胡瑞鹤面前，脸上堆笑，终于开口。

后来，胡瑞鹤真给打了一套杀猪用的刀具。

因为打铁，胡瑞鹤的手头比垸内很多人都活泛。那些来打铁器的人，往往都放了订金。来取铁器时，除去订金，都一五一十付了账，从不赊账。

垸里信用社会计刘丙生盯着胡瑞鹤手头的钱，几乎天天往他的铁匠铺跑，让他把钱存进信用社。刘丙生还特地接他吃了一餐饭喝了半斤谷酒。饭吃完，酒喝完，胡瑞鹤摇摇头，说，钱就不存了，往后打铁再帮忙。刘丙生嘴里就两个字：算了。

一九九二年，胡瑞鹤错失了一场好好的姻缘，错失了秦香。

脸蛋漂亮身材也苗条的秦香是从河南来的。她的到来，让胡家垸的人弄不清底细。她先说自己是逃婚来的。然后，又改口说是自己跟着家人走丢了，找不到回去的路。再然后，她说以后就留在胡家垸，不回河南了。

队长胡长武心软，让女人把蹲在队屋墙角的秦香接进家里，管吃管住，算是对一个外乡人尽了份心意。

那回，秦香走进胡记铁匠铺。她跟胡瑞鹤挑明，愿意跟他一辈子。

胡瑞鹤没有急着同意。他让秦香先在地上搬一块大铁。那块铁，又大又沉。秦香搬起又放下。

胡瑞鹤再让她抡一下大锤。

那把大锤，又大又沉。秦香抡起又放下。

胡瑞鹤犹豫了。他的犹豫，让心里很难受的秦香走出了胡记铁匠铺。

没几天，心里不再难受的秦香跟了比她大八岁的谷友山。

胡瑞鹤一时想不开，见酒就喝，喝了十天的酒，整天满嘴酒气，也不发炉打铁，更不与人说话。

胡长武知道后，狠狠地在他脸上扇了一耳光。那一耳光，扇醒了他。

酒醒后，胡瑞鹤又专心打铁。

有一回，秦香腆着肚子在铁匠铺里买划镰，在一堆划镰中挑来选去。秦香胆子大，停了选划镰，便对胡瑞鹤说，当初，要敢跟我结婚，肚子里怀的就是你的娃！

没那福气！真没那福气！胡瑞鹤摇摇头说。

秦香选好一把划镰，走的时候，还对胡瑞鹤笑了一次，冲着那一笑，胡瑞鹤还拿了把划镰给她。

春天的脚步在胡家垸走来走去。三年后的春天，胡瑞鹤生火发炉，炉子里的烟熏了他的脸。

陈三秀急急地经过胡瑞鹤的铁匠铺。

陈三秀。陈三秀。停了发炉，胡瑞鹤轻轻地喊了两声。

三等奖　043

陈三秀停下脚步，怔怔地看着让烟熏得流泪的胡瑞鹤。

你家男人，算不得爷们儿，跟那个妖里妖气的女人跑了，用不着找他！胡瑞鹤说。

胡瑞鹤的几句话，竟说出陈三秀的泪来。

胡瑞鹤的提醒很快让陈三秀明白过来。陈三秀赶紧擦了眼里的泪，说，不找了！真不找了！

胡瑞鹤看着陈三秀一步一步走回去。

陈三秀回头看了一下铁匠铺，那根不高的烟囱里，正冒出乌黑的烟来。

第二天，打了一天铁的胡瑞鹤坐下来，端起一碗茶就喝，咕嘟嘟几口灌下茶后，他看见陈三秀径直朝铁匠铺走来。

胡瑞鹤坐着没动，怔怔地看着陈三秀。

往后，愿意搬过来一起打铁。陈三秀说。

你家男人往后回来咋办？胡瑞鹤疑惑。

回来也不跟他。陈三秀说。

行。胡瑞鹤说。

第二天，胡瑞鹤发炉比以前早，叮当叮当的打铁声在春意盎然的胡家垸落下，又响起。

原刊责任编辑　乙然

【作者简介】伍中正，湖南省作家协会会员。曾在《北京文学》等报刊发表文学作品1500余篇。有多篇微小说被《小说选刊》《读者》等刊转载。

舞美老孟

刘立勤

老孟进剧团时,清纯干净得像个奶油小生,老团长也有意把他培养成小生。谁想十四岁那年发育,他长出满脸络腮胡子不说,还倒了仓,喉咙里似乎安了一个卡子,把原本饱满圆润的声音挤压得又尖又细,听起来像是电锯解木板十分刺耳。不说唱小生,唱个丑角都让人难以忍受。老团长叹息一声,让他去学舞美。反正是小地方的小剧团,把背景弄得红红绿绿就成。

可惜,老孟对美术一窍不通。把山画得像坟,把河画得像裤带,尤其是他不懂色彩搭配,背景被他弄得乌漆麻黑不像样。好在他为人灵活,眼里有活儿,老团长给文教局建议,让他去剧团业务股当干事磨炼一下,说不定将来出去还能当个小领导什么的。

局长答应了,政工不答应,坚决要把老孟赶回去。老团长知道政工的爱好,叫老孟花十四块钱买了两瓶茅台酒,让他给政工送去。他咋都不送。十四块钱,那是半个月工资呢。老团长以为他舍不得,明说了送酒的利害。他还是不送,唠唠叨叨地说,他越是这样对我我越是不送，我才不惯坏人的坏毛病。

他不送，老团长也没办法。而政工发了一回善心，给了他三个月的期限，要是再学不会舞美，让他滚回农村去修地球。三个月，除非是个天才。老团长也爱莫能助，继续忙着排新戏。

那是一部大戏，要参加省里会演，地区剧团还派来一个叫常笑的人来指导。常笑能写戏会写文章，也爱指手画脚打哇哇，团里人都不喜欢。老团长就让没事的老孟陪着常笑玩，他很尽责，跟着常笑"常哥"长"常哥"短，叫得亲热。失落的"常哥"遇上了知音，不是拉着他打小牌，就是对着他喷艺术。打着喷着，老孟犹如被活佛摸了顶，一下开了窍。三个月里，不仅他为那台大戏设计的舞美在省里会演获得了金奖，他还迷上了油画，画也让人翘手称赞。

老孟弄通了舞美，也学会了打牌喝酒。斗金花、打麻将、抹川牌，他都懂；红酒、白酒、啤酒，"三中全会"。他为人豪爽仗义，牌桌上从不欠账，身边笼络了一批年轻人。老团长看出他的能耐，提议让他当业务股长，也许日后能成大事。已经当了副局长的政工，坚决不答应。老团长记得他的爱好，想起老孟当年那两瓶没有送出的茅台酒，让他拿了去找找副局长。任老团长怎么说，他还是不答应。老团长说，你都输那么多钱了，还在乎两瓶酒？老孟说，输了钱我心里受活；给哈人送礼，我心里不受活。老团长气得直摇头没办法。

老团长真是识人，老孟没当上股长，直接当上了团长——老团长撂挑子后，老孟拉了一帮人成立了一个演艺公司，走南闯北很是红火了几年。按说，那时他该学会了送礼吧。老孟还是不会。他说，我把节目弄好，没有人不喜欢看的道理。

老孟真不送礼。那年文化局副局长老严把演艺公司的人整回了剧团,按说老孟顺理成章当个团长、副团长什么的,老严云里雾里还聊到当年那两瓶茅台酒;他搞演艺公司时,输的钱能买一车的茅台酒了吧。老孟愣是装聋作傻不接话,也就只好继续做他的舞美。

老孟觉得干舞美挺好,绝门,有空闲。私下他成立了一个装修公司,给人做装修设计,找工人做装修。老孟很是挣了几个钱,可那钱都让他手里受活了——输了。输了钱,公司还在,仍然可以挣呗,后来公司也让税务局找借口给关了。朋友给他跑了一大圈,让他把那两瓶茅台酒送给局长,他咋都不愿意。朋友也以为他舍不得老酒,就说,那你去买两瓶新茅台酒。他还是不答应。朋友说,我买两瓶酒,以你的名义送总该可以吧。他说不是钱的事,我输的钱有百多万了吧,但我心里受活;让我送礼,那是花钱买不受活,我才不惯他们的坏毛病。

从此,老孟安心做自己的舞美,偶尔也画几笔。他的舞美叫得响,他的画也画得好,可他最喜欢的还是打牌。没钱去大场子了,他打小牌。我和他一起玩过金花,那真是玩家,一把双A他能输上千。别人输钱时如丧考妣,他输了"唰唰"把钱一开,笑眯眯地走人。他从不欠账,也不借钱,输得光明磊落。看他的神情应该是不在乎两瓶酒的人,可他就是舍不得那两瓶酒,让那酒把自己弄得磕磕绊绊。

又过了十多年吧,常笑退休来到瓮城。老孟不忘旧情把他接到家,请老团长和我去作陪。他把那两瓶珍藏了近四十年茅台酒拿出来,让我们喝。

老团长看看那酒,叹息一声说,你硬是让那两瓶酒耽误了。

老孟说,老团长错了,这两瓶酒成全了我。它让我一辈子没有低过头,让我一辈子活得坦荡快乐。

说罢，老孟拧开微微泛黄的红色瓶盖，老酒的醇香扑鼻而来。端起杯喝一口，唇齿留香身心俱醉。

原刊责任编辑　王彦艳

【作者简介】刘立勤，中国作家协会会员。作品多次被《小说选刊》等报刊转载，曾获小小说金麻雀奖、中国优秀小小说等。出版《永远的隔壁》《最美的教师》等文集多部。

灭 毒

孙春平

今年春节，我去南方一个城市，原计划是与几位老友同过一个旅游春节。万没料到，因为疫情，武汉市紧急封城，一夜间，满世界都紧张起来。老友们决定，抓紧订票，且留遗憾，各回各家。宾馆客服说，飞机就别想了，只有选乘火车。我说，最好是下铺，我年纪大了，夜里好起夜，请多关照。客服很快答复，说总算订到一张软卧，但只有上铺。我犹豫有顷，客服催促，请快拿主意，有客人在等候这个铺位。

时间还算从容，我推开软卧包厢的时候，只有二十号上铺有个年轻人仰靠在行李上看手机，他倒时髦，已戴上口罩了。我去跟列车员提出调换铺位的请求，列车员说，等十九号下铺和二十号下铺上车，你们自己私下商量吧。这两位旅客迟迟没有上车，那一刻，我已心存侥幸了，要是有人漏乘，我倒省事了。

但站台上预备开车铃声响起的时候，眼见一辆救护车急匆匆停在软席车厢门口，列车长和乘警帮忙将一担架抬送上车，一直送到二十号下铺位置。担架后面跟着的是一位四十出头的妇女，略显发福了，脸上满是汗水，看样子像乡下人。细看病人，男性，六十来岁，谢顶的头上包着绷带，裸露的左小腿敷着药，上面还挂着医用胶管。女人安顿好病人，说我先垫补垫补，饿惨了，我吃完再喂你。病人"嗯"了一声，眼睛却一直眯缝着，看不出表情。

女人泡好方便面，坐在十九号下铺咻溜咻溜吃得那叫畅快，连汤水都喝得干干净净，看来真是饿得不轻。在我登铺的时候，她说，我应该喊您叔吧？要不您睡下边？我说，你得照顾病人，咋好意思和你换呢？谢谢啊。只是我下铺的时候，腿脚笨，别碰了你和病人就好。在说这些话的时候，二十号上铺的年轻人仍在摆弄手机，现在的年轻人呀，手机就是魂儿，都这德行。

不敢喝水，满以为可以不起夜，可过了半夜，还是去了两趟卫生间。我回来时，见女人已坐在过道的边座上，临窗远望。大地已是一片雪白。

我问，你家人是什么病？

女人叹息，脑梗，人一下就废了。

我又问，你是他什么人？

大叔看呢？

应该有点亲戚吧？

不沾点亲，这钱谁愿挣？

他没儿女吗？

老太太先走了。儿子打架，伤了人，坐牢了。当爹的一股火，就这样了。医院开了药，回家养着吧。

上车时怎么来得那么晚？

不是闹疫情吗，又赶上过年，病人急着出院的多，手续好不容易办利索，奔车站的路上又堵车。

我又问，病人吃晚饭了吗？

女人说，怕他屎尿，就将就吧。

包厢里有了动静。二十号上铺翻了个身，被子险些掉下来。女人忙起身，把被子往上掖了掖，对我说，不说了，别惊醒别人。

黎明时分，列车员来换铺牌，并提醒做好下车准备。原来病人在前方站下车，那个二十号上铺也下车。列车已减速，列车长和乘警又赶过来，准备帮助抬送病人。女人对二十号上铺说，大兄弟，拜托帮把手，我手上带的东西多。

二十号上铺没拒绝，他将双肩包背好，左手便抓牢了担架的把手。见他抓担架的前右方，我便抓担架的后左方。乘警说，老先生，后面我一个人就行。我说，多只蛤蟆二两力，我总比蛤蟆力气大点儿。几个人都笑，二十号上铺也跟着笑。

列车进站，站台上很安静。担架放到光滑洁净的站台上时，有个中年汉子悄然靠前，从二十号上铺肩头接过背包，似乎还说了句什么，然后转身离去。

但就在那一刻，让我万没料到的一幕陡然出现。一直卧床不动的病人突然豹子般腾身而起，一下就将接包人扑倒在地。二十号上铺见状，拔腿欲跑，却被一直跟在他身后的女人抓住臂膀，一个漂亮的背飞，眨眼间他就被重重地摔在了站台上。说话间，只见人群中闪出几位便衣人，瞬即便将两人扭走了。

一切似梦，猝然反转，让人目瞪口呆。豹子般的病人站在我面前，用力地跟我握手，说夏老师，一路委屈您了，但愿后会有期。我怔了，原来他不光身健如豹，还知我的姓氏和退休前的职务，看来，一切，都不简单啊。

会擒拿的女人也跟我告别，笑着说，我知夏老师好写文章，如果写到今天，还是贾雨村言吧。我们缉毒警察的任务复杂又漫长，而且风险极大，还请多支持。

我知道，这不是玩笑。缉毒工作讲求隐秘，力求人赃俱获，且要顺蔓掘根，我把此篇小文中的具体时间、地点和车次尽皆隐去，也算是对缉毒工作的一点配合吧。

我说，真没想到，大过年的，又全国防疫，警察同志的工作还这么紧张。

女警察说，越是在这种时候，越不能让毒贩们趁机作乱。

开车的预备铃声响了。女警察跟我说的最后一句话是，十九号下铺是您的了，内勤同志已跟铁路部门打过招呼。祝夏老师吉顺安康。

原刊责任编辑　黄灵香

【作者简介】孙春平，中国作家协会会员，辽宁省作协原副主席，文学创作一级。著有《江心无岛》《蟹之谣》等。曾获全国少数民族文学骏马奖、东北文学奖、人民文学奖、小小说金麻雀奖等。

风 筝

白小川

那该是一九四三年的事吧。三月的春风,温暖而慈爱,像极了妈妈的手,抚着摸着,小草就冒出了鹅黄。城外的草地上满是盛开的小野花,红的、白的、也有蓝的,朝远望去,像一块织得细密的毛毯,真是漂亮。

广场上,一个孩子在放风筝,是一只雄鹰。阳光和煦地拥抱着一个老人,他依偎在墙角,把头高高抬起,用手遮挡迎面而来的光线,像是睡着了。

老王叔说,要不是日军侵略,有了战乱,这里该会是多美啊!我们就去城边放风筝。你会放风筝?当然,我来自风筝的故乡,我有祖传的手艺。那风筝可漂亮哪,形态各异,五彩斑斓,飞得也可高哪。小男孩的眼珠就一亮,老王叔,那我们现在就去放风筝吧!老王叔没有马上回答,忖量了下才说,风筝现在我手里倒是现成的,可城边那么多鬼子,你敢去?放风筝还不让?去!小男孩斩钉截铁。

那天,风速、风向刚好。老王叔说,还真是放风筝的好天。只见他手里拿的正是一只威猛的老鹰,线条优美,栩栩如生。小男孩抑制不住内心的喜悦,赶忙拉着老王叔在城边的草地上找了处稍微高点的土坡。两边的官道上,进出城的人络绎不绝,不远处的鬼子,正凶神恶煞般地严查每个路人。老王叔又问,你怕不怕?小男孩丝毫没管那么多,不怕,我们也不出去。他看着风筝,满心的欢喜,就一直嚷着叫老王叔快教他。老王叔仔细看了看四周,他说他在寻找一个最佳的位置,才慢慢地打开线轴,让小男孩用手拖着,他带着小男孩开始迎风小跑。老王叔果然操控自如,动作娴熟,时而收线,时而放线,时而抖线,再看那只威猛的老鹰就慢慢地飞了起来。小男孩开始大声地喊叫,欢呼。老王叔干脆就把线轴放在小男孩的手里,在旁边教着他要领。风筝越爬越高,线越放越长。那只雄鹰有时在云端醉舞,有时翩若惊鸿,小男孩也越来越起劲地喊着,叫着。从来没有过的快乐,让小男孩忘乎所以,他甚至没有看到有三个日本兵正张牙舞爪地向他们跑来。

带头的是一名军官。只见他叽里呱啦地说了一大通,冲着小男孩跟老王叔,气焰十分嚣张。小男孩没想到会这样,眼圈里开始泛出湿润,攥着风筝线的手,开始哆嗦。老王叔一把把小男孩护在身后,不用怕,孩子,我们就是放风筝而已,他们不能把我们怎样的。老王叔转而就和颜悦色地冲着那个军官点了一下头,也叽里呱啦地说起了话。老王叔那天穿的是日本男人的生活便装,小男孩出来前也被老王叔打扮得很洋气,那是有钱人家的孩子才穿的。当时小男孩只顾着要放风筝,也没多问为什么。老王叔说完,那个日本军官把目光移向小男孩,审视了好久,戴着白手套的手就在他的脸上狠劲捏了下去。老王叔刚想开口,白手套就松开了,军官仰起头,定睛瞅着那只威猛的老鹰风筝,瞅着瞅着,就唱起了叽里呱啦的调子,还掉了眼泪。

日本兵走了，没再干扰他们。

小男孩有些疑问。老王叔说他唱的是日本民歌，他定是想家了。

你怎么知道？

我听得懂日语。我早年留过洋。他捏得你疼吗？

疼，我一直忍着。

老王叔拍了拍小男孩的头说，好小子。

他们继续放风筝。眼见着风筝线越放越长，风筝越飞越高，那只雄鹰离他们也越来越远。这回老王叔一起跟他扯着风筝线，小男孩用力拽着，又格外小心，生怕线会断掉。他又恢复了起初的兴奋劲儿。

如果故事就此结局，那将是小男孩最快乐的一天。

可是后来，风筝的线断了，那只矫健的雄鹰就彻底有了自由，最后一直消失在他们的视线里。小男孩有些沮丧，眼里又露出了湿润。老王叔就安慰他，改天我们再来，叔那儿有好多这样的风筝呢。

后来小男孩才知道，老王叔是很有经验的一名情报专家。当时日军下达了新的作战计划，要对整个解放区进行大扫荡。时间紧，战事急，老王叔要想法把情报送出去。原来一切都是他早就设计好的……

几声鸟叫，衔来一片微风。孩子喊了声，太爷爷。老人就仰起头，那只威猛的雄鹰依旧在高高飞翔着。

原刊责任编辑　于双慧

【作者简介】白小川，满族，中国微型小说学会会员，辽宁省作家协会会员。鲁迅文学院第27期少数民族作家班学员。有小说、诗歌作品散见于《小说选刊》《小说月刊》《芒种》等。

世 事
刘 浪

1

利小天和几个朋友喝到半酣,老婆电话来了,包间里太吵,他便握着手机到廊道上去接。

老婆劈头就是一句:又在哪里鬼混?马上要开学了,利益上学的事你搞定没?利小天不耐烦地说:记着呢,这不正和贾总在一起吃饭嘛,他和学校的人熟。利小天挂了电话,发现隔壁包间门半掩着,便好奇地一瞥,瞬间就看见廖志大那张喝得通红的脸。

廖志大在市政局当科长,以前利小天做工程和他打过交道,私下也走动过几回,算是熟悉。于是他回到自己的包间,端起酒杯,对贾总等人说:隔壁有个认识的领导,我过去应酬一下。

2

利小天一进门,廖志大就先站了起来:哈,这么巧,利总也在这里?一桌的人也都跟着站起来。廖志大说:来,我介绍一下,这位是李局，这位是刘主任，这位是马工……后面的介绍，利小天已经记不住了。按照每个人坐的位置，他大致已经清楚这桌人的身份高低，于是便直接走到那位居中而坐、略显严肃的中年人身边：廖科，我先敬李局啊！廖志大赶紧说：不是李局，是利局，和你的"利"是一个字。啊，利小天张大嘴巴：这么有缘，遇到本家兄了。

利局也一扫刚才的矜持：你真是姓利？利小天笑：我和廖科认识好多年了，这个假不了。

利局说：利姓是小姓，据考证利姓始祖是道家老子的祖先，老子姓李，所以李、利都是一家人。利小天说：所以李连杰娶了利智。大家哄堂大笑。利小天又说：所谓"无利不起早"，说明我们利家人勤奋；所谓"天下熙熙，皆为利来；天下攘攘，皆为利往"，又说明我们利家人有号召力啊！众人都说：利总厉害！

利小天一饮而尽，对着利局亮了下杯。利局将酒杯举到唇前，张嘴，仰脖，那杯酒向前一抛，一道水柱便晃悠悠，炫亮亮进了喉间，一点没沾到唇。利小天竖起大拇指：利局高手！

利小天再敬廖志大时，便附耳问了句：利局哪个局？廖志大正啃一根羊排，支吾了一下说：教育局。

利小天打了一圈，脚下有点发飘，便说：我那边还有一帮子人，先过去了，改天再聚。

一桌人明显都对利小天有了好感，忙不迭地说：好，好，利总再聚。

3

利小天回到包间，显然这边的人也在等他。贾总说：利总，感谢你今天召集大家小聚。不过，你说的小利益上学的事有点难办，这些年我做校服生意，虽然和各个学校都有交道，但不瞒你说，今年的小学生入学全是电脑派位，没有本地户口的想弄个公办指标，校长都搞不定，除非是教育局的领导可能还可以做些手脚。

"教育局"三个字让利小天灵光一闪，他暗自兴奋起来，巧了，刚才隔壁那位本家兄不就是教育局的局长吗？利小天没声张，他端起杯说：今天组这局只是叙旧，小利益那事只是顺便打听下，不要有压力。上不了公办，就上民办嘛。

接下来，大家说了什么，利小天都没在意。他想的是必须要抓住这机会，和利局熟络熟络，日后好联系。想到这儿，他站起来说：不好意思啊，隔壁那领导关照过我不少，我要再过去和他约个时间聚聚。大家便说：去吧，去吧，领导重要。

4

利小天第二次进到隔壁的包间，目标已经很明确是奔着利局而来。他一手拿酒，一手握酒杯，走到利局身边，一本正经地说：我人刚过去了，心还丢在这里。今天有幸遇到利局，就是遇到了家人。我要单独再敬本家兄几杯！利局说：好，利这个姓，我这辈子也没遇到几个，以后常来往。

利小天正中下怀，便及时拿出手机说：那就加个微信！利局爽快地说：好。利小天加了微信，立即将他的电子名片发给了利局，利局也很快回了一个握手的表情。

利小天又干了多少杯，他已经记不清了。不过，即便喝得再多，他还是没忘记抢先将两间房的单全买了。众人都离去后，他才一身酒气地叫了个代驾回家。

进了门，利小天身子一歪，便倒在沙发上。蒙眬中就听到老婆在问,利益上学的事,今晚谈得怎样了?利小天伸出手,做了个"OK"的手势。

5

第二天上午,利小天一觉醒来,便想起昨晚的事。于是他赶紧在微信里找到利局,写道:本家兄,昨晚一晤,未尽心意,您这周哪天方便,我们两家人单独聚一下。利局那边很快回了两个字:谢谢!利小天又写:感觉有神助似的,这几天正为小孩的上学问题发愁,可巧就认识了本家兄。那边犹豫不决似的,只回了个"哦"。利小天心想,就直说吧。于是他又写:想请本家兄帮忙,给您小侄弄个小学公办学位如何?想了想,利小天又加了句:我是懂规矩的人。

利局半天没回应,利小天发现自己犯了常识错误,这种事,哪个领导会和你在微信里聊呢?于是他赶紧补救:现在方便电话吗?

利小天发送的时候,突然心头一凛,他发现自己的话已经发不出去,很显然,利局将他拉黑了。

6

利小天打通廖志大电话,廖志大先说了一通感谢昨晚买单的话。利小天没心思听这些,就说:廖科,昨晚那个教育局的利局……

没等他说下去,廖志大抢过话头:利总,利局以前是教育局局长,现在不是了。

利小天一愣:什么意思?廖志大说:他判了五年,上个月才出来。利小天头皮一紧:那你们还口口声声叫利局?廖志大呵呵一笑:那几个都是他以前的老下属,不叫利局,还能直呼其名吗?

利小天变得语无伦次起来：那，那他，现在和教育局还有关系不？廖志大说：一毛钱关系也没有。他现在失业呢。

利小天五味杂陈，说不出话来。那边廖志大却突然兴奋起来：对了，利总，你那公司要人不？

原刊责任编辑　于双慧

【作者简介】刘浪，安徽宿松人，现居广州。出版作品集《俗事吾睹》《兄弟是手足》《紧急任务》等3部。曾获第十三届中国微型小说年度奖等。

月　夜
李胜志

月亮出来了，是一轮满月，像一只银色的飞盘，在云浪里起伏着，荡漾着，向前漂去。

闷心老汉把毛竹烟袋别在腰带里，提着一把明晃晃的快锹，便出门上路了。

村后有一条浅浅的小河，河水流着清凌凌的歌。

他在河边的洗衣台上悄悄地蹲了下来。

河对岸有一片碧绿的红薯地，那是闷心老汉的。眼下到了红薯成熟的季节，那一岭岭碧绿的红薯秧子，就像一道道绿色的波浪，在老汉心头涌动着，翻腾着。闷心老汉心里明白，越是这个时候，越有猪牲口来糟蹋。前几天没来瞧，红薯就被猪拱吃了不少哩。

闷心老汉这样想着，忽然被一阵异样的响声惊得炸了一下。

那是一头长白猪，简直像一头小白牛。那家伙一到河边，昂头倾听了一会儿，见没啥动静，便大着胆子下河了。

哗啦，哗啦，哗啦……

好一个胆大的家伙！它一定是糟蹋我红薯的一把老手了。闷心老汉连忙卧下身子，端起铁锨，双眼盯着过河的目标，像猎人一般。

这时，月亮的半边埋进云浪里，洒下朦朦胧胧的光，远村近舍，影影绰绰的。

闷心老汉吃力地辨认着。"呀哩！这不是隔壁村长的长白猪吗？真不像话，白天吃我的猪潲，夜晚吃我的庄稼。要不是考虑到和我那长白猪是一窝的，我早就……"他在心里痛快地骂了一句。哼！会上讲的比鳖蛋还圆，比百灵鸟唱的还中听——带头关猪。带啥头？带头把猪放到我地里来吃夜餐！

闷心老汉隐伏在那里。

猪上岸了，闷心老汉挽起裤腿，也开始下河。

哗，哗，哗……

猪在埋头拱红薯，闷心老汉从河底爬上来，迂回到它的身后，想从后面袭击它。猪感觉到身后有人，向前一蹿就是几丈远。

"我叫你逃！"

一道白光从老汉手中飞了出去……

奇怪的是，听到老汉的声音，大白猪猛然转回头，喘着粗气，向他走来。老汉定神一看，惊得又炸了一下，自语道："天哪！这不是我自己的长白猪吗？"

他庆幸铁锨没有击中目标。

闷心老汉从几丈外的红薯岭上拔出那把铁锨，扛在肩上，走过来，用毛竹烟袋轻轻敲打着它，越过小河，慢慢朝村里荡去，不料刚到家门口，那长白猪"嗯"了一声，却拐进了隔壁村长的院子里。

"呀哩！"老汉一时闷在那里。

天空依然是那轮满月，像一只银色的飞盘，在云浪里起伏着，荡漾着，向前漂去。

原刊责任编辑　李跃

【作者简介】李胜志，中国作家协会会员，信阳市作家协会副秘书长。在《人民日报》《文艺报》《北京文学》等报刊发表作品四百余篇。

心　窗
李春华

姥爷常和姥姥吵架，导火索就一个。

姥爷说：庄户女人，就该做针线活，弄什么花花绿绿的纸片子！

姥姥呢，理一理头发，不搭理姥爷。有空就抱着笸箩，拿着剪刀剪那些花花绿绿的纸。

姥爷气急了，抢过笸箩，连同一肚子的火气，砸到院子里，吓得鸡鸭叽嘎乱飞。姥爷还赌气嚷嚷地骂道：针线活不做，成天剪这破玩意儿。咋找了你这个拙婆娘！

姥姥权当耳旁风，悄悄捡回笸箩，就是不做针线活儿。

母亲包了一家人的鞋子、针线活儿。姥爷对闺女是慈眉善目，一扭脸，就数落姥姥没个正形。姥姥涨红脸反问：啥正形？都跟你似的，天天没个乐模样？

村里的婆娘，有空就在村口杨树底下聚群，纳鞋底，扯闲篇。姥姥烧火做饭停当，关上篱笆门，盘腿坐在炕上，拿出笸箩、剪刀，折折叠叠。剪刀飞扬，纸屑飞落，凫水的鸭子，扬脖打鸣的公鸡，吃草的兔子，在她手里活了。姥姥把它们贴到窗上，黏在大小不等的笸箩上。

有时候，姥姥家活像被捅的喜鹊窝，叽叽喳喳。村里的小孩子，勾肩搭背地缠着姥姥剪小猫、小狗。姥姥像个孩子王，笑得腰身前仰后合。姥爷敲打得旱烟袋叮当山响，撅着胡子，挑开门帘走了。母亲夹在中间，不是滋味，顺口说：没正事儿，为剪纸成天生气，不值当！

姥姥闷声不语。

一日，从城里来了个中年人，到姥姥家看剪纸。

姥姥打开笸箩，一张张摊开。他推推鼻梁上的眼镜，镜片闪着光。中年人一拍手，这才是地道的非遗啊！您有多少？我都买下，价钱不是问题。

姥姥先是张大嘴巴，而后淡淡地说：非遗？我不懂。娘教的我。稀罕给你几张，我不卖。中年人像在看外星人，惊愕地打量着姥姥。摇摇头，又笑了笑，搓着手走了。

姥爷嘴角挂着笑，乜斜着姥姥：你怕钱咬你咋地？姥姥剜他一眼。

姥爷下地干活儿。姥姥早把鸡鸭抛到九霄云外，鸡鸭飞出篱笆墙，四下觅食，姥爷赶了回来，憋了一肚子火气，随时要从嘴里喷出来。

姥爷哐哐地进屋，姥姥没事人似的还在剪纸。姥爷一肚子的气泄了，扑哧乐了。姥姥倒是怕了，眼神幽幽地问：你，你这是咋了？

晚年，姥爷得了肺癌。姥姥藏起笸箩，揭下窗户上的剪纸。

姥爷种了一辈子地，让病魔拖垮在炕上。看不到村头的杨树林，闻不到泥土味儿，更甭提种地。他心里颤出一拨儿酸楚，泪光闪烁。

姥爷瞥了一眼窗户，嗯？少了啥？他伸出枯干的手，指着窗户。

剪纸呢？

姥姥吃一惊，张大嘴，凑过来摸姥爷的脑门儿，又摸摸自己的脑门儿。

没发烧啊？

姥爷又问：剪纸呢？

姥姥呃呃地答应着，颠着小脚，从旮旯翻出笸箩，拿出剪纸。展开、铺平，贴到窗上。

姥爷盯着剪纸，敢情是熟头巴脑的玩意儿啊。瞅着窗上的剪纸，咋像正在黑灯瞎火里划拉，突然射进了日头，心里敞亮多了，疼痛也减轻了呐。可往日，都没拿正眼瞅过，气就不打一处来。记不清吵过多少回。唉！老婆子没别的嗜好，不扎堆家长里短，就喜好鼓捣剪纸……姥爷陡然心生歉疚，腮边滚泪。

姥姥每天给姥爷做可口的饭菜，替换窗上不同画面的剪纸。有时贴杨树，有时贴牛羊。姥爷总是痴痴地盯着窗户。姥姥忘了换，姥爷指着窗户提醒她。

姥姥问：剪纸好看？

姥爷点点头。

姥爷说：你不识字儿，也不会画画，咋剪出的？

嘻，它们在我心里生根喽。

你会剪庄稼地不？再来个耕牛更好咧。

姥姥拿出笸箩，摊开红纸，折成方形。她的手像灵巧的鱼儿在纸上游走，剪刀下，指缝间，落下簌簌的纸屑。

姥姥的手一抖，一幅田野农耕图在姥爷跟前颤悠。

姥爷笑了，脸上的褶子都舒展了：嚯！你还忒巧！连庄稼汉脑门儿上的三趟褶子,你都给剪了出来!

姥姥也笑了,老两口平生第一次,一块儿笑出声来。

片刻后,姥爷收回笑容。

姥姥拎着那幅农耕图,想贴上窗户。姥爷伸出手,指着笸箩,放着吧!

半年后的一天,姥爷使尽气力,努了努干瘪的嘴。母亲问:爹,您想说啥?姥爷浑浊的眼睛盯着笸箩,抓着姥姥的手,声音微弱得只有姥姥能听见:别忘了——把那个——给——我带上。

姥姥会意地"嗯嗯",不住地点头。

原刊责任编辑　白荔荔

【作者简介】李春华,山东莱阳人。全国公安文联会员,河北省作家协会会员。作品散见于《小说选刊》《微型小说选刊》等报刊。

颠 倒

柴亚娟

我四十岁那年,姐姐因宫外孕,在市第三医院妇科住院,我护理姐姐。

姐姐康复后,她建议我做个妇科体检,我说:"算了吧,我身体好着呢!"姐姐说:"到了你这个年龄,每年至少要体检一次,你别不当回事。"

多天后,姐姐给我打电话,问:"去体检了吗?"

我支支吾吾。

姐姐说:"要不,我陪你去吧。"

我推托不掉,只好说:"好吧。"

第二天,姐姐陪我去了市第三医院,我挂了妇科,一个男的胖医生给我做了内诊,还给我开了 B 超单子。

我到六楼 C 区,把单子交给服务台护士。大约等了三个小时,候诊的屏幕上终于出现了我的名字。走到 B 超室内,按照 B 超医生的吩咐,我躺在医用床上。这位中年女医生,话语不多,是个冷美人。冷美人手法快捷，三下五除二，活就干妥帖了。我起身穿好衣服，在门外等结果。

喝杯茶的工夫，冷美人推门，把检查报告递给了我。我拿着报告单，看不大懂，但凭直觉，看到"子宫肌瘤"字样，有点傻眼了。

姐姐接过单子，看了看，也没看明白，她安慰我说："没啥大事。走，咱找医生去。"

我们一前一后，返回了妇科诊室。我拿着B超报告单，排号静候。轮到我时，我把单子拿给那个男胖医生。男胖医生蜻蜓点水般地扫了一眼，对我说："你的肌瘤都4.5（大约指立方厘米）了，得动手术切掉啊。"

我紧张地愣了一下，说："这么严重？"

男胖医生冷冷地瞅了我一眼，大声说："下一个！"

我心里不是个滋味，身体一向很棒的我，怎么会得这个病呢？我走到姐姐面前，对姐姐说："我身体啥感觉都没有啊，是不是医生给我看错了呢？"

姐姐看我疑惑，说："要不，咱再去别的医院看看吧。"

我和姐姐去了市第一医院和肿瘤医院。做完内诊和B超，医生都说我的肌瘤够大，非得手术不可。我不得不相信"这个现实"了，也不得不准备手术了。我比较了这几家医院，最终选择了比较权威的肿瘤医院。

准备就绪，我去了肿瘤医院。住院一周，即将做手术。术前需要做些"热身"。我的主治医生是马博士。马博士是本市颇有经验的主任医师。她的助手叫李雪，李雪是马博士自己带的研究生。李助手给我安排了一系列准备事项，其中一项是务必再做一次超声检查。

我跟随李助手，进入了B超室。超声医生是位大姐，她冲我微微一笑，那神情就像一缕柔和的阳光，不经意间反射到我的脸颊上。我紧张的心情瞬间被大姐的微笑融化了。

医生大姐对我说："把衣服脱下来，裤子留一条腿就行。"

我顺从地躺在床上闭上了眼睛。大姐说："别怕，放松。"

我说："好。"

大姐一边和我聊天一边看着影像。她说："都哪儿不舒服啊？"

我说："平时挺好的，就是上火时，小肚子疼，但不严重。"

大姐说："还好，有肌瘤，但不算大，留意观察就行。"

我疑惑地说："不对吧，我之前，去过三家大医院，都说肌瘤够大，得动手术呢。"

大姐说："肌瘤是多，但最大个儿的，也就2.9（大约指立方厘米）。只要注意别吃营养过剩的东西，过几年闭经了，肌瘤自然而然就干瘪了。"

我听后欣喜地说："真是这样，那可就太好啦。"

大姐说："起来吧，放宽心，你不用'挨刀'了。"

我起来后，还是有点疑虑。大姐看出了我的心思，对我笑了笑，说："你把那三家医院的报告单，拿给我。"

我说："我手头没有，住院时都拿给医生备案了。"

大姐说："去，要回来，我看看。"

我点头说："嗯。"

我费了很大的劲，要回了报告单，把单子交给了大姐。大姐看了又看，对我说："这三份单子都犯了一个毛病，那就是'超声描述'不规范。都把'子宫'和'肌瘤'的位置弄颠倒了。而医生仍然按照习惯来处理，没有认真看超声报告单……"

我听了，脊梁骨一阵发凉，好险啊，我的子宫！

我激动得泪流满面,握着大姐的手久久不放。

我和姐姐立即办理了出院。在我出院三个月后,听到的一个消息,于我来说,不亚于晴天里听到一声惊雷——姐姐陪朋友去市第三医院看病,在门诊大厅里的公示板上,看到了给我看病的那个胖医生,被提升为副院长。

听此消息,我心里五味杂陈。

此时,我非常想念保住我子宫的肿瘤医院做超声的那位大姐,我想去看一看她。到了肿瘤医院住院处,我找到了马博士的助手李雪,问那位大姐在没在B超室。

李雪贴近我的耳朵小声说,上次你不用手术一事,有人给告密到院长那里了,院长找了大姐"劝谈"之后,大姐就办理退休了。

听此消息,我心里再次五味杂陈。

原刊责任编辑　杨黎

【作者简介】柴亚娟,黑龙江省作家协会会员,东北小小说创作基地理事。作品散见于《小说选刊》《小小说选刊》《百花园》等期刊,小小说《慧姐》入选《新中国七十年微小说精选》。

魔术师
蔡中锋

三十七年前,我在定陶四中上初中,姚老师教我们语文。在授课时,姚老师的教学方法往往不拘一格,妙趣横生。

一天中午第三节课铃声响过,只见姚老师健步走向讲台,笑着对大家说:"我刚跟人学了一个小魔术,为了活跃一下气氛,正式上课前我先给大家表演一下好不好?"

"好!好!好!"听说姚老师要表演魔术,全班同学一起欢呼,课堂内的气氛立即热烈起来。

等大家安静下来,只见姚老师从上衣口袋里取出一支钢笔,笑着对大家说:"大家注意看好这支笔,我一会儿就将它变没了。"说完,姚老师拿笔的手在空中晃了几下,手中的笔果然没有了踪迹。

正在大家纳闷儿时,姚老师说:"我已经将这支钢笔变到了刘军同学的书包里!"

说完,姚老师走到第三排最右边刘军同学的座位前,果然从他的书包里找出了那支钢笔。

大家非常惊奇，一齐为姚老师鼓掌叫好。

姚老师走向讲台："我再给大家表演一次好不好？"

大家一起说好，于是姚老师再将那支钢笔举起，又晃了几下，那支钢笔又在大家的注视下从他的手中消失了！

姚老师说："这次我将这支钢笔变到了王梅同学的书包里，哪位同学愿意帮我去找一找？"

大家纷纷举手。姚老师说："那就让班长陈明去找吧。"

陈明走到最后一排靠左边王梅的位子前，竟然真的从她的书包里找出了那支钢笔！

大家掌声雷动，大呼神奇……

日月如梭，光阴似箭，转眼间三十七年过去，姚老师已经退休多年，但我仍然常常去看望他。

有一次师生见面，我突然想起姚老师三十七年前表演魔术的事，仍很不解："后来我能想明白的是，你第一次一定是趁大家不注意让钢笔落到了袖筒里，当你翻刘军的书包时，再让它回落到书包里就可以了。但第二次您是如何将那支钢笔瞬间变到最后一排王梅的书包里的，我至今仍没想明白。"

姚老师轻轻地笑了笑说："你说的是对的。其实我根本不会表演什么魔术！第一次我就是让钢笔落进了我的袖筒里。至于为什么第二次会在最后一排就座的王梅的书包里翻出了那支钢笔，那是因为，下了第二节课时，只有王梅一人进过语文组的办公室送作业，当时办公室里也没其他人，可是她走出办公室后，张老师放在办公桌上的那支心爱的钢笔却不见了，而我恰巧有一支和张老师一模一样的钢笔……"

听了姚老师的话,我恍然大悟。姚老师虽然平生只表演过这么一次魔术,但我却觉得,他足可以和世界上最好的魔术师相媲美。

原刊责任编辑　章芳

【作者简介】蔡中锋,中国作家协会会员,先后在中外报刊发表小说作品三千余篇,主编图书三百余部,主编报刊六种,获得文学奖项二百余个。

避雨的蓖麻仙儿

王彦艳

    王张兰德，是个又黑又瘦的人，她的个子很高，在这个村子里，没有哪个女的比她更高。那天的白天，还是个好天气。天空像往常一样，歇着一两朵神情略带滑稽的白云。王张兰德趁这样的天气，从村南边的水塘里，捞起一小捆沤好的麻皮。麻皮还是秋分那天她从麻秆儿上剥下来的。剥了皮的麻秆儿，堆在地上，白净净的，像一个个瘦极了的人儿。

    傍晚的时候，天就阴了。王张兰德提前用灶膛里燃着的一截麦秸秆点亮了豆油灯。她刚点亮灯，风就从窗缝里吹了进来，接着，雨点打在了沉重的枣木门上："啪啪——啪啪——"王张兰德端着灯，到堂屋。她把灯放在八个角的黑梨木桌上，去给门上了门闩。豆油小灯，把她的影子照得很大。雨点从门缝里进来，在她身上激起一层凉意。

    她在玉米皮编成的圆蒲团上坐下，开始把麻皮批开，批开的麻皮像头发一样从她的手里垂下去，垂到地上。

"啪啪——啪啪——"雨继续拍打在门上。

她放下手中长发一样的麻皮,在纺车上开始纺麻线。

纺车"嗡嗡嗡嗡——"和外面的雨声混成一片。

豆油灯灭了。她在陶灯里倒上蓖麻油。灯亮了。她又坐在纺车前,纺车却转不动。纺车的轴子不见了。她围着纺车找了一圈,没找到。她掀开蒲团,也没有。她急了。她在麻线堆里摸,也没有摸到。

她捶着腰坐在蒲团上,开始骂了:"是哪个鬼拿走了吗?"

门外有个细得不能再细的声音:"我在你的屋檐下暂时避雨,没有偷你的纺轴,你再找找。"

她惊得张大了嘴巴。她也不敢起来找纺轴了。

"啪啪啪啪——"雨越下越大了。

门外那个细得不能再细的声音又传进屋里:"你不用怕我,你秋天把我剥了放在鸡窝上,天天都见我的。"

她用右手捂住了嘴巴。她一低头,看见纺轴就在她的左脚边。她装上纺轴,只能继续纺麻。

"嗡嗡嗡嗡——"

"啪啪——啪啪——"

她纺着麻,忍不住用目光扒开门缝向外看。她什么也看不见。

她支起耳朵,想再听到那个细得不能再细的声音。她觉得那个声音,比春天的风硬,比冬天的风软。她摇着纺车,一圈又一圈。她想起夏天时,青麻顶着亮黄的花儿,结出的青麻果儿,绿绿的,上面打满规矩的褶儿。她对在门外避雨的麻仙儿,生出一种怯生生的信任。

她等着那个声音响起,打算鼓足勇气问问她今年的收成。她还想问问她的寿限,她已经六十九岁了。

她直着腰,纺着麻线,支着耳朵听。

"嗡嗡嗡嗡——"

"啪啪——啪啪——"

那个小屋里的油灯,亮了一夜。

原刊责任编辑　晋阳

【作者简介】王彦艳,河南《百花园》杂志社编辑。

入围佳作

书法大师刘二蒙

王金石

老板急促地问:"你们的关系怎么样?"

"我们是哥们儿,关系杠杠的。"

"大哥,你帮我一个忙,求他一幅字,我给你一万好处费。"

"他的字真的那么难求?"

"刘大师的书法现在是一平尺两万八,县长的面子,低于两万都不给。"

我吃惊起来,一年不见刘二蒙,不知该怎么评价我的哥们儿了。

我紧紧盯着老板,一句话不说。老板就是商人,鬼精鬼精的,立马从手包里抽出一沓钱来,笑脸相迎:"这是一万,你答应帮我办,这酬金就是你的。"

我望着嘎嘎新的钞票,喜出望外。

果不虚传。刘二蒙不足八十平米的客厅里三层外三层,水泄不通。我跳了几跳,只看到刘二蒙的头顶,根本看不到他的脸。我急中生智，大喝一声："刘二蒙，你给我出来。"一石惊起千层浪，人们不约而同转过身来，望着我。刘二蒙也停下了笔。有人就不满意了，刘大师的名字也是你叫的？又有人建议：把他赶出去。不知啥时候刘二蒙站在凳子上，见是我，忙制止大家："他是我兄弟，不得无礼。我兄弟回来了，不写了，不写了。"有人恳求，刘二蒙大手一挥，"不要磨叽，我兄弟回来了，就是给我一百万我也不写了，我要给我兄弟接风洗尘！"

人们陆续下楼。老板满脸羡慕，小声耳语："看到了吗？大师就这个派！"

等人走尽，我才细细观察刘二蒙。刘二蒙不再跟我一样小平头，而是长发飘飘，胡子拉碴，还真有大师的派头。

刘二蒙上前跟我就是一个大大的拥抱，高兴地连连说："想死我了，兄弟！"

热情过后，刘二蒙发现我身后还有一个人，脸就拉下来了，冲着老板呵斥："你咋还不走啊！"

老板呵呵地露出讨好的笑脸。我忙接话："我的朋友，跟你求字来了。"

刘二蒙显出仗义，没有推辞，折身来到案前，铺好宣纸。二蒙并没有急于动笔，而是掌心向上，双手缓缓环绕胸前，轻轻地深吸一口气，那架势，似有运气之势。看得我有点发蒙，写书法你就写书法吧，故弄什么玄乎，瞎扯淡。就在我对刘二蒙的举动有些不满的时候，他突然大喝一声，吓了我一跳。再看他伸胳膊拉腿又蹦又跳，得了癔症似的折腾一阵子，突然抓起毛笔，在宣纸上东画西抹，粗细线条匆匆而过，时不时还在纸面上乱戳几下子。直到他咧开大嘴，大叫几声"嘿、呼、哈"才收笔。整个过程就像街头卖艺练气功的把式，看得我差点笑出来。

刘二蒙折腾得容光焕发，精神矍铄。题款盖章，冲着老板一笑："友情价，八万。"

老板一脸自豪，喝彩声声，点头哈腰，付钱，收货，告辞。

我真的有些吃惊了，有些怀疑似的问刘二蒙："就这么简单？"刘二蒙得意一笑："就这么简单。"

我总觉得刘二蒙写字坑一样，疑问顿生："你这字……"

刘二蒙拍了拍我的肩膀说："你不懂。"

我真的不懂书法，不敢妄言了。

兄弟离别一年自然有许多话要说。推杯换盏，边喝边说。你来我去，彼此一斤多酒下了肚，舌头就短了许多。待我回到家，头一阵眩晕就栽倒在床上了。

睡了三个小时之后，被口干舌燥折磨醒了。我起了床，咕咚咚喝了好几杯水。凉水下肚，通身舒服了许多。仰卧沙发闭目养神。

"咚咚咚"一阵敲门声，显得怯怯的。起身开门，发现是那个老板。

"你怎么来了？"

老板面露为难的神态怯怯说："回家后，我怎么看也不认识这字，找几个有文化的人，也不认识，我来是想问问大师写的是什么字。"

我领老板来到二蒙家，说明来意。刘二蒙接过大作展开，仔细端详起来。时而皱眉，时而啧啧几声，时而倒吸几口气。望着变化无常的刘二蒙，我想起朋友讲的一个段子：一个收藏家买了一个书法家的书法，反过来倒过去看了一百遍，也没有认出来上面写的是什么字，只好再次求助书法家，书法家看了一拍大腿，埋怨收藏家，你怎么不早问呀,我现在也不认识了!想想刘二蒙是不是也这样回答呀?这样回答的话那可真的就有意思了,我乜斜了一眼刘二蒙,看到他那个神秘的样子,感觉他就要像那个书法家一样,说出那句话了,如果说出那句话真的就是大笑话了。我紧紧地咬着唇闭着嘴,不让自己笑出来,可越想越想笑,最终还是没有忍住,扑哧笑出了声音。刘二蒙狠狠瞪了我一眼,我忙捂住了嘴,掉过头去。结果出乎我的预料,刘二蒙没有说出那句话,说出来的却颇有哲理,颇有深度,颇有学问。刘二蒙面对老板讲解起来:"这是天书,故,天机不可泄露。从美学意义讲,重要的是含蓄美,故,它既是字也不是字。诸事随缘,你看着舒服就好嘛。为什么要把事情看得那么清楚呢?"

老板听了刘二蒙的讲解,顿时满脸喜色,敬慕的眼神,紧紧咬着刘二蒙,平静的身体竟然渐渐地激动起来。老板深深呼吸了几口气,稳了稳神,挺直了胸膛,上前一步,躬下身重重地一抱双拳:"大师啊大师,太高了,今天我算是开了大眼,见了大世面了!"

刘二蒙乜斜的目光,望着老板的背影离去,眼神里流露出许多复杂的内容,任谁读也不会读懂。

原刊责任编辑　郭晓霞

【作者简介】王金石,河北省作家协会会员,河北小小说艺委会副主任,在各地报刊发表作品数百篇,出版小说集两部。

煤油饭

江 岸

作为竹园镇中学的校长，我兼任学校校友会会长。我们建了一个全国校友微信群，时不时地把学校工作的种种信息在群里晒晒，也算经常向校友们汇报汇报吧。

有一天，我们学校的老教师花如兰因病去世。花老师年届九十，活到这样高寿病故，在我们乡下算是喜丧。

去花老师灵堂拜祭之后，回到办公室，我随手写了个简短的讣告，发在了校友微信群里。我原以为，花老师已经退休将近三十年，早就淡出了人们的视野，不可能引起什么反响。我这样做，只是例行公事罢了。万一将来他的学生问起来，我也好有个交代。

没有料到的是，讣告发出去不久，我就连续接到几位校友的电话，询问具体情况。更意外的是，远在北京的国家某部赵司长也打来电话，他说要马上赶回母校，送花老师最后一程。

我们学校是一所不起眼的普通农村中学，教学质量非常一般。历年来，虽然也送一批批学生走进了大学校门，但是在社会上产生广泛影响力的校友并不多。赵司长算是学校最著名的校友了。当年，他考上了一所全国名牌大学，在整个镇里引起轰动。他也是他们黄泥湾村第一个考上大学的人。

赵司长果真在第二天傍晚赶了回来，全程参加了花老师的葬礼。他的同班同学也从全国各地回来了好几位。因为这些校友的出席，市、县、镇各级领导都出现在了花老师的葬礼上。花老师如果泉下有知，也该含笑瞑目了。这么多年来，我送走过不少老教师，花老师的葬礼算得上我们竹园镇中学最隆重的。

花老师安葬以后，赵司长立即赶走了各级头头脑脑们，让他们抓紧回到各自的工作岗位上，不必再理会他。他要在花老师的墓前单独坐一坐，再陪一陪花老师。大家知趣地离开了，坟山上只留下赵司长一个人。

我们在山下等了许久，赵司长才慢慢走下山来。我看到赵司长的眼圈儿红红的，眼眶湿湿的，应该流了许多眼泪。

几位校友临行前，我以个人名义在镇上的小酒馆里给他们饯行。

席间，花老师自然是主要的话题。几位校友抢着说话，回忆着花老师对他们的各种好。奇怪的是，赵司长一直沉默不语，他低垂着头，沉浸在深深的哀思中。

终于，大家都不再说话，安静下来。

赵司长抬起头来，问，你们还记得有天中午，学校食堂卖的米饭里有股浓浓的煤油味儿，许多同学聚集在食堂门口，将白花花的米饭撒得到处都是这事儿吗？

几位校友七嘴八舌地说，当然记得！怎么会忘记呢？

赵司长又问，你们肯定不知道前因后果吧？

大家面面相觑，纷纷摇摇头。

赵司长说，那时候，学校夜晚十点统一熄灯。我们每个同学都

入围佳作　083

有一盏煤油灯，学校熄灯之后，大家都点燃煤油灯继续学习。有一次，我端着煤油灯回寝室睡觉的时候，因为夜太深，有点迷糊，不小心把煤油灯打翻了，半瓶煤油泼在了我放在床铺前面的米袋上。同学们都入睡了，没有人看见，我也没敢声张。那个时候，大家的家庭都比较贫困，都是每周回家背一袋米和一罐咸菜到学校，将米交到学校食堂的米仓里，换回饭票，维持一周的生活。第二天，我犹豫了许久，还是将泼上了煤油的大米交给了学校食堂。

有位校友笑着说，原来是你小子使的坏，看来当时我们错怪了学校食堂。

赵司长接着说，学生集体罢餐事件惊动了学校，学校很快查清楚了真相。学校负责收米的食堂管理员回忆起来，我交米的时候，他本来闻到了一些异味，谁知道我下手太快，刚过了秤，就将大米倒进了米仓里。当时交米的同学排着长队，他也没有多想，就将饭票发给我了。学校让我赔偿所有损失，好几百斤大米呢。我正着急上火，花老师找到我，让我安心学习，他来处理这件事。

停了停，赵司长又说，后来我才知道，花老师把那几百斤被煤油污染的大米全部运回了他家里，又从集贸市场里买了干净的大米，还给了学校食堂。

说着，赵司长的声音哽咽了。

良久，大家都没有再说话。

原刊责任编辑　蔡静

【作者简介】江岸，河南省商城县人。中国作家协会会员，河南省小小说学会副会长。发表地域文化"黄泥湾风情"系列小小说等五百多篇。

明天升起的,不是今天的太阳

莫小谈

又挨过一个雪夜。

憨叔起床,拉开门,太阳在天上,旧洋车躺在院落的雪里,凉风一吹,又添上一层浮雪。

憨叔来到水桶旁洗漱,一看,还好,水没有结冰。他取出一瓢来,呼啦一声倒进脸盆里,洗脸。

如果被憨婶看到,一定会责怪他:"尽逞能,一把年纪了,也不怕激坏了身子。"

憨叔和憨婶相濡以沫一辈子,形影相伴,即便是到东墙根儿晒暖,也要出入成双。

那天,雪还没下,憨叔挨着憨婶坐:"想娃不?"

"不想。"憨婶揣着袖筒。

"真不想?"

"真不想。不过——"憨婶又补了一句,"想孙子嘞!"

憨叔的儿孙住在城里,很少回来,他俩不喜欢闹腾,非要留在乡下享清静。

"看天，是要下雪喽，等家雀回巢，我给你捉几只，用家雀脑涂手，不皴。"憨叔转了话头儿。

憨婶拦着不让捉，说："别造孽，谁都是一条命。"

那一日，风和日丽，阳光照在身上暖暖的，他们一起回忆了好多以往的事儿。

年轻时，憨叔的本事大，娶了憨婶这朵花。憨婶起先嫌他家穷，不乐意，说："我是不会踏进你家门的。"憨叔不死心，赶了小半年工，才换回一辆永久牌的"洋驴子"来，跟憨婶说："你不愿踏进俺家门，我驮你进门总行吧！"

憨婶无言以对，被憨叔的真诚打动，就过了门。婚后，二人相敬如宾，从未红过脸、置过气。

憨叔洗完脸，进屋烧饭。昨晚的玉米面糊糊没喝完，他倒进锅里，再添一碗水，又馏了两个馍："咱俩还一人一个，比赛，看谁先吃完。"

其实，家里有肉也有菜，但他不想吃，就没有热。饭后，憨叔到东墙根儿晒太阳，独自一个人。

"说走就走了，哪有半点儿的舍不得？"憨叔嘟囔着嘴。

那天，老两口儿坐着晒太阳，憨婶突然问："还记得桂英不？"

"记得，东胡营的。"

"嗯，走喽，前天下午走的。听说，她闺女回娘家，在门口喊：'娘，娘，开门。'敲了半天也不开，撞门一看，桂英趴在床沿，走喽。"

"哦。"憨叔捧着茶缸喝水。

"还有留栓，也走喽。"

"谁？"憨叔有些惊讶。

"三队的留栓，晌午出去放牛，太阳落坡后，只有牛回来，家人就去找，结果发现他躺在河边草地上，身子骨都硬喽。"

憨叔没吱声，抬眼看着天："太阳落到一竿子喽，不晒喽，不暖和喽。"

"就是，落坡喽，回屋。"

晚饭，憨婶熬的红薯粥，又烙了三张饼，两人比着吃饭。晚上，二人上床休息，一人睡一头儿。

将睡未睡时，憨婶突然问憨叔："你说，为啥冬天的太阳，说落就落哩？"

"今天落，明天升。"憨叔说。

"那终究是明天的太阳。"

"都一样。"

"不一样。"憨婶说。

沉默了一会儿，憨婶说："你本事大，有能耐你别让太阳落。"

"好，赶明儿我把它支起来。"随即，憨叔问憨婶，"你怕死不？"

"怕。"

"嗨，恁大年纪了，还没活够？"

"没，孙子没结婚，他二舅还躺在床上，花奶奶的外布衫也没做完，我不能死。"

"瞎操心，睡吧。"憨叔说。

夜里，雪扑簌扑簌下地下。憨叔被冻醒了，一摸憨婶的脚，凉的，就拉拉被子给她盖上；又睡一觉，再一摸，憨婶的脚还是凉的，又拉拉被子给她盖上。第三次，憨叔突然心里发慌，他叫了一声："老婆子，冷吗？"憨婶没应声。憨叔又喊："老婆子，老婆子。"憨婶还没有应声。

憨叔赶紧拉开灯，下床，凑过去又叫几声："老婆子，老婆子。"

见憨婶不动弹，憨叔一屁股坐在床沿上："太阳落坡了……"

今天是憨婶的头七，憨叔决定干一件有本事的事儿。

憨叔拿来一把铁锹，围着旧洋车铲雪，随后又取来扳手、钳子、钢锯条等，一堆的工具。

憨叔要拆下一个车轮，然后将它拦腰锯开，做成一个半圆。

这对憨叔来说，除了费点儿时间外，并不是一件难事儿。太阳偏西时，憨叔完成了任务。

他搬来一个梯子，爬上西厢房的屋顶，将那半个轮圈开口向上，固定在上面。然后，憨叔又回到东墙根，反复调整位置后，坐下。他死死地盯着西坠的太阳。

慢慢地，太阳下落；慢慢地，太阳落进那个敞开口的半圆；慢慢地，太阳的下沿触及轮圈的下沿。

憨叔闭上眼，在想：有轮圈支住，太阳该不会落坡了吧。

但憨叔有一个遗憾，他认为做工时，会有人走来和他对话："憨叔，你这是弄啥哩？"

"截半个轮圈。"

"截它干啥？"

"支太阳。"

"支它干啥？"

"怕落坡。"

"今天落，明天升，都一样。"

"不一样，不一样。"憨叔想，他会这样回答来人的问话。

原刊责任编辑　吴万夫

【作者简介】莫小谈，本名李涛，河南省作家协会会员。作品散见于《读者》《小小说选刊》《百花园》《山西文学》等。

老戏骨

张中杰

老戏骨早被人忘了名字。有人说姓张，有人说姓刘，甚至还有人说他应该是姓戏。

他打小是个没见过爹娘的孤儿，吃百家饭，穿百家衣，为了不饿肚子，逢人家过红白大事，就去帮厨。好多厨师见他透钻，都想收他为徒。

十二岁时他迷上了戏。七里八乡逢会赶集唱大戏，眼瞪得溜儿圆，支棱着俩招风耳听得入迷。连草台班子也一场不落，有时听入境处，一忽儿哭得一把鼻涕一把泪，一忽儿一个人哈哈大笑，手舞足蹈。惊得看戏人都回过头看他，连台上演员也忘了词，拿眼戳他。大家都以为他魔怔了。

"当大厨多好，一辈子好吃好喝，起码混个肚儿圆！"他冲戏台班头说想学唱戏。班头叼个烟袋锅吧嗒吧嗒吸，不拿正眼瞧他。

"人不能光为了吃，我得学戏。唱好了，报父老乡亲对我的恩！"他一板一眼，还念起道白，尾字音拖起了长腔。说毕，恭敬跪拜作揖，比台上的主角还有范儿。

班头被他这一腔惊呆,又见他心诚,知道感恩,让他跟了戏班子。

他除了为戏班子做饭,剩下时间喜欢跑龙套。奇怪的是,没见他跟谁学过,却唱念做打样样在行。一个人分演所有角色,缺啥补啥。唱全场,谁看谁呆。连台上人都瞒过了,原主演心中直怨他抢人饭碗。

生角旦末丑,学啥像啥,唱啥是啥。扮老生显尽沧桑神韵,演青衣袅娜依人,花旦、刀马旦、武旦、老旦、彩旦等各展风流;扮文丑出场,插科打诨,台上台下笑声不断;当武丑更见真功夫,连台下力气蛮的也怵他三分。

唱苦戏,他念及从前孤儿之难,悲悲切切,幽幽怨怨,让台下观众喉咙跟着发堵;又忽然声声泣句句悲高亢起来,观众眼泪便哗哗直流,台下哭声大作;唱笑戏,自豪感溢满于胸,朗朗然从喉间有节奏地往高处走,台下也跟着大笑不止。鼓掌声叫好声响遏行云。

好多大剧团慕名重金来挖,私下允以优厚待遇,都被他拒绝。他说我做事从一而终,一波波来人说客悻悻而归。

剧团八个大戏箱,他有个三十厘米见方的"百宝箱"。香樟木,磨得黑明光亮,看不清颜色。到哪儿都背身上,寸步不离。有擦脸毛巾、小镜子、胭脂膏,也有针线包、纱布,还有跌打丸。大家戏称"神秘9号"。

他干过件大事。有个大村村医是戏迷,车祸后送殡。村民们凑钱想让出台戏,正巧与村长爹八十大寿时间冲突。他演主角,班头想给村长爹演,他断然拒演。

"一辈子救过多少人命,又是咱铁杆票友,我得用戏送他一程。你们不去我一个人去!"斩钉截铁,脸爆青筋。他是台柱子,无人可替,一走就砸场了。团长无奈,又联系兄弟剧团,跟村长好说歹说,才救了场。

他不找女人，说戏就是自己的女人。有人见他私下里一个人扮演自己的女人，与自己表白，咿咿呀呀，呢呢哝哝。

他见剩饭抢着吃，每次吃过的碗都像舔过似的光。说什么"剩饭姓张，越吃越香"。夏天饭都有馊味了，也不舍得倒掉。好在他身体好像铜墙铁壁，从未犯过胃病。

戏班市场不景气，连行头都置办不起。皇帝的蟒袍右腰间被吸烟人烧个鸡蛋大的洞，也换不了。他掀开随身百宝箱，从里面拿出针线包。一愣眼工夫，皇袍破洞已缝得严丝合缝。但，他常常望着破旧的戏装，怔怔发呆。

那日，班子为孤儿院义演。他正演《铡美案》里的包公怒斥陈世美，高潮处，掌声喝彩声四起。忽见狂风飘来，头顶搭起的头柱突然倒下。拉二胡的二大爷和边上昏睡的小孙子来不及反应，但见他边唱边飞身而起，扑向二人，被柱上灯砸中脑门，瞬间血流如注。他硬生生面不改色，唱完最后一句，猛然直挺挺倒地。

大伙把他翻过身来。"速拿我9号箱来！"血污满面的他，京腔京韵大声念白。

"毛巾？"他摆手。"急救包？"他摇头，食指下探示意下翻。翻到箱子最下边，哗哗啦啦，全是五角一块两块硬币和脏兮兮的纸币。

"一半置办新行头，一半给孤儿院……"言毕，倒地气绝。

一老戏迷，民间雕刻家，在他坟丘碑上刻"老戏骨"，字迹风流，劲直有力。

原刊责任编辑　刘帆

【作者简介】张中杰，中国微型小说学会会员。作品被《小小说选刊》《微型小说选刊》等转载。多篇作品获奖并入选各类小说集和年选。

老人和牛

王 宇

老黄牛甩着尾巴，挪着碎步，伸出长长的舌头，一钩一卷，一簇嫩嫩的青草，齐齐地断掉，愉快地钻进牛嘴里。老黄牛嚼着，咽着，慢悠悠地走，走着走着，走近日落时分。老黄牛抬起头，看见主人还睡在午后的那块草地上，好像一个下午连姿势也没有改变过。主人是从不贪睡的。这个点，该回家了。还是过去看看吧。

"掌柜的，还躺在这儿，等着瞅星星看月亮吗？"老黄牛硕大的眼睛在说话。

"老黄，我感觉，我今天一点劲儿也没了。"主人的眼，睁得圆圆的。主人伸出手，抚摸着老黄牛宽宽的腮帮子。

"我帮帮你吧。"弯弯的牛角滑过松软的青草，伸进主人的后背。轻轻一抬，主人坐起来了。

牛角挑起车辕，牛车整装待发。

"不早了，咱回。"主人说。

"嗯，回吧，你上车。"老黄牛看着主人。

"辛苦你了，老黄。"

"又来了。"

"好，好，不说了，下辈子，换我来。"

"下辈子，噢，下辈子再说。"老黄牛的眼里噙满了泪。出院门就有青草，主人说，那草不好，非要走得老远，上山来，说这里的草，肥嫩、顺口、长膘。

架子车，老黄牛，耄耋老人，相依相随，是这古老村庄唯一会移动的景致。

主人握着拐杖，吃力地站起来，喘了口气，依着拐杖，爬上车。不用吆喝，老黄牛上路了。山路弯弯，绕来绕去。看得见的家，要走很久。夕阳下的村庄，像老人，呆滞地躺在那个避风的山窝里，临风沐雨。那些久不住人的院落，破败不堪。老人的眼，看着身披晚霞的山窝窝，一层层，一排排，金灿灿的，是个聚宝盆。

"他们都走了。屋子没人住，倒塌了；路没人走，长草了；土地没人种，荒芜了。也不知道，我走了，这地方又是什么样儿。老黄，你说，没人住的村庄，还是村庄吗？"

老黄牛接过话茬儿。"我，哪知道呢，村庄总归还是村庄吧。记得你老伴去世时，也没见你哭。邻居搬走一家，你哭一次。直到村子里只剩下你一个人，你也不再哭了。每到除夕，你总是提上糨糊桶，给村里的老院贴春联。你说，老院有灵性，过年的时候，老祖宗都会回来看后人的。你还说，总有一天，搬走的会回来的。黄土地是命根子。我相信，你说得对。不种地，哪来的粮食？"老黄牛扑闪着眼，走得很稳健，想让主人坐在牛车上舒服一点儿。

"是啊，打折胳膊连着筋。多少年了，同姓同族同处，真舍不得。"老人揉揉眼，"想当年，我还是孩子的时候，这村子，多热闹，家家炊烟，户户桃李。一窝一窝的光头小子，转眼就长大了。凿石头，修窑洞，新立门户。村里的人，像滚雪球一样地壮大。人多力量大，多好。"记忆，把主人的昏眼又勾得活泛起来。"生你的时候，是我接的生。一出世你就虎头虎脑，蛮有精气神。那些小贩子，三天两头地要买你，我就是不答应。"

"别说，你真是个倔老头儿。一辈子都改不了。娃娃们个个有出息，工作在城市里，要接你去住，享清福，你吹胡子瞪眼睛，死活不肯。你说，你要守着老伴的坟头，哪儿也不去。没办法，给你雇来保姆，没待三天，被你打发了。你说不自在，还是自己伺候自己好。好吗？自己受罪自己知道。"老黄牛反刍着胃里的青草，闭着唇，咀嚼着。

"你也是头倔牛。我说，我老了，养不了你了。连过冬的草料也弄不了。我把你卖了三次，每次都是半夜三更偷跑回来。用力撕扯缰绳，鼻孔里流着血，看得我心疼。天亮了，人家寻着你的脚印找上门来。我给人家赔不是，退钱，你像什么事也没发生，自顾自地在牛棚里吃草。"主人探出手，拍掉沾在牛屁股上的一根青草。

太阳隐去，月亮初上。乡下的夜，静悄悄。山路在牛脚下延伸。

"别慢腾腾地走了，快点走，回家，我还想睡会儿，睡在炕头上。"主人的话，比老黄牛的脚步还慢。

"你都睡一天了。"老黄牛明显地放快了脚步，"回家给你儿子打电话，让他带你走。这回，你再卖我，我绝不偷跑回来了，免得你牵挂。"

"好吧。我叫他回来，我不走。我看，我快要走了。我想老伴儿了，我去找她。说好的，她在奈何桥上等我。"

"你走了，谁贴春联？"

老人没说话。

"今天,好像是七月七。"

老人没说话。

"到家了,下车吧。"

老人没说话。

老黄牛扭过头,主人僵直地坐在车上,像一尊雕像。

天上划过一颗流星。听主人说过,人世间要走一个人。

老黄牛一声长哞,响彻夜空,传得老远,老远。

原刊责任编辑　黄灵香

【作者简介】王宇,陕西榆林人,中国微小说学会学员。作品见于《小说月刊》《小小说选刊》《百花园》《安徽文学》《文化艺术报》等报刊。

鱼霸自述

段金林

我本名叫王小二，市场上那些鱼贩子前呼后拥管我叫王老板，咱有自知之明，一没企业，二没商铺，是什么"老板"？那些鱼贩子给我戴高帽，那是忽悠我，但不管咋说我听着舒坦、自在。人前马后都是笑脸相迎，尽管那笑比哭还难看，我独享着这份荣耀，能乐"颠馅"。

鱼贩子为啥把我当神一样敬着？这里边有门道，有秘诀，小鸡不尿尿，其中有暗道。

现今流传着一句顺口溜，叫作"十八顶大盖帽，管一顶破草帽"。可在咱头上，既没有大盖帽，也没有无檐帽，可全市场上大大小小的鱼贩子全归我管，让我管得一愣一愣的，我说一句话，他们连个扁屁都不敢放。

什么？这叫欺行霸市？不！这叫能耐，这叫权威，这叫资格。老子在市场上闯出"明星"效应用了整整八年。说啥？我穷煽呼，一个卖鱼的还算啥"明星"？你这就是少见多怪了，只知道唱歌的、演戏的、上电视的有明星，还没听说卖鱼的也成了"明星"。你到东市场走走，再进西超市逛逛，一提起我王小二无人不晓，无人不知，家喻户晓的人难道还不算"名人"？

这些鱼贩子算是从心底服了我，当然也有不服的，当着我面摆谱装横，我上去踢他三脚，把屎橛子给他踢出来，乖乖地跪地求饶。咋的？我就是靠着拳打脚踢闯天下。鱼贩子就吃这一套，你花言柳说，他全当耳旁风，狗放屁，如果当胸给他一拳，他管你叫爹。

我在市场上腰里别根扁担横闯，鱼贩子不敢来硬的，就来软的，磨磨叽叽递小话。有个年轻的少妇挺好看，小脸蛋嫩得能捏出水来。她就拿美色给我套近乎。有一天，她满脸堆着笑，比盛开的牡丹还好看，凑到我跟前，小声地说："大叔，你就开开恩，我家有个吃奶的孩子，急等着我回去喂奶。"说着，她指着那小山一样的乳房，又说，"你看这奶子胀的，痛得我直搓脚，实在挺不住了，你就放我一把，让我降价处理这鱼吧。"我不吃这套，立时脸上起了一层霜，阴得要下雨，上去踢一脚，把鱼盆子给她踢翻。吼着说："我把鱼给你处理了，回去喂奶吧！要降价处理连门都没有。这个市场上的鱼价由我定，谁敢降一分钱，我能把他整死。"那些鱼贩子大眼瞪小眼，没有一个敢吱声。

我在市场上胆大妄为穷豪横，难道市场管理人员就不管？管啥呀！都让我喂肥了，是吃饱的狗，只管闭眼睡觉，哪还有闲心管这屁事？有他们给我抱后腰，做后台，我再不当市霸，那不成了十足的傻瓜？有人问我，你和那些"管员"成了铁哥们儿，那得送多少真金白银呀？我说，礼是送了，但不是我出的血。我让张三送条大鱼，他不敢送小的；我让李四送一斤河蟹，他不敢送八两。有这么多"管员"充当我的保护伞，我在市场上横闯直撞，还不像踢皮球一样，谁还敢在我面前夯愣毛？如果敢跟我叫板，那是胆肥了，吃了豹子胆。

俗话说，"天作有雨，人作有祸"。我横行霸道的日子终于作到头了。中央提出扫黑打恶，我这个鱼霸当然在扫除之列。刚开始时，是整顿市场秩序，我那些保护伞先是调离岗位，后又停职反省，听说还要追究法律责任。看来中央要下狠茬子扫黑打恶，不打尽恶霸不会收手。我理所当然成了案板上的鱼，撑等着让人开刀问斩。在等待的日子里我提心吊胆，从心底往上冒寒气，胸中像有块石头压着，憋得喘不上一口气。我想出逃，一张身份证横在那里堵着门，我上了通缉令的黑名单，这才真是到了上天无路、入地无门的地步，等待我的是一副手铐戴在手腕上。

直到此时，我才后悔未及，在一个法治国家，自己当的哪门子恶霸呀？非要走这条路，那还不是死路一条！

哀哉！痛哉！要知今日，何必当初。法律的利剑就高悬在头上，即便逃了今日，也难逃明天！

原刊责任编辑　刘福申

【作者简介】段金林，中国作家协会会员。现任庆安县作家协会主席、县关工委常务主任。著有长、中、短篇小说百余篇。

古玉·古盘·古砚
陆涛声

古 玉

一个秋天的晚饭后,老作家舒启正与老伴儿散步,走在街上,看到一家古玩店,下意识地摸了摸腰上系的古玉佩,便进店请老板鉴定鉴定。

古玩店老板接过去,先双手合着捻摸,又拿出放大镜,细细观察了一会儿,把玉佩托在手心里,以意外的口气说:"老先生,恭喜你,这是真的,是春秋时的,本埋在地下,该是宋代出土的。"老板还请求给玉佩拍了照,叮嘱说:"这可要好好保管呀!"

其实舒启正也早知道它是古货……

早在十年前,他还在职时,比他小六岁的好友赵自安第一本随笔集出版,是他作的序。赵自安在把新书送给他时,从腰里皮带上解下这块古玉佩递给他:"你看看这东西怎样?"

玉佩是圆形,如月饼大,有近八毫米厚,中褐色,有深浅差异,中间有个直径一厘米的圆孔,一面刻有粗犷的古代装饰图案,一面是光的。舒启正平时对玉并没有兴趣，接过来礼貌性地看了看。他早在两人闲谈中得知，赵自安的父亲年轻时在上海一大资本家家里服务过，见识过主人爱好收藏古玩，新中国成立之初回本城开了家中档饭店。一些食客家道中落，把家中藏品拿来暗暗抵账，他父亲便陆续收下许多大小物件。

舒启正料想是赵自安的父亲留下的，不过说不出名堂，只说："是块古玉。"

赵自安问："你喜欢不？"

舒启正生性淡泊，对古玩并没有浓厚兴趣；再说，为朋友作个序，岂能接受回报！他把玉佩放到对方手里说："你家传的，这我可不要。"

"送给你。"赵自安再次把玉佩放到舒启正办公桌上。

舒启正知道，赵自安是个十分谨慎的人，万事需经反复琢磨才会决定，送这玉佩实是来表示谢意的，可见赵自安对他写的序非常满意，他也感到欣慰。面对赵自安的真诚，舒启正觉得却之不恭，便任赵自安把玉佩留下。

之后，舒启正也像赵自安那样常把玉佩系在皮带上，时间一久习惯了当成自己的东西。

古玉佩如今被行家这样肯定，在舒启正心里加重了分量。他觉得挂在腰上委屈了它，就用一个精致的手镯盒装上锁在柜子里。

转眼又过了五年，舒启正年过七十，成了"舒老"。他参加一次市佛教文化研究会的活动，遇上了一个三十年前他辅导过的业余作者倪臻。倪臻告诉他，这些年一直从事古玉古瓷器研究。不久，倪臻又来看望舒启正，他便从柜子里取出玉佩让倪臻再鉴定一次。

倪臻随身带着放大镜，拿着玉佩走到窗前最亮处看了一会儿，也说:"是春秋时的,可值钱呢。"

舒老好奇,便问:"值多少钱?"

倪臻想了想,说:"二十万。"

值这么多钱!大出舒老意料。他将信将疑:"值这么多?"

倪臻随口又问:"舒老是否有意出手?如果出手,就让给我。"

舒老觉得这玉得慎重对待,说:"朋友送的,哪能卖钱?"

倪臻做了估价,古玉佩不再是玉,而是金钱,成了一块压在舒老心头的重石:再留着,岂不是占有朋友之财!于是,他决定归还赵自安。

可是,赵自安已退休四五年,去上海靠着儿子生活,头三年逢节日回故地还常来看看他,留下吃顿饭,这两年却不知怎的没了信息,手机号也已是空号。他找了好几个人才打听到,赵自安手机已换成上海的号,这才联系上,便约赵自安再回故地时来他家小聚一次。他还约另一位老同事老金到时作陪,其实是为还玉时在场做个见证。

在等待赵自安期间,一天黄昏时分,舒老看电视,看到央视《鉴宝》节目展示出一块秦代古玉佩,样子、颜色与他这块非常相似,专家鉴定后估价竟高达千万元,他震惊得目瞪口呆。《诗经》曰:"言念君子,温其如玉。"现在"君子"竟成了天价商品!他更加急切地盼着赵自安早日来,于是又打电话催问。

终于,赵自安和老金同来了。

舒老便把玉佩递给了赵自安,以谐趣的口吻说:"代你保管了十五年,现在完璧归赵,保管的责任就交给你了。"

赵自安愣了愣,没有说话,收下了玉佩。

因为老金在场,舒老没有展开关于玉佩的话题,赵自安也没再提。两人留下吃过饭,便告辞,舒老特意送出小区,直到公交车站。等老金先上另一路公交车离开后,舒老把古玉两次鉴定过程和二十万出价,以及央视《鉴宝》中所见,坦荡地全对赵自安说了。这时刻,他被自己的真诚、无私深深感动,自觉得有神圣感。回家路上,他觉得一身轻松,也有灵魂洗涤一净的舒爽,还有人格升华的自豪。

过了些日子,有两个早年被舒老辅导过的作者来看他。他们也都已从报社记者岗位退休,与他最贴心,几乎每月都相约来陪他喝茶聊天。闲谈时,他把还玉佩的事告诉了他们。

两人都说了敬佩的话。年纪偏小的一个忽然问:"你还给他,他推了没有?"

舒老说没有。

年纪偏大的也问:"他该说些感动话吧?"

赵自安没有说一句与玉佩有关的话。不过舒老没有回答。

偏小的为舒老鸣不平:"对老师这种高尚的举动竟不当回事了。"

偏大的也说:"缺点儿礼貌。"

舒老的心弦也被两人的话拨动,还玉时他也曾觉得赵自安欠点儿礼貌,心里曾隐隐不适,这时这种不适又加重了。

过后舒老冷静下来,又不由反思:古玉本就是他的,何况是好友,怎还在意这些呢?他推与不推,与我要归还的心愿又有什么关系呢?难道我在乎的是那点儿客套?

他觉得自己的灵魂还有隐垢,心生惭愧。

古 盘

舒启正忽然想起,许福元好久没有来了,便打手机找他,说是停机;又通过熟人打听,终于知道,他家连遭横祸。先是在化工厂做工的大儿子不慎跌入化工池身亡；祸不单行，不久他自己也中风瘫痪，住进康复医院。舒启正心里十分难受。

与许福元相识，是在六年前。那时舒老年正七旬，受邀去加拿大举办了个人书法展，回来在本市美术馆举办了回报展。之后有好些书法爱好者登门造访，或是"请教"，或求"墨宝"。许福元便是其中一个。

当时许福元已六十出头，家在离市区七十多里的乡村，拿着几幅写的行书和花卉画来求指点。他个子不高，言行举止礼貌谦恭，忠厚老实相，书只念到初中二年级，喜欢书画。许福元几经转行，中年起为乡镇园林公司承包的修缮古建筑工程描画彩绘雕梁画栋，彼时已经退休，每月有两千多元退休金，有自留地种蔬菜自给，在苏南农村勉强可以衣食无忧。

在舒启正眼里，许福元的行书属半入门，运笔有些滞涩，与性格有关，不过也透现出后天努力的积累，实际修养明显超越原有学历。舒启正对他印象良好，便以肯定为主，略提些技法上的建议，还送了一幅自己写的行草和一本书作册页。

隔了几天，许福元又特地赶来，送来了一只画国画用的调色盘，紫砂的，直径二十五厘米。盘中拦隔成七个小池，都搪着一层白瓷，供存七种颜料；盘盖是一朵梅的形状，盘结着有数朵梅花的折枝作为把子，盖内也搪有白瓷，可供调色；盘底有"顾天佑制"的印。盘内还有一张红纸做了个标签，用毛笔写了"舒启正师惠存，许福元敬赠"。许福元说："这是光绪时的，一九七六年我从江西一个朋友手里淘来的。放在我那儿受屈，配老师您用！"他送得郑重、虔诚、恭敬，显然，这古调色盘在他心里分量很重。

舒启正有受敬重的安慰，也被真诚感动。不过他素来只重实用，不中意收藏，早有青花瓷调色盘，便拒绝收下。

许福元执意要送，舒启正执意谢却，两人一番推来推去，许福元的脸竟由涨红到泛白，最后两眼湿了。舒启正便不得不做让步，不过为表示谢意，回赠他一套四体书丛帖和一本书法作品集。紫砂古调色盘他用不着，只能搁置在柜里。

之后，许福元不仅经常带自己的书作来请教，他还有个念初中的孙儿也学书画，在参加考级，他也带孙儿的书画来求舒启正指点。有时还为朋友求字，舒启正也总给他写。他每回来都带礼物：他们那一带是培植苗木的"花木之乡"，这回带株梅花树苗，下回带一盆月季……来来往往，关系也就亲近了。

一晃过了四年。一次，许福元带来一本打印的诗稿，说他从青年时起就爱写七言、五言诗，记录人生随遇的感受，积累了五百多首，想编印一本集子，求舒启正看看，写个序。

舒启正抽时间看完，觉得通俗质朴，有生活趣味，也有因信佛而生的慈悲情怀。他对许福元更增好感。然而舒启正不写诗，觉得没把握写这诗集的序，只能归还诗稿，深怀歉意地说："你另找人写序吧，到正式排版印集子时，我给你题写个书名，再写个祝贺题字。"

舒启正依稀记得，在这以后许福元似乎就没再来过。如今得知他连遭不幸，舒启正想去医院探望，更想为他做点儿什么。舒启正首先想到了那冷搁着的紫砂调色盘和他孙儿也学书画，觉得古盘应该作为他的传家宝传给他子孙；还想到那本诗集，是他一生的心灵历程，对他及孙儿都有不寻常的意义。若是印两三百本，光印刷费起码也得花几千元钱，他家经济原不宽裕，如今更不可能承担这笔开支。他一旦离世，那本诗稿便成他人生最大的未了之愿。舒启正决定资助印刷费用。

舒启正带着紫砂调色盘，买了水果和营养品，请人开车，到三十里外的康复医院。他把古盘交给了许福元的老伴儿，又表示愿资助印诗集并且帮助编印。许福元的老伴儿既感激又觉得不好意思。许福元躺在病床上，已不能言语，头脑似还清楚，不仅认出了舒启正，还听懂了关于古盘和诗稿的事，激动得右手直挥动，嘴里发出"嘀嘀"的声音。诗稿在家里，舒启正便嘱许福元的老伴儿找到后邮寄给他。

舒启正收到的诗稿，仍是那份打印的，没有电子稿。他先请人打字，又亲自细细加工修改、校对、分类、编辑，请人排版，按早先的许诺，题了书名写了祝词。为赶时间保证让许福元能亲眼见到书，他还亲自到市新闻出版局代许福元申请了省出版局的准印号，不断催促印刷厂。

诗集印了三百本。舒启正坐印刷厂送书车到了康复医院，拿出一本诗集翻着让躺着的许福元看。许福元浑身颤抖，眼里流出泪水，随后右手僵着朝他老伴儿挥挥。他老伴儿懂他的肢体语意，拿签字笔给他，托着一个本子让他写。他抖着手艰难地写下"假"和"骗"两个歪歪扭扭的字，接着就狠敲自己的头。

许福元的老伴儿解释说："您把紫砂盘拿来之后，我二儿子拿去找行家鉴定了，制盘的顾天佑不是光绪时人，是解放初的，也算不上大名家，那盘不算古董。福元知道真相后非常难过，认为原本是当古董送给您，其实是欺骗了您。"

许福元的喉头发出"嘀嘀"的声音，表示认可。

其实舒启正从来没有在意过是不是古物。然而他这时心头不由一阵疼痛：已瘫痪在床不能言语，得知当年把假古盘误当真古董送，坦诚说明真相还如此苛刻地自责，这是多么纯净的灵魂！在舒启正眼里，那两个歪歪斜斜的字，是两朵洁白晶莹的莲花，是一颗真诚和纯粹的心里开出的，比真的古盘宝贵百倍。他不由动情地恳求："这张纸给我留作纪念好吗？"

许福元的老伴儿把纸从笔记本上小心地撕下，交给了他。

舒启正珍惜地折好，放进了左胸襟的内袋。

古 砚

年已古稀的舒启正书台上新添了一方古砚，用木盒装着。古砚是长方形，古朴的橙色，上沿儿有刘、关、张三顾茅庐的半身浅浮雕，凹处嵌有墨垢，看上去有了年代。舒老并不爱好收藏，对名砚、古砚没有深入研究，不过能认出这块是澄泥砚，是中国四大名砚中唯一用土陶烧制的。

这是姚斌送的。

姚斌是一所高等职业学校的校长，爱好文学，写了一批生活随笔结集出版，请舒老作的序。舒老早就听说，姚斌善于接受新的教育理念，善于思考、践行，对他早有几分欣赏，便乐意作序。送舒老古砚是表示谢意。

舒老早年曾做专业美术工作，三十多岁改行从事文学创作和艺术评论，在全国有些影响，业余还一直与书画做伴，书法也享誉一方，常有人求"墨宝"。早在二十年前当地有人出书就请他作序。十多年前他就听说，有些名家作序也有行情，得给润笔。舒老原本从事文学创作时，也长期做业余创作辅导工作，接受作序任务后，仍有辅导的习惯，总要认真看书稿，分析提炼，肯定长处，指出进一步提高的建议。舒老作序从不收润笔。也有人求他书法，他也没有要人酬谢的念头。不过，请他作序或写字的人也总会送点儿小物件、食品、茶叶、酒之类的礼物。他每回都拒收，然而对方大都坚持留下。

姚斌送这方古砚,是在请舒老吃饭时,说:"是别人送我的,我不写书法不画画,给您才能派上用场。"

舒老万事力求简朴,写字不讲究砚台档次,书台上用的,是20世纪70年代末在文物商店买的歙砚,虽也属名砚,但只是普通级别。姚斌送的这澄泥砚价值如何,他无法判断,推了几次推不掉,只好收下。吃饭时,舒老谈了些关于文学、书法的话题,姚斌边饮边听,似乎很佩服,激动地说:"我还有一块古砚,也是别人送的,上面雕着龙,是乾隆年间的,在老家,我下次回去看老母亲时也取来送给你。"口气里显然有比澄泥砚还珍贵的意思。

舒老忙说:"我哪用得了这么多砚台?千万不要。"

时隔不久,姚斌还是托人送来了。

这方砚台是不规则的圆形,灰黑色,沾满墨垢,上部雕刻着的深浮雕,其实并不是龙,而是麒麟,头似龙,纯写实造型,形很准;底部有一方雕刻的印章"大清乾隆年制",按颜色看,可能也是歙砚。舒老想,姚斌并不写毛笔字,人家送他只能是作为藏品的,可能是有孩子上学求他帮忙。舒老无意去计较其中是非,又一次表示拒收。

代送者却拒绝带走:"我受姚校长之托,得忠他之事,求您别为难我。"

舒老无奈,任其留下。他专心于写作,没有兴趣弄清它的价值,把它放到博古架上。

时隔半年,好友俞季年来访。俞季年是雕刻大师,对古玩比舒老内行,看到博古架上的古砚,便搬到书台上仔细鉴赏,拿起小刀在砚台背面边沿刮了刮,说:"是假的,而且不是一般的假,连普通天然石头都不是,是石头碾成粉末拌胶用模子压成的,根本经不起墨磨。这麒麟也不是刀雕刻的，是模具压出来的。"

舒老也用小刀刮看，果真是。不过他认为，姚斌并不知道是假的，绝不会故意来欺骗他，而是受了别人的骗。他反而为姚斌不平："该把真相告诉姚斌。"

俞季年却又说："他好意送你，既然你相信他不是有意弄假骗你，你一说穿，他脸往哪儿搁？"

舒老只好作罢。

过后，他还是感到有点儿委屈：不向姚斌说明，姚斌还认为我收了名贵的真古砚，岂不冤！承受还是洗清？这种纠结不时缠绕着他的心。

舒老早年辅导的许多学写作的学生中，有两个也已经退休的，定期来看望他，陪他聊天。闲聊间，他提起假古砚的事。

一个学生说："说明真相，姚校长脸上确实难堪。"

另一个说："是的，他还会觉得亏了你，会想法用别的方式再补情，就更复杂了。"

舒老只好再次打消说明的念头，假古砚的事从此沉入记忆底层。

又过了六年，舒老年近八十，所过生活正是世间所羡的安度晚年。人生到这一步，渐生彻悟，觉得财富确实是身外物，存有的古董、名人书画、雕刻艺术品，或为人写字或给人作序人家送的，也许值些钱，可是还要钱做什么？也不应该留给儿孙任其靠变卖这些物件享受。

舒老决定逐一归还原主。

姚斌送的砚台，这回两方一并归还，其中一方澄泥砚是真的，就不再有因是假的才归还的嫌疑，不会伤及对方面子，也不会再涉及补不补情。

姚斌也已经退休在家，住在市郊。

这天，舒老叫一个曾经的学生开车，把两方砚台送到姚斌家。他本想就在门口递给姚斌后马上离开，姚斌偏要他坐坐喝口茶。他一坐下，率真本性便占了上风，觉得假砚台的事还是该告诉姚斌，免得姚斌当珍宝再送别人，便脱口说了。

姚斌先是惊呆继而尴尬："那老兄也真是，怎么用假砚来糊弄我？"

舒老顿时又后悔，连忙补救说："我想，送你的人也不会故意骗你，可能也受了卖砚台的人骗。"他的分析又深了一层，也是为帮姚斌缓解窘迫。

姚斌愣了愣，似有所悟，感激地说："真相在您老心里憋了这么多年，您背了这么久的包袱，反倒让我不安。幸好您今天终于告诉我真相，否则我还会无心地去糊弄人。"

舒老想想也是，轻松了，洒脱地说："是呀，说明你我都需要真相，不要包袱。"

坐车回家的路上，舒老不由回想，虽然有过几次想说明的冲动，别人认为不宜也就作罢，根子还是自己受"常理"的束缚，包袱背了这么多年，其实还是自己不敢放下；求真，还缺了点儿破茧而出的勇气！

原刊责任编辑　王彦艳

【作者简介】陆涛声，中国作家协会会员，早年从事美术创作，20世纪70年代末起发表小说、散文、评论，短篇小说《再见千岛湖》选入高校语文教材。

修 行

谭成举

"师父，徒儿心烦呢！"小沙弥站在庙门口，望着漫天大雪，紧皱着眉头。很是无奈。

"何事让徒儿心烦呢？"师父做完早课，也来到庙门口，望着漫天大雪，摸了小沙弥的头。很是慈祥。

"不为何事，就是心烦呢！"小沙弥呆立不动，不望师父，仍望漫天大雪。

"哦？"师父心中一颤，将小沙弥往怀里靠了靠，仍摸着他的头，"徒儿长大了呢！有了心事了呢！"停了停，似自言自语，又似对小沙弥道："该带去修行了！"

小沙弥不置可否。

小沙弥是六年前，也是漫天飞雪的早晨，师父在庙门口捡到的。当时小沙弥还在襁褓中。从此小沙弥就在师父的晨钟暮鼓、青灯黄卷中度过一天又一天。最多，也只去庙外看一样的山，看一样的四季，看一样的风霜雨雪。

早斋过后，师父给小沙弥加厚了衣裤，踏着齐膝深的积雪，就带着他下山了。

小沙弥问："师父，您带徒儿何往？"

师父道："修行呢。"

"修行要下山吗？您每次修行不都是在山上吗？"

"是的。山上有山上的行要修，山下也有山下的行要修呢。"

小沙弥就不再问，专心地与师父往山下走。

下山的路自然不好走。小沙弥几次摔倒，师父却不似往日一般去扶、去呵护，只是耐心地等他爬起来又走。

下得山来，小沙弥跌青了不少地方，然对山下不同的世界充满了好奇，早忘了疼痛。

"下山的路好走吗？"师父柔声地问。

"不好走呢。"小沙弥柔声地答。

"那，走这样的路你心还烦不？"师父继续问。

"不烦呢！我很快乐！"小沙弥一脸喜色。

"今后的路还长着呢，这样的路要走不少呢。"师父不看小沙弥，却越过他的身影望着前方，"这也是修行呢。"

"哦。那我今后就有更多的快乐了呢！就有更多的行要修呢！"一群鸟儿在前面飞，小沙弥就追着鸟儿跑。

师父没说什么，只是加快了步伐。

师父将小沙弥带到了小镇上一家蒙馆的门外，让小沙弥从门缝间看蒙童们读"人之初，性本善"，看蒙童们做老鹰抓小鸡的游戏。

小沙弥久久不愿离开。

"徒儿，你看这里面快不快乐？烦不烦呀？"师父问。

"不烦呢！很快乐！"小沙弥仍贴了门缝往里瞧，"师父，他们这也是在修行吗?"

"是的!"师父若有所思,就拍开门与塾师交谈起来。

小沙弥怯怯地站在大门口,望着游戏中的蒙童们,满含向往。

眼看快午时了,小沙弥的小肚子开始咕咕地叫唤起来。

师父就带小沙弥去化缘。

走了几家,好不容易才化得几个红薯。

小沙弥问:"师父,化缘咋就这么难呢?"

师父道:"万事皆难呢。别看这几个红薯,从育芽,到起垄、栽秧、除草、施肥、采挖、储藏,农人不知要洒下多少汗珠呢!他们能施舍给我们很是不容易的,我们要感恩呢。学会感恩也是修行,徒儿可得记住了!"

"哦!这么难呀!"小沙弥望望师父,一脸惊讶。后便真诚道,"师父,徒儿记住了!会感恩的!会好好记住他们的!会求菩萨保佑他们的!"

"很好!这样的行是必修的呢!"师傅很高兴。

师父正要将红薯交给小沙弥食用,前面来了祖孙俩,满脸菜色,走得趔趄。

小孙子直喊饿,饱含哭音。老奶奶虽在安慰,却暗自垂泪。

小沙弥望望师父,不自觉地攥紧了师父的手。

却在这时,那小孙子跌倒了,老奶奶去扶,也一下子倒身在地。

师父迈前一步,正欲前去帮扶,小沙弥放开师父的手,疾疾地跑向祖孙俩,将其一一扶了起来。后又跑向师父,抓过师父手中的红薯,跑过去将红薯送给了祖孙俩食用。

师父见了,微微露出了笑脸。

"刚才你快乐吗?"师父摸了小沙弥的头问。

"不快乐,又快乐呢!"小沙弥望了师父一眼。

"哦?何以快乐又不快乐呢?"师父继续摸着小沙弥的头问。

"这么大雪天的,老奶奶他俩怎的不待在家中?也是出来化缘的吗?"小沙弥疑惑地望着师父,"他们为何也要出来化缘呢?"

"是的,他们也是出来化缘的。"师父望一眼小沙弥,满脸凝重地望向远方,"至于个中缘由,你今后会明白的。"

"哦。"小沙弥不再问,只是道,"好在他们在我们这里化到了缘!"

"嗯,你做得很对!你已经在修行了!"师父又摸摸小沙弥的头,"你现在还饿吗?"

"先前饿的,不知怎的,刚才又不饿了呢!"小沙弥摸了摸已经瘪下去的肚子,感到好奇。

"那是因为你修了行,菩萨在保佑我们呢!"师父将目光收回来,慈爱地望着小沙弥。

"那我们也求菩萨保佑老奶奶他们不饿!"小沙弥认真地说,便双手合十,闭上双目,虔诚地为老奶奶他们祈福。

师父也双手合十,念一声"阿弥陀佛",一脸的欣慰。

回到山上,已是申时。

匆匆扒完几口斋饭,师父便摸索着给自己剃发。

小沙弥问:"师父,这大冷天的,你怎的就剃发呢?"

"按期剃发,这是为师的规矩,也是修行呢。"师父严肃地说。

"那,我今天也剃度,也修行呢。"小沙弥也严肃地说。

"你修行不用剃度!"师父慈爱道。

"徒儿修行何以就不用剃度了呢?"小沙弥很不明白。

"你还记得蒙馆里的那些蒙童吗?他们有谁剃度过?他们不也是

在很好地修行吗？"

"哦！也是的！"小沙弥摸摸头，"不剃度真的也能修行吗？"

"能的！"师父肯定道，"修行重在心中、重在行动，有时是不在形式的！"

"哦！"小沙弥似有所悟。

剃度罢，师父找来一截楠竹，锯成两段，又钻眼系上棕绳，做成了两个小水桶，后又找来一截楠竹，劈开后削成一根小扁担，其后对小沙弥说："从今以后，你就要学会挑水了。这也是一种修行呢！"

师徒二人就下山各自挑了一担水。

小沙弥走前面，两桶水在肩上跳跃。小沙弥不时地大声"噢噢"欢叫，山谷就"噢噢"地做出回应。

师父走后面，喜悦在内心里跳跃，就问："这种修行快乐吗？"

"快乐呢！"小沙弥快乐地答，脚下的步子迈得更快了。

挑罢水，师父又带小沙弥去野外，刨开厚厚的积雪，下面露出红彤彤的火棘果，师父教小沙弥采摘起来。

"师父，采摘这些果子何用？"小沙弥好奇地问。

"这个果子叫'救命粮'，可以当水果生吃，也可蒸熟了当斋饭吃。"师父瞅了瞅小沙弥，"今后我们就少去山下化缘了，施主们也难呢！我们要多向大山化缘，大山会施舍的。这也是修行呢！"

小沙弥点点头，道："徒儿记住了！"

做罢晚课，师父教小沙弥另一种修行——用采摘来的火棘果和了玉米粉做斋饭。小沙弥一点就通。

晚上的斋饭师徒二人吃得格外有味。

入夜，师父找来他的僧衣裁成几块，缝制成一个书包，还在上面笨拙地绣出喜鹊闹梅的简易图案,又找来文房四宝装入其中。

小沙弥在旁边津津有味地看:"师父,做这些何用呀?"

师父又伸出手,摸摸小沙弥的头:"徒儿可曾还记得山下的蒙馆吗?师父明天就送你去蒙馆修行!"

小沙弥就"哦哦"欢叫。

师父问:"你还心烦吗?"

小沙弥道:"早就不烦了呢!"

师父郑重道:"多修行,就少烦恼了!"

小沙弥也郑重道:"徒儿记住了!一定好好修行!"

梦中,小沙弥念着"阿弥陀佛",呓语道:"小僧开始修行喽……"

忽明忽暗的灯影中,师父有满心的喜悦爬上心头,便不自觉地双手合十,闭目轻念着"阿弥陀佛"。

原刊责任编辑　郑因

【作者简介】谭成举,土家族,湖北来凤人。湖北省作家协会会员。

万寿山

艾克拜尔·米吉提

爸爸是医生。

他也不知道为什么,爸爸那个医院的西区封闭了。

爸爸说,有一种病毒正在扩散,很容易传染。所以,他那个医院的西区封闭了。

知道扩散是什么意思吗?

他不知道。他摇摇头。他只知道自己才三岁,刚上幼儿园。

嗯。扩散就是人通过人传染,已经有很多人被传染。

他听得有点蒙。他觉得幼儿园的老师可好了,从不这样提问题,总是告诉他们这是什么,为什么是这样。

但爸爸总是像考试,不断地问他知道不。

他哪能知道。他只知道摇头。

他喜欢爸爸。

但是,爸爸不断地给他下禁令。

巴特尔，要勤洗手，病毒最怕巴特尔洗手了。

好吧，如果这么简单，病毒怕巴特尔洗手，那就多洗手好了。

早饭也吃过了，手也洗了几遍了，病毒应该不见了。

他突然说，爸爸，我想下去，到楼下那个花园玩一玩。

因为，他觉得好无聊，姐姐在网上学数学，妈妈在陪着姐姐。那哪是陪着姐姐，那是盯着姐姐，他觉得自己虽然小，但是看出来了。

大人也挺奇怪的，似乎觉得只有他们懂，小孩子家不懂，所以有点装。

装就装吧，他不想看下去，他想到楼下去。

他前不久在楼下花园里跑，虽然没有夏天的花朵，但是那些绿色的树墙挺好玩的，妈妈说那叫冬青，冬青就是冬天里也会绿绿的，不会冻掉叶子。

他忽然就对冬青有了好感。他觉得冬青真勇敢，这么冷的天，就是下了雪了，它还是那样绿着，被雪压着也一声不吭。要是他，他就做不到。你在这里自己站着试试，一会儿就会冻僵。幸好有妈妈护着，提醒他，"巴特尔，会冻着了，咱们回家吧"。

他本来还想玩一会儿，但是妈妈说了，咱回家吧，那就听妈妈的话。听爸爸妈妈的话，才是好孩子。这个他懂。

幼儿园的老师也是这么说的，在家听爸爸妈妈的话，在幼儿园听老师的话，这才是好孩子。当然，听爷爷奶奶、姥爷姥姥的话，更是好孩子。

他是明白了，小孩子要听大人的话，才是好孩子。可是，谁听小孩子的话呢？

这一点他想不明白。姐姐怎么说来着，说她困惑。困惑是什么？

他不懂。但姐姐懂。姐姐已经是小学一年级的学生了,她懂的太多了。这让他心里很服气,尽管有时候他会和姐姐抢玩具。

现在,妈妈说了,回家。

那就回家吧。

他趁妈妈没牵着手,一不留神就跑出去了。当然是朝家跑,就是那个乘电梯的楼道。

妈妈在身后喊,巴特尔,别跑,会摔跤的。

瞧,妈妈的话音没落,他就真的摔了一跤,而且是脑门着地。

他自己也不知道,哇的一声就哭出来了。

妈妈过来把他搂在怀里,一边哄着他,一边给他擦拭着眼泪。

他也不知道眼泪怎么就像水似的,哗啦一下就流出来了呢?弄得他都看不清那些冬青的叶子了。

妈妈亲昵地说,你看你,让你别跑别跑,你还跑,摔跟头了吧?哟,这里还鼓了个包,哎呀孩子,摔得不轻啊,走走,赶紧回家,我们擦点药去。

妈妈摸了摸他额头的小鼓包,说着就把他抱了起来。不知怎么,他很喜欢妈妈身上的气味,对,爸爸身上的气味他也喜欢,如果一天闻不到,他就会想。爸爸有时候在病房值夜班,他就会想爸爸身上的气味。

现在,他突然看清了冬青叶子,就止住哭了,看看那些冬青,不出声呢。

他有点不好意思。他用手背——不是,是用手套背在擦拭眼泪。

妈妈说,脏,妈妈给你擦。妈妈就用手给他揩净眼泪。

妈妈的手真暖和。

现在，巴特尔看着楼下花园里的那些冬青，觉得它们才是勇士。天气已经很冷很冷，但是它们一声不吭，静悄悄地站在那里，叶子还是那样的绿。真了不起。它们才是英雄呢。动画片里的那些才不叫英雄。反反复复他和姐姐都看腻了。他就是想下去看看那些冬青。

他说，爸爸，我想下去。

爸爸说，不行，孩子。外面有那个新冠病毒。

爸爸说着，打开手机给他看新冠病毒的视频。

真有意思，那些新冠病毒的色彩他从没见过，他经常和姐姐在一起画画，就没有见过这样的色彩。真漂亮！

病毒是怎么生成的呢？它那个圆圆的样子像个皮球，但是上面又长了一些刺一样的东西，只不过是没有他和姐姐在电视里看到过的刺猬和豪猪刺那样的密。不知道能不能摸呢？摸在手上会扎手吗？

他问爸爸。

爸爸笑了，说，傻孩子，这个病毒我们躲都躲不及呢，你还想摸？

爸爸说着，又调出一个视频给他看。

是一个小孩，正哭着闹着要到楼下去，看到他爷爷说，不能下去，宝宝乖，啊，下面有病毒。

病毒在哪儿？

那个小孩在问。

那个爷爷说，病毒看不见。

那个小孩就真哭了，眼泪汪汪，很委屈地说，我要和病毒玩……

爷爷说，傻孩子，不可以，那病毒不是好玩的……

真傻，巴特尔可不想和病毒玩，他在心里对自己说。

爸爸说，好孩子，咱们不能出门，更不能下楼，咱们在家守着，这样才能远离病毒，没有危险……

那我想去爷爷家。他忽然说。

爸爸说，那也不行，孩子，现在哪儿都不让去，爷爷家也不能去，门卫不让进，怕交叉感染……

他不知道，是不是所有小孩的爸爸都是医生，是不是他们都会说，外面有病毒，不能出去，爷爷家也不能去。

他说，那我要和爷爷视频。

爸爸说，这可以，说着就用手机视频连接了爷爷的手机。

他看到了爷爷，爷爷穿着睡衣坐在沙发上，冲他慈祥地笑着。几只小猫也在。

怎么样啊，巴特尔，出不了门了吧？爷爷也出不了门了。咱们就在家好好待着吧。这就叫对社会做贡献，懂了吧？好孩子，听爸爸妈妈的话。

爷爷就没说，要听爷爷的话。

好吧，在这个世界上，看样子小孩子只能听大人的话了。

听话就听话吧。

爸爸成天就盯着手机，妈妈盯着姐姐。

动画片他都看腻了，他和那些玩具汽车也都一个个说过话了。他告诉它们，现在马路上也没有汽车了，他从窗口看到马路上空空荡荡。咱们只能在家待着了，哪儿也不能去。爸爸说了，连爷爷家也不能去。你们也休息休息吧。他说完，走向了北边的落地窗，在那里静静地望着窗外。没有人在意他坐在那里干什么……

中午的时候，吃完了饭，他把姑姑悄悄拉到落地窗前，很是神秘地说：姑姑，我告诉你一个秘密。

其实，他不说而已，他在心里很同情姑姑。

她是春节前飞过来，原本打算初三回去的，但是，这一下回不去了。

大人们说，飞机停了，高铁也出不去了，姑姑只能待在家里，哪儿也去不了。

去不了就去不了吧，我们不去外边，可以到窗前吧？

他把姑姑拉到落地窗前，悄悄说，姑姑，你看，坐在我们家窗前能看得到那里——

姑姑顺着他手势看出去，天哪，果然从这里可以看到万寿山！

巴特尔说，姑姑，夏天的时候，爸爸妈妈带着我和姐姐去过那里。

谁说小孩子没有记忆，巴特尔居然对去年夏天的事记得清清楚楚。

姑姑顺着巴特尔的手势再看出去，她清清楚楚地看到了佛香阁！

不过，巴特尔又提醒了一句，也不是每天能看到，有时候有雾霾了，近处的楼都看不见呢。

姑姑吃惊地看着巴特尔，现在的孩子太早熟了，他连雾霾这个词都知道！

黄昏的时候，巴特尔又把姑姑带向了另一侧的落地窗，指着远处的一个建筑物给姑姑看——

姑姑，你看到没有？

看到了。姑姑说。

那是什么？这回该轮到他提问了。

那是中央电视塔。姑姑说。

一会儿,那上面的灯会亮,我们在这儿坐一会儿。巴特尔说。

好的。姑姑答应了他的请求。

当天幕开始暗下来时,电视塔上的红色灯饰果然亮了。

巴特尔像发现了什么新的秘密似的,兴奋地大叫起来,你看姑姑,亮了!亮了!

姑姑也跟着高兴起来,一扫这些天来蜗居哥哥家里的郁闷,跟着巴特尔笑了起来。

巴特尔忽然严肃起来,说,姑姑,可是我发现了,那个灯不是天天亮着,知道吗,姑姑?

姑姑说,知道了,巴特尔。

巴特尔却说,姑姑,可是我想让它天天亮着……

原刊责任编辑　杨雪

【作者简介】艾克拜尔·米吉提,哈萨克族。十一、十二届全国政协委员,全国政协民宗委委员。出版中短篇小说集《哦,十五岁的哈丽黛哟……》,短篇小说集《存留在夫人箱底的名单》等。

逆行者

蔡中锋

她走出重症监护室的大门，看到走廊里空无一人，在柔和的灯光下，沿墙的那几组沙发静静地躺在那儿。看到沙发，她突然感到全身就像散了架一样，浑身上下一丁点的力气也没有……她慢慢地走到沙发那儿，轻轻地躺下，就再也不想站起来。这时候，她多想回到医院的医生临时休息区，脱下这身穿了整整一天，里面早已湿透了的防护服，好好地冲上一个热水澡，再美美地睡上一个大觉。可是，现在她却真的不想再动，甚至连一根手指头也懒得再动。她只想就这样自由自在地躺在沙发上，美美地闭着自己的眼睛，享受这份极度劳累之后的轻松和安静。

在似梦似醒间，她的脑子里出现了二十来岁的医生晓丽。在刚才走出重症监护室之前，她对身边的晓丽说："在和其他医生值班期间，你一定要处处小心，一定要保护好自己。我不希望我们这个团队中，再有任何一人发生任何意外！"晓丽说："海燕姐，您就放心吧！我会保护好自己的。你从上一个班一直到现在都没休息过一分钟，已经二十四个小时还要多了吧？现在都凌晨五点了，您快去休息区吃点东西再休息一会儿吧。"她笑了笑说："我没事。在咱这个团队中，你是最年轻的。你本来已经回到了老家过年，但一听说我们医院组建赶赴武汉的救援小组，就第一时间赶回来了。你还说你没结婚，没有负担，这个时候就应该由你轻装上阵，冲在最前面……晓丽，等这场灾难一过去，姐就给你找个天底下最帅的男孩当对象……"

在迷迷糊糊中，她的脑子里又出现了自己的老公和女儿。她和老公是 2003 年初全国非典最严重的时候认识的。那时她刚从山东医科大学毕业不到一年，非典暴发后她就立即投入到了抗击非典的第一线，而她的老公赵绪刚当时是一名年轻帅气的政府公务员。赵绪刚作为一名抗击非典的志愿者，就编在他们那个医疗组。经过三个多月的生死考验，他们俩建立了很深的感情。那年的冬天，他们就结婚了，到了 2010 年正月十一，他们爱情的结晶——活泼可爱的女儿诺诺出生了。他们一家三口的生日，居然都是正月十一。

2020 年 1 月 23 日，武汉因新冠病毒肆虐封城，当她从网上看到武汉传染病专业医务人员极其缺少，而新冠病毒来势凶猛，发病人数很多，正有向全国蔓延的趋势时，就对爱人说："经过这十几年在实践中的学习和锻炼，我现在已经是我们医院传染科的资深专家了，并且还有过抗击非典的工作经验，所以，现在，我必须到武汉去！"爱人听她这样说，也立即毫不犹豫地说："那我仍当一位志愿者，跟在你的身边为你打下手！"她笑了笑说："现在孩子还小，父母也需要人照顾，你还是先待在家里吧。注意监督老人和孩子出门要戴口罩，回家要勤洗手，没事就宅在家里别乱跑……"爱人说："那你一定要好好地活着回来！等你回来后，咱家今后的所有家务都由我一人承包了。"

2020年1月24日一早,她们医院组成了由她任组长的二十一人的医疗小组,带着大批医疗物资,一路逆行,从山东济南直达湖北武汉。

到达武汉,她才知道,武汉爆发的这场新冠病毒疫情比她想象的更加严重,不但存在人传人现象,而且在一个人的病情没发作之前就有很强的传染性,且目前对新冠肺炎患者还找不到对症治疗的最有效药物,只能根据自己的临床经验因人而治。

这时,正在迷迷糊糊中的她突然听到女儿诺诺在不远处向她甜甜地喊叫:"妈妈,妈妈,祝您生日快乐!"她惊喜地朝着女儿发出声音的方向望去,只见在重症室大楼密闭的玻璃门外,在微微的晨曦之中,女儿诺诺正和她的爸爸一起捧着一个燃着无数红烛的大大的生日蛋糕向她微笑……她想起来了,今天是2020年2月4日,农历的正月十一,正是他们一家三口的生日。

"今天中午,将再有三位患者从我们这儿治愈出院,四位患者转入普通病房……"

当幻觉消失后,她从沙发上站了起来,向着东方的曙光微微笑了一下,然后转过身,迈着坚定的步伐,像一名常胜将军一样,挺胸昂头走向了重症监护室的大门……

原刊责任编辑　章芳

【作者简介】蔡中锋,中国作家协会会员,先后在中外报刊发表小说作品三千余篇,主编图书三百余部,主编报刊六种,获得文学奖项二百余个。

爱心菜

侯发山

鸡叫头遍的时候，老王和老伴儿就在大棚里忙活开了。

等到一畦畦白菜扳倒，老王的头上已经袅起热气，他甩掉棉衣，坐在田埂上歇息。老伴儿嗔道："现在还是三九天，能的你！"

"一干活就不冷了。"老王站起来，顺手抓起一个编织袋，双手张开口子，"来吧，赶早不赶晚。"

老伴儿没有动，用袖子擦拭一下鼻尖的汗珠："不能不去？"

老王瞪了老伴儿一眼："废话，吐出来的唾沫咋能舔起来？"

"大年三十，人家都往家跑，你呢，就会唱反调。"老伴儿一边埋怨一边往袋子里装白菜，"我，我跟你去吧。"

"别废话，你又不会开车。"说到这里，老王腾出一只手比画了一下，"咱沈丘离武汉四百多公里，走高速，五个多小时，明儿个准能回，不耽误过年。"

老伴儿叹了口气，没再多说，她知道再开口也还是废话。

"不中！"老王忽然叫道。老伴儿吓了一跳，抱着一棵白菜怔在那儿,不知道老王发哪门子神经。

老王瞅着老伴儿手里的白菜,说:"这棵留下,咱过年吃。"

老伴儿这才注意到手里那棵菜样子有点萎缩,叶子泛黄,犹豫一下,便放到了一边。再装菜时,就经心多了,专拣那些个头大、菜叶新鲜水灵的。老王叹道:"若不是贷款还没还清,其他菜也可以搭配一些。"

老伴儿张了张嘴,终于还是说出了口:"庙里的师父说过,只要心意到了,都是一样的。"老伴儿说的庙是村里的华佗寺庙,她常去那里烧香。

老王说:"我走后,你去庙里烧烧(香),保佑保佑。"

老伴儿没有吭声。老王知道,即便他不交代,老伴儿也会去庙里磕头许愿的。

天刚放亮,白菜全都装上了车,满满当当的,似乎多装一棵都没有地方。老王前后左右看了看,脸上荡出满意的笑容。

老伴儿迟疑了一下,说:"弄点饭,吃了再走?"

"来不及,路上凑合吧。"老王说罢,扭开车门跳上驾驶室。这时候,他的手机唱起了"我们的大中国啊,好大的一个家"——是县城"百家乐"超市的杨经理打来的,让他送一车白菜。

"杨总,不好意思,今儿个不能给咱送了。价钱好商量?再涨价也不中,真不是钱的事儿……新年好,古得拜!"老王挂断电话,开上车迎着曙光出发了。

到了第三天,也就是正月初二下午,杨经理从微信上得知,老王是去湖北武汉送白菜了!怪不得呢,听说武汉的蔬菜贵得离谱,白菜十几块一斤呢,他这一车菜,差不多有两万斤,乖乖,如此算来,他这一趟没少赚。在杨经理的印象中,老王是一个很本分的人。

真是画虎画皮难画骨，知人知面不知心哪！杨经理气不过，想打电话奚落老王几句，又觉得不能得罪他，毕竟以后还合作呢。一念至此，他便开上车去找老王，现在是非常时期，需要备点货。

一到村口，杨经理就被拦下了——一位老大爷戴着口罩，身穿战袍，一手拄柄关公大刀坐在路中间，一手拿个电喇叭，声称外来车辆和人员一律不得进村。

杨经理忙从口袋里掏出口罩，一边戴一边说："我是超市的，需要找老王进菜，疫情再严重，咋说也不能影响老百姓的菜篮子吧。"

老大爷举起电喇叭："老王昨晚才从武汉回来，没回村，也没回家，在他的大棚里自我隔离呢。"

杨经理闻听，撇了撇嘴，心说老王发烧才美哩，谁让他挣昧心钱哩？

老大爷似乎知道杨经理的心思，又补充了一句："老王可是俺村的骄傲，不要一分钱，往武汉送了两万斤的白菜。"

"啊？"杨经理吃了一惊。

老王的大棚在村外的河湾里，杨经理去过多次。距离大棚还有十多米，杨经理把车停了下来，路当中扯了一条横幅，上边写着"我是武汉返回人员，请不要靠近我"。这时候，在大棚里的老王已经听到车的声音，戴着口罩从大棚旁边的铁房子里出来了，大声说道："杨总，啥事？"

"大棚里还有其他蔬菜吗？能不能再配一车？"

"黄瓜、番茄、柿椒，都有，差不多能装一车。价格跟其他大棚一样，要不然人家会骂我老王八。"

"可以，要好的，这次不是超市上架，我打算捐给武汉。"

"好啊，你咋送？"

"发物流。"

"别搞那个，还是我送吧，车消过毒了，路线也熟悉。"

"好，运费咋算？"

"说啥运费呢，给我加箱油就中。杨总，武汉老乡要问起，咋说呢？得有个由头吧？"

杨经理歪头想了想，高声说道："就叫'爱心菜'吧！"

"啥？包心菜？大棚里没有啊。"

杨经理往前走了两步："咱们河南是豫，湖北是鄂……"

"啥啊？鱼？鹅？"老王打断杨经理的话，"对，对，都是一个圈子的，一家人。"

杨经理憋不住笑了，摘掉口罩，朗声说道："咱河南简称'豫'，'豫'字十五画，湖北简称'鄂'，'鄂'字十一画，多出来的四画刚好是'心'的距离！所以，咱送的菜就叫'爱心菜'！"

老王笑了，指了指路边他的货车。

杨经理转过脸去，这才看到车厢上悬挂着的横幅——"河南爱心菜"。

原刊责任编辑　孟玉杰

【作者简介】侯发山，河南省小小说学会秘书长，郑州商学院客座教授，巩义市作协主席。著有小说集23部。有7部作品被搬上荧屏。曾获小小说金麻雀奖。

人在他乡

欧阳华丽

晚上十点半,月琴摆完地摊刚回家,美凤的电话就打了过来:"月琴,我记得你从口罩厂辞职时,厂里给了你两万个口罩抵那两万块钱工资,口罩还剩多少啊?"

月琴说:"你大半年不冒泡,一打电话就问口罩,怎么回事?"

美凤笑道:"我有个朋友新开了个食品加工厂,需要口罩,我不就想到你了嘛!"

月琴一下子心花怒放:"那太好了,你们能要多少?"

美凤说:"你有多少?"

月琴不敢相信自己的耳朵,小心翼翼地说:"摆夜摊时卖了一些,现在大概还有一万九千来个吧。"

电话那边,美凤的声音兴奋起来:"这样吧,我们多年的朋友了,我给你五块钱一个,你把货都给我吧,我明天一早找辆小货车来拉。"

懵懵懂懂放下电话，月琴掐了自己一把，疼，才确定自己没有做梦。她脸上一下泛起了亮光，迅速在心里算了一下，两万个口罩乘以五元就是十万元啊！一万九千个也有九万多！天哪，天上掉馅饼的好事真砸到自己头上了！有了这笔钱，父亲去年生病欠下的两万块可就有了着落。剩下的再把家里的正房修葺一下，偏房一下雨就漏，也得修。有了这笔钱，明年再也不用租这样一年到头充斥着霉味和赶不尽杀不绝的蚊群的地下室了。对了，老公的那件军大衣，已经穿了十几年，也必须马上换件好的，对，羽绒的！而我的手机，也早就应该换了，换什么样的呢？华为还是小米？当然，有了这笔钱，以后就可以把孩子带在身边。人在他乡，苦不怕，孩子是心头肉，天天想得心尖上像猫在挠……

男人回来时，月琴的脸蛋洋溢着一层兴奋的红光。听月琴激动地讲述美凤要花五块钱一只买他们全部口罩的事，男人先把当天打临时工挣的钱恭恭敬敬递到她的手心里，再把她爱吃的抹茶蛋糕塞一块在她嘴里。看她脸上朵朵云彩更艳丽了，便吞吞吐吐问："你有没有想过，为什么美凤突然之间要这么多口罩？"月琴说："我运气好啊，她的朋友刚好需要。""我听你说过她在做红酒网销，只要能把酒卖出去，花样翻新地打亲情牌、友情牌，这次怎么这么好心让你大赚一笔？"月琴愣了一下，是啊，当初她邀自己一起做时，就是因为自己没法对身边的人下手，还让她笑话了一顿。男人趁机把她搂过来，滑动着手机，给她看群里和微博上许多和武汉疫情相关的视频、照片、各类数据。男人说："疫情严重，已经确定能人传人，有向全国蔓延的趋势。今天一早，武汉已经封城了。因为专家说了口罩可以有效预防传染，现在各个药店的口罩都卖空了……"

月琴的心秤砣般沉了下去。

"我想跟你商量一下，但你先答应我不生气。"男人看看月琴的脸色，继续说，"我们这口罩不能卖！"男人的话音刚落，月琴脸色一变，声音也沉了："为什么？我没偷没抢，一个愿买，一个愿卖！"

"我刚打了电话回老家，父亲说，村里很多人根本买不到口罩。我也问了县政府的一个同学，他说咱县防护物资极度匮乏，我们那个边远小镇更是连一个口罩都买不到……"

"你到底什么意思？"月琴的心揪住了，声音也微微颤抖起来。

男人看着月琴突然有些心酸：父亲生病把一个好端端的家拖得山穷水尽，月琴跟着他来到这个城市的口罩厂打工，才干一年就失业了，然后就只能贴小广告，做服务员，住在潮湿的地下室，买最廉价的衣服和蔬菜，她这些年跟着自己净吃苦了。

可他咽了口口水，还是逼着自己说下去："我打算把这些口罩运回老家，捐给政府由他们安排发放。"月琴又怒又气顺手拿了包口罩，向男人砸去："你是傻了吧，你知不知道这笔钱对我们、对我们家意味着什么？"

"我知道，这些年你跟着我受苦了。"男人一边躲一边说，"我不会让你苦一辈子的！我们虽然人在他乡，可特殊时期我们得先帮助政府和家乡父老渡过难关……"

月琴的眼圈红了，泪水奔涌而出。

这是一个不眠之夜，窗外的雨滴滴答答下个不停，女人隐忍着内心的排山倒海，任由泪水打湿枕巾……

第二天一早，当东方的曙光驱散了天空的黑暗时，已经穿戴整齐的月琴告诉男人："口罩厂正在召回放假和离职的员工，我今天就回去上班。你去吗?"

男人一把揽住她,下巴抵在她的头上,眼泪不由自主地掉下来,滴在她的发间:"好,我先把这些口罩用物流发回老家,然后立即陪你一起去口罩厂……"

原刊责任编辑　赵燕飞

【作者简介】欧阳华丽,湖南省作协会员,作品散见于《小说选刊》《小说月刊》《国际日报》等中外报刊。著有长篇小说《风雨人生路》。

因 果
张晓玲

2020 年 1 月 22 日。

后天就过年了，刘老德站在自己的商铺前乐得嘴都合不拢。他用抹布擦着手上的血迹，咳嗽两声。远处过来了高老板，刘老德远远地招呼："高老板来了，您要的果子狸我给您留着呢，再不来就被别人抢走了。"

高老板笑呵呵地说："我都付过订金了，要是不给我留着，以后再也不来你这里了。"

刘老德紧走几步，来到高老板身边，还没开口就先打了个喷嚏。高老板抬起手在眼前摆了摆说："老刘，感冒了吧？要过年了，多穿点。"

刘老德笑着把高老板请进自己的商铺，边倒茶边说："这几年多亏了哥几个照顾我的生意，一会儿我帮您杀了果子狸，再送您两只蝙蝠煲汤喝，正宗的野味。"

一杯茶的工夫，刘老德已把两只果子狸宰杀干净，又杀了两只蝙蝠。他说:"收拾好了,提前给您拜年了。"

高老板掏出一千块钱放在桌上说:"不用找了,下次来了穿山甲给我留一只,多的钱算订金。"刘老德提货送到路边,目送高老板的路虎跑远。

送走高老板,又来了辛总。"辛总,您要的孔雀我还养着呢,您稍等一会儿,我这就去收拾干净。"说完,刘老德对儿子喊道:"小子,去园子里抓两只孔雀过来,辛总说要雄孔雀,尾巴不要弄断了。"和辛总一起过来的一位漂亮女人撒娇地说:"老大,我要吃熊掌。"辛总搂着女人说:"好,还要什么,尽管说。"女人又说:"还要十斤鹿肉。"

"老德,听到了吧?都给我装好。一会儿把这个月的账结了。"刘老德一听,赶紧说:"好嘞。送二位一人两只蝙蝠煲汤喝。"刘老德把还有余温的两只宰杀干净的孔雀装好,又把熊掌和鹿肉装在一个箱子里,嘱咐儿子送到辛总的林肯车后备厢里。辛总问:"一共多少钱?我转账给你。"旁边那个娇艳的女人拿着一把美丽的孔雀羽毛梳理着……

"儿子,后天就过年了,你把剩下的东西全部处理了,我有点冷,回家让你妈给我煮碗姜汤喝。"下午三点,刘老德数了数近万元的营业款,揣进口袋里准备往家走。还没走出市场,又碰见牛局长。牛局长老远就喊他:"老德,帮我送两根鹿鞭一斤鹿茸到这个地方,地址给你,让你儿子一会儿送过去。"

"好嘞,您放心吧,我这就叫儿子送去。"刘老德刚说完,又一个喷嚏,他揉揉鼻子说:"感冒了,感冒了。"

刘老德回到家赶紧找出体温表,量完一看38.5度。他老婆说:"前两天咱们西区卖野味的老何发烧住院,听他老婆说是什么病毒肺炎，已经隔离了。我陪你去医院看看吧。"

"扯淡，我没事，赶紧给我煮碗姜汤喝，出一身汗就好，后天要过年了，去什么医院？晦气！"

第二天，官方宣布封了进出武汉的所有道路。报道称：武汉华野海鲜城发现新型冠状病毒，怀疑是通过蝙蝠传染给人类的。患者染上病毒后，通过说话打喷嚏飞沫传播。

华野海鲜城正是刘老德经营野味的商铺所在地。刘老德得知后，有气无力地穿上衣服要去医院，走到半路，他的手无意间碰到自己鼓鼓的口袋，伸进去掏出一把钱，他想把钱给老伴儿，可是，伸出去的手缓缓地落了下来，钱，散落一地……

刘老德惊恐地看着自己的五个手指连在一起变成了翅膀，自己变成了一只被关在笼子里待宰的蝙蝠。

原刊责任编辑　蔡中锋

【作者简介】张晓玲，当代微篇小说沙龙副主席，《当代文学》海外版主编，曾参与主编《长篇小说选刊》春季卷和《今古传奇》闪小说卷。

忆一场爱情

许心龙

　　天空飘着鹅毛大雪，雪花像翻滚的数不清的蝗虫一样。我挎着爸爸的胳膊，踏着覆盖着曲径的厚雪，走进南丁格尔公园。爸爸需要散心。他不时抬头望望迷茫的雪雾。爸爸不止一次说过喜欢下雪天，没料到他这么喜爱下雪。好在我们生活在中国的北方，大雪几乎年年有，不在三九在四九。我们的大袄上很快覆盖了一层白雪。爸爸不让打伞。爸爸说打伞看雪景就没意思了。

　　突然，爸爸很兴奋，非要回医院见护士。爸爸脚下的厚雪，好像给了他莫名的灵感。这些天，爸爸心里装的尽是妈妈感染的病毒，还有她两叶肺上的炎症。迷茫的爸爸六神无主，气得连口罩都不想戴了。

　　爸爸望着护士，爸爸只能看见护士的俩黑眼珠在护目镜后转动。爸爸恳切地说："不讲啥情况，我这几句话您都要提醒她。"

　　护士点点头。每个护士都理解病人家属的心理。南丁格尔公园就是纪念最美护士的。

入围佳作　137

作为儿子的我有幸旁听了，还有我新婚的妻子。从爸爸的眼神里（其实是有点儿绝望），我感到纷飞的大雪里必然有故事，妈妈和爸爸的故事，或许是雪花一样洁白美好的故事。

任他说吧，因为在这个世界上，没有任何血缘关系又最亲近的人，就是他的爱人。

果不其然，大雪里真有故事——

那是一个礼拜天的下午，爸爸去妈妈家。爸爸不是去走亲戚，是找妈妈。那时还没有结婚，正谈恋爱吧。那天的天色出奇地灰暗，要下雪的样子。妈妈不在家。那时不像现在人人有手机。妈妈还没有放寒假，还在学校里组织期终考试。姥姥见了爸爸，让他进屋喝茶。没有妈妈在，爸爸不好意思进屋。姥姥抬头看看天，找把伞，递给爸爸。爸爸顿悟姥姥的用意，是让他去学校接妈妈呢。爸爸喜不自禁地夺门而出。姥姥肯定久久望着爸爸欢快的背影，直到了无踪影。

姥姥是一个有眼光的人。那天傍黑，飘起了雪花，雪越下越大，越来越密，随风翻飞。姥姥望着妈妈学校的方向，第一次没有了往日的担忧。

爸爸手持雨伞，望着天空，期盼着老天快快下雪。拿着伞，爸爸有了底气。姥姥给了爸爸信心。后来爸爸一直都很孝顺姥姥，大概就是从这时开始的吧。

妈妈学校的办公室，那时条件还很差，没有空调，取暖全靠桶式煤火炉子。学校办公室里空荡荡的，校园里也是空荡荡的，因为学生在考试，老师在监考。爸爸大模大样地坐在火炉旁取暖。

天快落黑时，铃声响起。这时，雪花从天而降，纷纷扬扬。可爱的雪花催促着学生和老师们各自离去，校园很快一片寂静，唯有呼啸的北风。

妈妈推开办公室的门，愣了。爸爸似雪花一样从天而降，着实意外。妈妈发现爸爸身边熟悉的雨伞，似乎明白了什么，微笑着坐在了炉子旁。二人围着红彤彤的小煤火炉子，一时却没了言语。突然，爸爸发现火炉上的手跟透明的一样，就说："人的手，难道是透明的？"

"手是肉，咋透明呢？"妈妈说。

"不信你看，我的手下面是红火光。"爸爸认真地说，"你看手上边，是不是红色的？"妈妈好奇地发现手上边真是红色的。妈妈不由乐了。

"来看看你的手透明不透明。"爸爸接过妈妈的手，发现这只手纤细匀称，柔弱无骨，质滑似绸，温润可人。妈妈把另一只手也伸到了火炉上。妈妈察觉到爸爸的手雄浑遒劲，厚重如山，激情似火。四只手在炉火的映照下，像四个泥娃娃，翻滚交织在一起。

咔嚓一声脆响，枯树枝被压断的声音，妈妈吓得站了起来。

"哇，好大的雪呀！"妈妈不禁喊道。

爸爸扭头望去，黑暗的天空下，早已白茫茫一片了。

天黑路白，两人咯吱咯吱踩着积雪。妈妈随手团起一个雪球，递给爸爸。爸爸索性合了雨伞，接过鸭蛋一样的雪球，奋力投向远方。妈妈继续团雪球，团着团着，妈妈突然说："咋感觉雪球很温暖呢？"

爸爸笑了，笑得很响亮。

妈妈毫不客气地把那个很温暖的雪球砸向爸爸。

不觉到了妈妈家门口。

昏黄的路灯下，妈妈发现姥姥倚在门框上瞅着他们呢……

听完爸爸隔着口罩把想说的说完，护士望着我说："你爸爸妈妈年轻时挺浪漫的呀！"

"哦，对了，"爸爸急切地又说，"那把伞，我双手递给姥姥了呢!"

"值得记忆的一场爱情，"护士激动地说，"弥足珍贵啊!"

"谢谢您，护士!"爸爸弓腰送护士离开。

"放心，"护士微笑着说，"会适时提醒老妈妈的。"

"你看这个护士多好!"爸爸又说。爸爸无限感激。我也无限感激。

妻子突然盯住爸爸说："爸，明年我请您和妈妈去哈尔滨，好好过过雪瘾，让妈妈多团几个雪球。"

不久，护士对我们说："病人免疫力持续提升，即将痊愈，很快就能出院了。"

爸爸的眼睛煤火炉子一样亮堂了起来。爸爸仿佛又看见自己的手变透明了。

护士看着我爸爸，说："老人家，您知道吗？听了你们的爱情故事，我决定报名去武汉。武汉那么多人感染肺炎，那么多人背后该有多少美好的故事啊!我想让美好的故事延续。"顿了一下，护士伸出手打了个"V"字手势，笑着说，"出征!明天!"

纷纷扬扬的大雪，在爸爸眼里再次恣意纷飞。

爸爸对护士讲的爱情故事，其实比较简短。我记得这么细，是因为妈妈出院后，我们一家四口在一起又说起了那场爱情。疫情过后，人们会更加珍惜那些美好的往事吧。

原刊责任编辑 王彦艳

【作者简介】许心龙，河南省柘城人。河南省作协会员，中国微型小说学会会员，曾获《小说选刊》年度微小说奖、中国微型小说学会年度奖。

家　常

罗光成

空调微微吐着暖风。远红外取暖器不知疲倦地晃动着向日葵般的硕大面庞，把满腔的热情，一遍一遍，来回反复扇面播撒，送达每个人身边。

我们陪母亲，坐在堂前。印象中被互联网和智能移动终端逼得节节败退，几近溃不成军的电视，不知何时绝地反击，又成为此刻亲情守望必备的物品。

电视在说：某日0至24时，31个省、自治区、直辖市和新疆生产建设兵团，报告新增确诊病例N例，新增重症病例N例，新增死亡病例N例，新增治愈出院病例N例……截至某日24时，累计报告确诊病例N例，累计死亡病例N例，累计治愈出院病例N例，目前累计追踪密切接触者N人，当日解除医学观察N人，共有N人正在接受医学观察……

画面，又切换到医护人员连日奋战、患者妥善救治、社会捐赠、村居社区加强宣传、群众响应国家号召自觉做好个人防护……

我们看着、听着、揪心着、祝福着。透过电视，仿佛看到了亿万个彼此步调一致的家庭，更仿佛听见了全中国同频共振坚定有力的心跳。

"笃笃笃"，外面有人敲门。

"谁呀？"

"小张，村委会的。"

打开门，是市文联下派村委会的小张书记。

"新春快乐！打扰你们了。我们正在挨家挨户进行排查登记，主要是有没有去过湖北，有没有与湖北地区人员密切接触，或者有没有接触过确诊及疑似患者。"小张书记弓了弓腰，一只口罩把脸遮去了大半，眼里流露的，是焦虑而坚定的微笑。

"小张书记，快进屋里坐坐，喝杯茶，暖和暖和。哦，还有这茶叶蛋，热的呢。"母亲对着小张书记招呼。

"不了，奶奶，我就站在门口，你这儿登记好了还要去别家，今天一上午要把这一片全跑了呢！"小张书记一边询问一边唰唰登记，"好了，登记完毕，谢谢！奶奶，记得要多喝水，勤洗手，不串门，出门一定要戴好口罩。现在是疫情高发期，不走亲访友，还要开窗多通风……"

"好好好，奶奶记住了，电视里也说了，现在待在家里哪儿也不去，也是为国家做贡献呢。"

"是的，奶奶头脑真好用！再见！"小张书记双手夹着纸笔，对着母亲竖起两只大拇指，转身一溜烟跑向别家去了。

"共产党就是好哇！"望着小张书记的背影，母亲口中喃喃。

"对！共产党就是好！"我们应和着母亲。

"我今年八十多了，听过的见过的事情太多了。这个新型病毒的病……"

"是叫新冠肺炎。"我们嬉笑着纠正。

"哦,这个新冠肺炎,要是放在过去,就是瘟疫,就是人瘟哪!人瘟,你们知道不,那真是不得了的惨哪!"

我们望向母亲。满头的银发,犹如岁月的风霜;脸上数不尽的皱纹,横撇竖捺,浅浅深深,在远红外取暖器不时左右掠过的光影里,呈现出一种人生档案似的立体深邃。

我们已多久没有这样认真凝视过母亲了?

"我给你们讲点往事吧。"母亲调整了一下坐姿,把目光从门外收回。

"往事?什么时候的事情?"

"我也是听你们外婆讲的。那时,我还只有五六岁。"母亲的手指,一根一根弯压向掌心,再一根一根犹疑似地伸直,"对,就是民国三十二年。"

我们一边听,一边在心里快速地换算,民国三十二年,一九四三年,距离现在,已过去七十七年!

"那一年,先是洪水,后是大旱。

"进入五月,天就像捅了个洞,变成了一只大漏斗,雨,就顺着大漏斗,没日没夜地下,下。下过五月,下过六月……下得塘里水漫了,装不下了;下得河里水满了,淌不动了;下得田里正扬花的稻子活活在水里闷烂了;下得屋里一天漏到晚,地上没得一块是干的了。整个村庄,唉声叹气,大人小孩,慌乱一团。一天傍晚,又是一阵暴雷,好像要把天地炸开,也果真把天地炸开了,雨从天上倒下来,就像天被移走了,没得天了一样。这样下到半夜,天天都在圩埂上守圩的你外公,一边叫喊着不好了,不好了,圩破了,圩破了，大家快跑，快跑！一边水鬼一样冲进屋子，拉着你外婆，抱起我就往外跑。等坐进门前地上的小腰子盆里，从圩堤决口涌来的洪水，已卷进了村子，把小腰子盆托浮起来了。"

母亲天生语言高手，八十多岁了，七十多年前的往事，依然讲得让人动魄惊心如身临其境。

"隔壁陈老三家，下汤团一样，连生了四个女孩，大的七八岁，小的一两岁，一家六口，挤在一只划盆里。陈老三靠在盆后沿撑篙掌舵，女人伏在盆前沿握桨划船。还要不时把落进划盆里的雨水河水舀泼出去。一阵风来，划盆歪了两歪，差点扣翻在水里。几个孩子吓得鬼哭狼嚎。陈老三心里正烦得没有办法，这圩一破，盆子划到哪里才是一条生路呢？他大声叱骂：'别哭了！别哭了！再哭都得去死了！'"

"这圩破了，也没政府来管吗？"我们插话。

"政府？你说政府？那时到哪儿找政府？有政府来管，还会有后面的事情吗？"母亲说，"几个大些的女孩，已有些懂人事，被陈老三叱骂，渐渐止住了号啕，最小的女孩还只有一两岁，一两岁呢，你说她能懂什么？划盆在水里颠簸摇晃，她就是害怕，害怕就要哭，陈老三越骂，她就越是扯着嗓子哭。突然一道浪打了过来，哭声戛然而止，雨帘中，一道白弧，只见两只小脚在水面胡乱捯腾了几下，就什么也看不见了。"

一时间，我们都说不出话来。只有电视里，响着各级政府坚强有力的声音，播放着社会各界万众一心的努力。

"这场大水，"母亲又缓缓说起，"我们是个大村子，有八百多号人，大小人口一下减少了一百多，唉，造孽啊！几个月后，水退了，我们回到村子，天又变得连日连月地干旱，跟着后面瘟疫就来了。"

母亲抽了张餐巾纸，沾沾眼角，"没想到瘟疫比洪水要厉害十倍百倍，好端端一个大村子，七成都得了人瘟，有许多是整家整户地灭掉了哇。唉，这过去的苦啊，真没得讲噢！"

我们又是压抑不过的沉默。

"好好好，不讲喽，不讲过去喽。"见我们默不作声，母亲转脸看向电视，"我八十多岁了，思前想后，我就说共产党好，共产党是大救星，没错的！你看现在，这么害人的新型病毒的病，这么害人的瘟疫，人瘟，这么大的传染，政府都能管得了，让全国这么齐心，真是老百姓的福气哟！"

我们对着母亲，久久地竖起了大拇指。

原刊责任编辑　魏振强

【作者简介】罗光成，中国作家协会会员，安徽省作家协会理事，安徽省报告文学学会副会长。在《人民文学》等期刊发表文学作品数百篇。

喜大姐

唐波清

天儿，阴阴沉沉。

每年的春节，我们一家三口都会从城里回到农村老家，陪伴年迈的父母过节，这个习惯一直没有改变。大年三十，我们刚刚回到老家，村里的支书喜大姐就戴着口罩来家里上门宣传：你们一定要戴好口罩，注意防护，这次的新冠肺炎可不能当儿戏，今年春节不拜年，不聚会，不串门。喜大姐反复叮嘱我们之后，又匆匆忙忙地迈向下一家。

喜大姐是村里的父母官。喜大姐叫田喜妹，自从嫁到村里以后，就一直担任村干部，从妇女主任干起，当过会计，当过村长，前两年担任支部书记。田书记人好，人缘也好，不论男女老少，不论辈分大小，村里人都习惯叫她"喜大姐"。五十七八的喜大姐，团团圆圆的脸面，身材有些发福，胸部挺大，她年轻的时候，村里不少孩子都吃过她的奶水。听娘说，我也吃过。娘还经常唠叨，不要忘了喜大姐的恩情，她是个大好人。

大年初一下午，娘在屋外头倒垃圾回来，惊慌地说，不好，不好，喜大姐和老李吵起来了。

我好奇地问娘，为啥吵架？

娘一五一十地回着话。老李就是喜大姐的男人，娘生怕我媳妇不知道。老李从部队转业回来，残废了一条腿，失去劳动能力，他就在村东头开了一家小商店。老李毕竟是当过兵的人，关心时事，有经营头脑。旧历年前，老李从新闻里捕捉到商机，他第一时间在网上抢购了两千个口罩。老李也没想赚多少钱，一个口罩赚个五毛，薄利多销，聚少成多，好歹也能落个千把块。大年初一的上午，上商店买口罩的人挺多，老李四处翻寻口罩，可两千个口罩不翼而飞了。喜大姐嬉皮笑脸地告诉老李，对不起啊，这事没和你商量，是我的错。有一千个口罩送给了村里和乡里的养老院，还有一千个口罩捐给了乡政府负责疫情值班的干部们。老李吵得很凶：你知道我费了多大劲才弄到这些口罩？我不想哄抬物价，我也不想趁机捞一把，可总要收个本钱吧。你可倒好，一声不响，一分不要，全给送了人情。喜大姐的那张嘴也不饶人：送都送了，你说咋办？我没提前告诉你，就是怕你不同意。我就擅自做了这个主，咋的，你还不让咱过好年？老李气得火冒三丈，连连跺脚。

大年初二，喜大姐好像昨天没吵过架似的，一次性口罩也掩藏不住她的一脸笑容。喜大姐领着几个村干部，挨家挨户查看口罩配备和佩戴情况，发放新冠肺炎防控资料，宣讲预防知识。喜大姐每到一户人家，都会重复一遍顺口溜：今年不拜年，还有亲情在；拜年就是害人，聚餐就是找死；今天沾一口野味，明天地府里相会；要听晚辈好言劝，不戴口罩全家嫌。看见喜大姐忙得不亦乐乎的样儿，娘又唠叨着那句话：她是个大好人。娘忍不住跟我们提起喜大姐的一段伤心事。早在十七年前，喜大姐在部队当兵的儿子，头年入伍，第二年考上部队的医科大学，当时恰逢非典肆虐，她儿子在抗击非典中不幸感染，光荣牺牲。那年，她儿子刚满二十岁。正当

入围佳作　147

娘说着喜大姐的时候，村东头的小商店门口，只听见喜大姐扯着大嗓门喊着话：丫头，你们一家人赶快回去，今年不能拜年，你们的心意娘领情，娘就不请你们进家门了，回去，回去，身体要紧。丫头，莫怪娘啊。原来，女儿和女婿领着外孙来拜年，喜大姐将女儿一家人远远地堵在了村东头。

大年初四，我接到单位紧急通知，疫情加剧，必须当天赶回市里值班。我安顿好媳妇和儿子，依依不舍地跟爹娘说了些安慰和道别的话，开车，准备回城。车至村口，出村的道路被封，栏杆设障，专人把守。喜大姐严肃地拦下我的车，赶快回屋，从今天开始，不能进，不能出。我下车耐心地对喜大姐说，我也是回单位防控疫情。喜大姐一副公事公办的面孔，必须开具单位的证明或介绍信。硬的不行来软的。我和喜大姐开始套近乎，您对我是知根知底的，您看着我长大。听娘说，我小时候还喝过您的奶水呢。我手机上有单位领导的微信通知，您就赶紧放行吧。喜大姐毫不领情，绝对不行，必须有正式证明。我实在拗不过喜大姐，只好电话联系单位办公室人员，开具证明，加盖公章，微信拍照。喜大姐这才让我签字登记、消毒、量体温，严格按程序放行。唉，这个不近人情的喜大姐，真是的。我一路埋怨。

大年初七的清早，娘打来电话，喜大姐劳累过度晕倒了，不过休息一段时间应该就没事了。娘在手机里揪心地说着这番话。

天儿，依然阴阴沉沉。

原刊责任编辑　徐志雄

【作者简介】唐波清，湖南省作协会员。出版诗集《雾朦胧》，微小说集《花痴》《两棵香椿树》《轮回》，论文集《国寿论剑》。

送　穷

黄大刚

过小年，黄家庄家家户户都要"采屋送穷"，砍下竹子，留下顶部的竹叶，制成大扫把，扫除屋顶上的蜘蛛网，对全家进行一次大清洁。"采屋"过后的青竹不能留在家里，必须送到村里的垃圾堆烧了，这叫"送穷"。丢青竹前，都要念叨："送穷公，送穷婆，今年吃粿仔，明年吃阉鸡。"看着火把青竹吞没了，心中豁然开朗，没了穷运晦气缠身的重负，来年的好光景隐约可见。

早上起来吃过早饭，张山喂鸡，把鸭子赶下水塘，转来转去，就是不去砍竹子，婆娘看不下去了，催道："日头都出来了，还不去砍竹子采屋？"张山出去了，日头爬到竹梢时，张山两手空空回来。"你都干吗去了，竹子呢？""我牵牛去吃草了，你急啥，有啥好急的？"张山不好声气地饳了婆娘一句。"你到底采不采屋送穷？我可告诉你，今天不采屋送穷，明日可就不兴了。""就你知道，啰里啰唆的。"张山声音大了起来。

说实在，张山有点不想"采屋送穷"。自从当上了扶贫立卡建档

入围佳作　149

户，张山尝到了帮扶的甜头：帮扶的十六头猪出栏了；去年年底领到的黄牛下了一只牛犊；连续三年的水稻和瓜菜种植的肥料都是政府给的；那间住了三代的土坯房列入了危房改造，在政府补贴下，盖起了新的。家里增加了收入，儿子大学毕业，在城里找到了工作，张山总算可以喘口气了。

张山的帮扶责任人是王东，村主任叫他王科长。说实在的，来得勤，节假日除了慰问品还有慰问金，绞尽脑汁为他找脱贫的法子，特别是建新房，找有关部门鉴定，帮他填申报材料，跑上跑下，费了不少力气，张山打心底里感激他。可每次统计收入，张山就很不愉快，"哪有那么多？""不亏本就好了。""种出来就自个儿吃，没有收入。"……张山争辩，可怜的样子，王科长有时只得顺从他。

王科长对他家的环境卫生很有意见，地上到处是鸡屎、烟头，还有纸屑，脏衣服乱扔。

每次王科长都说："山爹做一下卫生嘛，古人说，一屋不扫，何以扫天下？"

"科长，我哪有扫天下的本事？"

"一样道理嘛。"

"是，是。"张山把堆在椅子上的脏衣服挂到了绳子上，挥舞着手把鸡轰到了屋外。

王科长动手帮他打扫起卫生来，拦都拦不住，张山只好和王科长一起动手。

王科长指着整洁的屋子，说："山爹，打扫得干净点不是舒服吗？"

张山满不在乎："领导，我没觉得有什么不舒服的，打扫干净，不是还会脏？"

王科长说："山爹，你要拐过弯来，思想不要是老样子。"

"是，是。"张山连声应着。可下次来，张山家还是老样子，脏得没法下脚。

王科长多好的性子都忍不住，发了一通火："你干吗这样，我帮扶你容易吗？来一趟跑几十里山路，我小孩病了，都没空陪，就打扫卫生这样的小事，跟你说了那么多次，你就是不做，这事难吗？辛苦吗？明明知道上面要求贫困户打扫卫生，你还这样！"说到动情处，王科长的眼里溢出了泪花。

婆娘看在眼里记在心上，开始收拾屋里的卫生，却被张山喝住了。女人嘟囔着："你看人家王科长……""你懂个屁。你再打扫给我看，就你能是不是？"

女人不解地看着他，见他很凶的样子，只得放下扫把。

原以为太脏就可以不脱贫，没想到上个星期，王科长还有村干部和他一笔一笔细算了收入，超过了贫困线，把他列入了今年的脱贫对象。

事实就在那里，他百口难辩。

听村主任说，这几天有暗访组要来暗访，王科长还特意打电话让他搞好清洁卫生。

张山如溺水者抓住了稻草。如果被暗访组抓住了把柄，肯定脱不了贫的。张山盘算着。

张山铁了心，这次坚决不"采屋送穷"，虽说不吉利，但那是封建的说法，哪比扶贫政策来得实在？

"山爹，还没采屋啊？"听到王科长的声音，张山的身体不由抖了一下，慌乱地站了起来："还，还没呢。砍不到竹子。"

"这样啊，这是春节的慰问品和慰问金。你等一下，我去慰问李池,顺便帮你把竹子砍回来。"王科长把油、米还有红包递给他。

"李池不是脱贫了吗,还慰问?"张山张大嘴巴。

"是,可是脱贫不脱政策,一样得慰问。"

王科长走得没了影,张山才回过神来,精神十足地收拾起屋里的东西来。

原刊责任编辑　王彦艳

【作者简介】黄大刚,海南省作家协会会员。作品散见于《小说选刊》《小说月刊》《时代文学》《小小说选刊》《微型小说选刊》等,入选年度选本及精选本。

黑羊白汤

赵文辉

是一个清冷的冬夜,我和老婆骑着电动车,在这个江湖气十足的豫北小县穿行。我们的饺子馆转让五年了,我很想念它,就时不时地下下馆子,找找那种感觉。老婆鬓角已见醒目的斑白,我也成了一个双下巴的蓝围裙大叔——如今我们在家包饺子,去小吃店推销,还上了美团外卖。

一家"黑羊白汤"的吸塑发光招牌吸引了我,进门时老婆像往常一样提醒我:"一人一碗羊肉汤,不准要菜。"她知道我爱面子,像很多下馆子的人一样,总觉得单吃一碗烩面不是回事。

这是一家民院改造的饭馆,主营烧烤、烩面、羊肉汤。院子里黑乎乎一片,楼梯、烧烤炉集满了黑烟,给我印象最深的是地面的油腻黏了我两次鞋底。生意却不孬,满满一屋子人。厨房是明档,一口直径近一米的大铁锅里咕嘟咕嘟冒着热气,一套全羊骨架在锅里起伏,时隐时现。"好汤!"我情不自禁在心里叫了一声。有一桌客人刚走,我们坐下来。服务员边摆小件餐具边问我们吃什么。老婆报了一碗羊肉汤，一碗杂碎汤，说咱俩可以换着吃。

一瞬间工夫，羊肉汤和杂碎汤端了上来，浓香的白汤上漂了一层翠绿的香菜末。一眼就能看出是纯骨头熬的，没有借助三花淡奶增白。我挖了一勺羊油炒制的辣椒面儿撒进去，很干的那种，见了热汤便融化开了，红灿灿一层。口水都快出来了，我迫不及待盛了一勺。热汤正要进口，啪一声响，接着一声严厉的喊叫："服务员！"

我手中的勺子一哆嗦。

扭头一看，邻桌坐了四个和我年龄差不多的中年人——那种在城内三关混油了的生意人：有俩小钱儿，到哪儿嗓门都贼大贼大。给我们点菜的那个服务员笑吟吟走过去，问他们有啥需要。一个"地包天"指着桌上一盘湘味小炒肉，责怪五花肉过油了，不是生炒的，他一口就吃出来了；另外酸辣土豆丝是用刨菜器刨的，没有刀切的味道好。"地包天"一副内行得意的样子，服务员连连道歉，说下回一定注意。另外仨人黑着脸不说话，一人嘴角叼了一根香烟，像是要跟人打架一样。我心里突然七上八下起来。凭我的经验，一碰见这样的客人，麻烦就到不了头。

后来他们点了主食，一人一个手工馒头，还吩咐服务员送一碟小米椒，切成细圈，再倒点生抽。我咧了一下嘴，今年的小米椒跟去年的香菜差不多，死贵死贵，十八元一斤了。果然，服务员迟疑了一下，说需要请示老板。"地包天"马上变了脸，手中的酒杯狠狠一蹾。柜台里的老板娘看出他们不好惹，忙起身吩咐服务员："快去厨房端吧。"

对这一碗靓汤的兴致全没了，我额头瞬间挂满了汗珠，老婆也全身绷紧。我在心里提醒自己，又不是自家开的饭店。但我还是管不住眼睛，留心着那边的动静。

馒头端上来，只一会儿一碟小米椒就完了，他们要求再送一碟。老板娘犹豫片刻，还是答应了。第二碟小米椒上来，其中一个人突然一拍桌子，我心里猛然一咯噔。当年在我们饺子馆，不少客人招呼你的方式就是这样。他一脸怒气，举着手里的手工馒头叫老板娘看，说他们饭馆儿竟敢拿发霉的馒头来坑人。老板娘赶紧从吧台里出来，说她愿拿小店十三年的声誉保证，手工馒头都是今天下午新蒸的。"地包天"在一旁冷笑一声，问这些黑点如何解释，老板娘答不上来，喃喃道，真是新蒸的呀。那四个人很不好惹，扬言要给食监所打电话。服务员从厨房端出一个不锈钢蒸格让他们看，里面的馒头还冒着热气。他们依然不依不饶，又是拍照又是录视频，扬言要发朋友圈。"其实是发酵粉没揉开，我们在家蒸馒头，也遇见过这种情况。"屋角就餐的一对老夫妻替他们解了围，这对白发苍苍的老夫妻轻声慢语，却不容质疑。我进来这么长时间，愣没注意到这对老夫妻。最后"地包天"他们很不情愿地安静下来。

我和老婆额头沁满了汗珠，只想赶快喝完汤走人。按我平时的习惯是要加一次汤的。这时那四个人先去结账，问多少钱，老板娘告诉他们二百七十六元。"地包天"以命令的口吻说："把零头免了！"老板娘点点头："好吧，给二百七吧。""地包天"差点儿跳起来："你打发叫花子吧！"看来他心目中的零头和老板娘的零头完全不是一回事。他们沉默了一会儿，见老板娘没有表态，就把账结了。"地包天"扫完微信问老板娘要发票，老板娘给他们撕过，笑着说："慢走，欢迎下次光临！"她的笑容马上凝固了，只见"地包天"把发票一点点撕碎，像电影里的慢镜头一样，又一片一片扔到了吧台上。我的心颤了一下，我老婆比我还紧张。我再次提醒自己，这不是我们开的饭店。我想起开饺子馆那些年，我们一直小心翼翼，还是不能让客人满意。他们走后台布上会留下几个烟头烙的窟窿，还有的临走撂下一句"再不会来第二回了"，吓得我们追到车跟前苦苦哀求却不告诉我们原因。

"地包天"他们走后，我喝完最后一口汤又抽了一张餐巾纸，打算去结账。我站起身的时候，听见有一桌客人喊道："服务员，开水！"

"嗯，来了。"我怎么都没想到，我老婆居然脆生生地答应了一声，接着，她的腿像装了弹簧一样跳起来，拎起我们桌上那壶开水飞奔而去。"黑羊白汤"那个慢了半拍的服务员和我一样瞪大了眼睛。

原刊责任编辑　张琳

【作者简介】赵文辉，中国作家协会会员，河南省文学院签约作家，新乡市作协主席。在《北京文学》《长江文艺》等刊物发表作品若干。《刨树》入选《2011中国年度短篇小说》。

上不了桌面的桌面事

刘　浪

1

这天，汉东一中的副校长李清荷突然接到市政府办公室刘主任的通知，让他陪同市长沈飞去全省知名的罗川中学洽谈合作办学项目。

有机会和沈市长一起出差，李清荷喜出望外。不过，他也明白，如果不是校长在外学习，如果他不是罗川中学的校友，论级别，无论如何，此行也没他的份。

2

次日一早，在市政府大楼的台阶下，李清荷看到了罗川之行的全部阵容：除了沈市长、刘主任外，还有分管教育的副市长、市教育局的领导和工作人员，一辆小中巴，坐得满满当当。

车沿高速行驶两个多小时，十点多钟便到了罗川中学。杨校长等一众领导早就等在了校门前。大家见面后相互握手、寒暄一番，便进了会议室，紧锣密鼓地谈起合作办学的事。其间，李清荷凭着自身的专业素质和校友的身份牵针引线，左右逢源，大家相谈甚欢，合作办学的事也聊得八九不离十了。

结束时已到了午饭时间，杨校长说，已经安排在附近的餐馆订好房，一起吃个工作餐，请沈市长一行品尝下当地的名菜——罗川脆皮烧鹅。

3

脆皮烧鹅到处都有，罗川的烧鹅却与众不同，名声在外。它取材于当地的乌棕鹅，这种鹅毛黑脚红，体小肉实，只有罗川一地有，年产量也有限，所以在罗川的餐馆有个通行规则，每天只卖十只，卖完为止。在罗川以外，更看不到这种食材，足见这道菜的金贵。

在餐馆坐定不久，一大盘色泽金红、皮脆肉嫩、味香可口的罗川脆皮烧鹅便上了餐桌。李清荷觉得自己是罗川人，要表现得主动一些，于是便站起来说，先请沈市长尝一下我们家乡的名菜。

杨校长笑：李校长，你这是反客为主了啊，不过，你是罗川的校友，也是半个主人。李清荷夹起盘中品相最好的那块烧鹅，想放到沈市长碗里，但由于中间隔了两个座位，手中的筷子不知怎的竟然一抖，于是那块原本要抵达沈市长碗里的烧鹅，竟跌落在白底暗格的桌布上。

在骤然紧张起来的气氛中，李清荷略作迟疑，又伸长手臂将那块烧鹅夹起来，哆哆嗦嗦地放到沈市长的碗里。桌布上出现了一块明显的油渍。沈市长好像什么也没发生，他侧身对杨校长说，这菜慕名已久，真是百闻不如一见。

李清荷又夹了一块烧鹅放进杨校长碗里，当他坐下来的时候，不免有点忐忑。他偷眼瞥了一下沈市长，却看到他正兴致勃勃地和杨校长聊着，于是又坦然起来。

连着上了三四道菜后,李清荷的心一下子又提到了嗓子眼。因为他发现沈市长虽吃得挺欢,但碗里的那块烧鹅却一直没动。李清荷额头沁出了汗,他从转盘上拿了两张纸巾去拭,却总也拭不干净。

4

除了李清荷,席间还有一个人不动声色,但却洞察秋毫。这个人就是刘主任。当一碟蒜蓉粉丝蒸元贝上桌时,沈市长熟练地拿起一个,把粉丝和元贝吃完后,将壳顺手放在面前的碗上,将那块一直未动筷子的烧鹅严严实实地盖住了。这时,刘主任拿起桌上的手机,走了出去。

可能上午谈得较顺,席间气氛甚是融洽。可是李清荷却明显感觉自己慢了半拍,跟不上席间的节奏了。他恨自己多事,为什么要给市长夹菜,按礼节也该是杨校长来夹啊,自己献的哪门子殷勤?偏偏这块烧鹅又掉到桌上,沈市长表面上没说什么,但一直都没动筷子,肯定是嫌那块烧鹅弄脏了。如果再在心里怪罪他对领导不敬,那就更麻烦了。李清荷越想越纠结,恨不得狠狠抽自己几个耳光。

正胡思乱想间,一个女服务员进来换菜碟了。她轻手轻脚地将所有人面前的菜碟更换后,又单独换掉了沈市长盖着元贝壳的碗。李清荷终于稍稍松了口气。

5

当天下午回到汉东,李清荷没去学校,就直接回了家,躺在沙发上,一直郁闷到妻子下班。妻子见他闷闷不乐,有点诧异:今天不是陪沈市长去你母校吗,怎么还一脸不高兴呢?李清荷倾诉的欲望一下子强烈起来,便将那块烧鹅的事和盘托出。妻子说:这事你先别急,咱们一起想想,是不是哪里做错了?李清荷懊恼地说:当时是第一道菜上来，我也是想表达一下对沈市长的敬重，可没想到出现那么个状况，众目睽睽之下，那块烧鹅不理不是，放在那儿也不是，只好硬着头皮还是放到他碗里。

妻子想了一会儿，说：我寻思那块烧鹅不要了肯定不对，因为是道名菜，不能这样浪费；不过又夹起来放市长碗里，也确实有点不妥，毕竟是掉桌上的，有点不卫生。说到这儿，妻子突然兴奋起来：没事的，没事的，我以前看过电视，说食物都有个三秒定律，菜掉到桌上，三秒之内，细菌没反应过来，是没有卫生问题的。你是几秒？李清荷苦笑了一声：这哪里是卫生问题。

晚上，上了床，李清荷还是辗转反侧，妻子心疼了，安慰他说：这事想破脑袋都没好办法，这是一道无解题，只能怪你不小心，或者运气背，市长真要见怪也没办法了。李清荷说：校长下半年就要退休了，这节骨眼上出了这事，要是留下什么不好的印象，我扶正的事就难说了。妻子也来了怨气，将被子一裹，狠狠地转过身去。

6

连着几天，李清荷心里都放不下这事。可巧这天，刘主任为合作办学的事情又打电话过来。李清荷想探点口风，便在聊完正事后，支支吾吾地说：刘主任，我，我想和你说点事。刘主任说：你说吧。李清荷说：那天……他想说那块烧鹅的事，但又觉得这事情太小，虽然就是桌面上的事，但说起来却上不了桌面，于是脱口变成了：你哪天有空啊？我想请您坐坐。刘主任说，择日不如撞日，我今天晚上约了几个朋友小聚，你一起过来吧，我订好房就把地址发给你。

7

当晚，李清荷喝得脸通红到家，见到妻子就说：那道题有解的。

妻子说：讲来听听。李清荷说：今天晚上，刘主任约几个朋友聚会，也请了我去。结果他给我夹菜时一不留神，将一块白切鸡掉在桌上。妻子有点兴奋：我说嘛，这事也不可能只有你遇到，那他怎么做的？李清荷说：他将那块白切鸡从桌上夹起来，放到自己碗里，然后给我又夹了第二块，还说了一句，能请到李校长，我太激动了，夹菜手都抖了，让我再操练一次，以后和李校长好亲近。妻子琢磨了一会儿，说：这市里的领导，果然是人精啊！接着，她又恍然大悟：哪有这么巧，他分明是在教你呢。李清荷说：所以今天晚上的单我买了，一千多块呢！

妻子说：算是交学费了，你心里的结解了就行。李清荷一声长叹：此题无解，我倒踏实点；这有了正确答案，我怕从此不得安生了。

半年后的一天，沈市长叫来刘主任，说：汉东一中的校长就要到龄退休了，市委组织部正在研究新校长的后备人选，我准备重点推荐一下李清荷，上次去罗川中学谈合作办学项目，他表现得不错。你觉得呢？刘主任说：是的，但听说他前不久被诊断出抑郁症，已经无法正常工作了。

沈市长听了一怔，说：怎么会这样，好好的一个人怎么会这样？

原刊责任编辑　于双慧

【作者简介】刘浪，安徽宿松人，现居广州。出版作品集《俗事吾睹》《兄弟是手足》《紧急任务》等三部。曾获第十三届中国微型小说年度奖、广东省30年优秀小小说奖等奖项。

丢 失

李伶伶

公司组织先进员工去云南旅游，方婷是其中之一。方婷很高兴，她好久没有出去旅游了，而且是她向往已久的云南，要不是怕被同事笑话，她当时就跳起来了。

上午十点在公司集合，一起乘车走。

早饭后，方婷给女儿梳头，想着去公司时顺便把女儿送到婆婆家。公司不许带家属，两岁多的女儿只能请婆婆帮忙照看。大强工作忙，没时间接送女儿上幼儿园。

女儿的发辫刚编好一个，手机响了，是快递员，说她有份快递到了。方婷不禁皱了下眉，最近半年多，她留的都是公司的地址，谁会寄东西到家里？她问快递员能不能送上楼。快递员说，我车没锁，要不我帮你放在哪个寄存点吧。小区没有寄存点，门卫不代收快递。没办法，方婷只好下楼去取。

自从小区物业给电梯装了锁，方婷一家就不能自如地使用电梯了，因为她家没交物业费。物业公司之所以给电梯装锁，就是为了逼迫业主交物业费。方婷家之前一直按时交费，直到丢了电动自行车。方婷上班坐公交车，中间要倒一趟车。她嫌麻烦，就买了辆电动自行车，方便又省时。可是电动车买来没一个月就丢了，去小区物业查监控，监控录像一片模糊，什么也看不清。她花三千多元买的电动车，放在楼门里，还上了锁，被谁偷去的，怎么偷去的，小区物业一概不知，还不能给她个说法。方婷很生气，物业再让交费时，她坚决不交。

不交物业费的人家不给电梯钥匙，没有钥匙就用不了电梯，连楼门也进不了。方婷家住十二楼，为跟物业赌一口气，他们一家三口没少受累。

方婷让女儿等会儿，就匆匆跑下楼，签收了快递。是大姨寄来的花生。大姨每年都给她寄花生，今年她忘了让大姨寄到公司。

等方婷抱着花生，汗津津地跑上楼，才发现，她家的门被风给关上了。出来时太匆忙，忘了带钥匙。她喊女儿开门，女儿不会开，急得哇哇哭。方婷一边安慰女儿，一边想办法。大强昨晚加班没回来，别人手里没有钥匙，跳窗户肯定不行，十二楼太危险。想来想去，只好求助开锁公司。

赶上早高峰堵车，开锁公司的人一个小时后才到。方婷家装的是防盗锁，开锁人鼓捣半个小时也没捅开，最后破坏性开锁，门开了，锁也不能用了。

离集合时间只有二十分钟了。就算门锁不坏，她也赶不到公司了。她给公司领导打电话，说女儿病了，这次旅游去不了了。领导表示谅解。

方婷心情坏透了，女儿哭花的脸，散乱半边的头发，关不上的门，门外胡乱堆放的花生，都令她烦躁不堪。她想发火，却不知道冲谁发。

晚上大强回来，跟大强说了今天发生的事，大强不但没有安慰她，还埋怨她粗心大意，说若是她把钥匙带着，就没有这么多事了。方婷很委屈，说要不是电梯闹的，我能那么着急吗？大强说：要不，把物业费交了吧。方婷说：不交，电动车的事，他们不给我个说法，我就不交！大强说：他们要是永远不给你说法呢？方婷说：那我就永远不交！大强无奈地叹了口气。

女儿感冒了，不能去幼儿园上学，方婷和大强都上班，就请来了孩子的奶奶照顾。这天中午，女儿吵着要吃汉堡包，奶奶便下楼去买，走到五楼时，不小心摔了一跤，造成脚踝骨骨折。大强很不高兴，埋怨方婷太固执，要是乘电梯，会有这一出又一出的糟心事儿吗？母亲在咱家摔伤的，你怎么向爸交代？方婷说：怎么能怪我，难道我的电动车白丢了？

大强一直在医院照顾母亲，母亲出院后需要静养，大强就住在母亲家照顾老人家。方婷觉得，大强在尽孝，她应该支持。

周末，方婷带着女儿去看奶奶。婆婆的脚好多了，能自己走了。吃完饭，大强让母亲带女儿下楼玩。关上门，大强转身说：一会儿你自己走吧，我和女儿不回去了。方婷问：为啥不回？大强说：我不想再爬楼梯了，不想再为蹭电梯赔笑脸了，这种日子我过够了！我不想跟你过了！大强涨红着脸冲方婷吼道。

像凭空听到一声炸雷，方婷整个人呆住了。

原刊责任编辑 黄灵香

【作者简介】李伶伶，笔名天空的天，满族。中国作家协会会员，辽宁省作家协会第十二届签约作家。小小说《翠兰的爱情》被改编成电视剧。出版小小说集《起舞》和《羊事》等。

李光平的豆腐
尤秀玲

米蓉蓉和李光平说:"光平哥,给我磨几盘豆腐吧!"

李光平盯着米蓉蓉隆起的腹部,吐着烟圈说:"净扯淡,豆制品加工厂做的豆腐满世界都是,谁还手工磨豆腐?"

米蓉蓉说:"光平哥,机器做的豆腐没有你磨的豆腐好吃,只有你磨的豆腐,我最爱吃。你磨的豆腐离老远就能闻见香气,又白又嫩。"

听了米蓉蓉的话,李光平像是吃了一块糖,由嘴巴一直甜到心里。

米蓉蓉曾经和李光平谈过恋爱,那是十年前的事情了。那时候,他们刚刚十七八岁,还是在校读书的学生。那时的李光平已经能够熟练地协助父亲磨豆腐了,每当休息日和寒暑假,他都在家磨豆腐。那时,县城和乡下都没有豆制品加工厂,因此,李光平家磨好的豆腐还冒着热气呢,就被人买走了,特别是到了年关的时候,需要提前预订,否则就吃不到老李家的豆腐。当然也有别人家磨豆腐,可别人家的豆腐不是块头小就是口感欠佳。

李光平磨的豆腐和鸡蛋糕一样细软好吃。这句话是米蓉蓉说的，李光平听了，心里特别感动。他对米蓉蓉说，只要她愿意，他可以一辈子给她磨豆腐吃。

于是，他们偷偷摸摸谈起了恋爱。可纸里终究包不住火，家里人知道后，硬生生地给他们掰开了。主要是米蓉蓉的父母不同意，他们不能让女儿嫁给一个磨豆腐的。

十年后，米蓉蓉嫁给了一名教师，且身怀有孕。李光平也娶了老婆。这些年，粮食值钱了，种地有补助。李光平已经不磨豆腐了，豆制品加工厂做的豆腐数量很大，且价格便宜。不磨豆腐的李光平经常在梦中把金黄的豆子倒在清水里洗涤。

自从米蓉蓉和他说起为她磨几盘豆腐的事儿后，他回到家里，从粮仓里搬出石磨和煮豆汁的大铁锅还有包豆汁的白布，他先用清水将石磨冲洗干净。将大铁锅置于火上，用一大块猪肉皮将生锈的铁锅蹭干净，然后将白布洗净晾干。这些都弄完了，取出粮仓里预留的那点煳酱用的黄豆，挑出粒大且饱满的，放入大白盆里淘洗干净。做完了这些前期准备工作，他喊来老婆和他一起将黄豆放入石磨里面，用石磨将黄豆磨成浆。这是个体力活也是磨豆腐过程中最重要的一环，丝毫不能偷懒，否则，磨出的豆腐香味就不足了。

李光平将磨好的新鲜豆汁放入大铁锅中蒸煮。没过多大一会儿，浓浓的豆香就飘了出来。邻居们都来了，有的手里提着塑料袋，有的端着小盆大盆，这个说来两条大豆腐，那个说要三条大豆腐。

李光平一边将蒸好的豆汁用白布包住沥水一边说："这豆腐不卖。"

"为啥呀，咋不卖呢？"邻居们不解，嘴里嘟囔着，却不肯走。

"卖，当然卖了。"李光平的老婆脸上露出喜悦的神情，她回过头看着李光平说，"你说笑话吗？不卖，磨这些豆腐做啥？"

李光平此刻正在将松散的豆腐按压成型，这是最后一步了。完成了这一步，豆腐成品就完成了。他琢磨着老婆的话，一时间没反应过来，是呀，磨这些豆腐做啥？

眼瞅着豆腐都卖完了，他猛然想起这豆腐是准备送给米蓉蓉的。

老婆拿着卖豆腐的钱，特别高兴，张罗着再多买些黄豆回来。家里的黄豆都卖了，留下的煳酱用的豆子今天都用完了。

"只有等明天了，明天再磨豆腐，都送给米蓉蓉。"他想着，回屋休息去了。好几年没干这个活儿了，冷不丁一干，还真累得慌。他倒在床上就睡着了，醒来时，浑身轻松无比。他都失眠好些日子了。

听说老李家又开始磨豆腐卖了，每天都有人来买豆腐。近处的、远处的、邻村的、乡里的都有人来。他们都说还是手工磨的豆腐更好吃，无论是蘸酱吃还是炖着吃煎着吃，都好吃。一算账，李光平就笑了，除去买黄豆的成本钱，每天都能赚到上百元。若是不怕累，多磨一些，居然能赚到两百元。一个月以后，李光平居然用卖豆腐的钱给自己买了新手机，还给老婆买了她喜欢的手表。

关于米蓉蓉，李光平想豆腐不是啥金贵的食物，早一天吃晚一天吃都行，等哪天闲下来，他就给她送过去。给她送去的豆腐和平常磨的不一样，除了黄豆还要加些红豆和黑豆进去，这样磨出的豆腐营养价值更高，适合孕妇食用。

从那以后，李光平每天都在磨豆腐，烟不吸了，小牌也没时间玩儿了。一连多少天，每天几十斤黄豆磨出的豆腐都卖光了。县城的菜市场和超市有固定的人过来采购豆腐，说是手工的豆腐特别好卖还能多赚钱。

李光平每天忙着磨豆腐，几乎忘却了给米蓉蓉送豆腐的事情。那天，邻居来买豆腐时和他闲聊了几句，无意中提到米蓉蓉要生孩子了，预产期就在这几天。李光平听后，脑门子上冒出一层细汗。他连夜磨出一盘豆腐，是黄豆红豆和黑豆掺杂在一起的。豆腐白中透着鲜艳的红色，如美玉一般。第二天一早，他拎着豆腐急急地赶往米蓉蓉家。

米蓉蓉没在家。昨夜她肚子疼得厉害，丈夫领着她去县城的医院了，家里只有她婆婆一个人。

"给米蓉蓉磨的豆腐，她说她想吃！"李光平说着将豆腐递给米蓉蓉的婆婆，心里很是愧疚，他真该早点把豆腐送过来。

"不能呀！"米蓉蓉的婆婆困惑地看着李光平，"蓉蓉自打怀上孕就不能吃豆腐了，别说吃了，看见豆腐都吐。"

听了这话，李光平愣住了：这是怎么回事？

原刊责任编辑　黄娟

【作者简介】尤秀玲，黑龙江省作家协会会员。在《作品》《飞天》《时代文学》《北方文学》等刊发表小说多篇。2018年出版小说集《两百里地的阴晴雨雪》。

寻找英雄

海 华

21世纪初，他刚成家不久，一场车祸夺走了他父亲的生命。三年后，独生女燕燕刚学会走路，他又痛失爱妻。

他一直没有为燕燕找个后妈，与老母亲一起，一把屎一把尿地把燕燕拉扯大。燕燕一懂事，他便哽咽着告诉她，你妈妈是个白衣天使，你两岁那年，非典暴发，她在细心护理一位非典重症病人时受到感染，没多久不幸离世，你妈妈是个英雄呀。

燕燕瞪大两只泪眼问，啥叫英雄？

等你长大后就知道了。他已泣不成声。

走进小学校门，燕燕问老师，啥叫英雄？老师告诉她，在战争年代，为人民翻身解放而英勇献身的先烈们，都是英雄。

上中学了，燕燕问老师，啥叫英雄？老师告诉她，在和平年代，那些保家卫国，建设祖国的英模人物，就是英雄。

读高中后，有一次闲聊，燕燕问几位同学，啥叫英雄？英雄在哪里？这些同学却说，而今还说啥英雄？倒是那些明星挺牛的，真让人羡慕。

燕燕似乎找到了答案,没过多久,她成了追星族。这让他伤透了脑筋,咋劝说都无济于事。她奶奶则或明或暗地惯着她。后来,她加入了某明星粉丝后援会,动不动就飞往一些大城市参加演唱会,还帮助组织粉丝见面,给"爱豆"召集粉丝打榜,跟拍"爱豆"的照片,还要处理"黑粉"……也许是单亲家庭的独生女特任性,那年寒假,她回家没几天,就又说要去外省参加某大牌歌星的演唱会。他再三劝说无果,便将她锁在房间里,她却破窗而出,好在是一楼,她带着轻伤出了门。

一晃,到了鼠年,疫情暴发,宅在家里的燕燕,像热锅里的蚂蚁一样,坐卧不安,整天对着手机里和房间内的明星照片发呆。初三刚过,燕燕又闹着要去省里参加一场大型晚会,说是有几位影星参加演出,机会十分难得。

啥?去省里?现如今大疫当头,不能去!他大声说。

燕燕一扭头:我戴口罩还不行呀?

戴口罩?你没看新闻吗?为做好疫情防控,各地都严禁举行各种聚集活动,你说的晚会早就取消了。他厉声道。

奶奶也在一旁帮腔:燕燕哪,乖,听爸爸的话,都啥时候了,咱不去了哦。

这一回,燕燕还算听话。然而,刚过了两天,燕燕就隔三岔五戴上口罩,悄悄地东奔西跑,买这买那,还私下与一些粉丝见面……这可急坏了他,奶奶更是整天为她的安危担忧。

真是怕啥来啥。一天傍晚,就在燕燕又溜出去逛了大半天回到家里后,突然不停地咳嗽,打喷嚏……奶奶一摸她的前额,滚烫滚烫的真吓人。他立马把燕燕送进了医院,一检测,再一诊断,她确诊了新冠肺炎，很快被送进了隔离病房……

在医院治疗的那些日子里，燕燕眼睁睁地看着一个个医生和护士，冒着被感染的危险，戴着口罩，身穿令人憋气的防护服，长时间不能上卫生间，体贴入微地为她和其他病人打针、服药、上呼吸机……亲耳听了一些医生和护士不慎被感染或不幸殉职的真人真事……

过了一段时间，燕燕终于可以出院了。那天中午，他去医院接她，一离开医院，她禁不住动情地对他说：爸，我现在终于知道啥叫真正的英雄了，原来他们就在我的身边。接着，又语气笃定地说：爸，我长大后，一定要做像妈妈那样的人。

那天上午，燕燕把手机递给他，神情庄重地说：爸，过几天就是清明节了，如今抗疫未结束，好些地方都倡议网络祭祀，咱也用网络祭祀英雄妈妈，来，先填写一下……

原刊责任编辑　李素灵

【作者简介】海华，本名崔国华。广东省作家协会会员，广东小小说学会名誉副会长。有数十篇微小说被《小说选刊》《小小说选刊》《微型小说选刊》选载，出版小小说集三部。

暖 流

朱士元

圆月渐渐西沉，大地无声无息地安睡着。刺骨的寒风一阵阵吹来，还不时地从门窗的缝隙中钻进房间来。

躺在床上的陈奶奶乜斜着双眼，她这一夜翻来覆去就是没合眼，头脑里只在挪腾着一个心结：明天定要去找村里的书记，把我这个心愿了了。

陈奶奶年轻时，丈夫被一场车祸夺去了生命，留下了一个不满两岁的儿子。她暗下决心要把这个儿子养大成人。

生产队里，陈奶奶是个很能干的人，她每天上工都和男劳力得一样的工分，还没一个人说她的工分得的多。

扒河工时，队里劳力不够，她主动要求上河工参战，还带着儿子一起去。工地上，她比男劳力干得还出色。

有个大男人不服，要和她比试谁的车头大。她让上土的人把车头上得满满的，先让那个大男人推，那个大男人推到半坡倒下了，周围的笑声响成了一片。

陈奶奶将车襻往肩上一搭，两手抓过车把试了试，大吼一声，走！那满满一车泥被她一口气推到了堆顶上。

众人的笑声，让那个大男人满脸通红，连声说：甘拜下风，甘拜下风！

看着陈奶奶带着一个孩子好辛苦，庄西头的"大旗杆"常跑过来帮陈奶奶耕种那三亩半责任田，这让陈奶奶很是感激，经常做些好吃的给"大旗杆"吃。

渐渐地，"大旗杆"有些按捺不住胸中的那团火。那天晚上，"大旗杆"在陈奶奶家喝了几杯酒，趁陈奶奶的儿子上床睡觉之机，一把将陈奶奶抱在怀中。

陈奶奶平心静气地说：大兄弟，你帮我忙，我很感谢你，我也不怕别人用异样的眼光看我。不过，你要对我无礼，就对不起你死去的堂哥啊。

"大旗杆"听了，如梦初醒，连忙在自己的脸上狠狠地抽了两个耳光，随即对陈奶奶说：对不起堂哥，对不起堂哥。嫂子，你会记我的仇吗？

我哪会呢？只要你真心帮我，我不会记你仇的。你这不是喝了几杯酒，头脑有点乱了吗，没事的。

"大旗杆"不声不响地走了。

给陈奶奶打击更重的是二十岁的儿子得了一场病走了，永远地离开了她。儿子的病，多亏乡亲们帮忙，医药费没让她作难，这个恩永远也报不完的。

儿子的离去，让陈奶奶感到眼前一片漆黑，所有的希望都成了泡影，真是生不如死啊。

邻村的徐大婶来到陈奶奶面前，说要给她找户人家，省得受那么多的罪。

陈奶奶看了看徐大婶，好半天才说：难为你了，我要在这里陪伴我的男人和儿子。

徐大婶到陈奶奶家是碰了一鼻子灰走的，后来就不再有人提起这个事了。

整天忙个不停的陈奶奶，炒点花生瓜子用篮子拎到学校门口去哄孩子，多少挣一点钱。

过了一年多，她又在学校门口摆起了小地摊，每天挣的钱要比以前多多了。陈奶奶卖的不再是花生瓜子那些好吃的，已有好多个品种了，连学生用的笔和本子都卖。

七十二岁那年，陈奶奶得了一场病，治了两个多月才有好转。那场病啊，要不是"大旗杆"和村主任帮忙，她早已去见阎王了。

得了那场病以后，陈奶奶不能再去摆地摊了，就天天跑去捡废品，换些零花钱。

村主任来到陈奶奶跟前，说可以送她去镇敬老院养老，若不想去的话村里就给她安排低保，万万不要再去捡废品。

陈奶奶没有去敬老院，一有空仍去捡废品。她说，这叫活得自在，又不麻烦人。

从床上下来的陈奶奶，从箱子里翻出存放已久的钱包，轻轻地放到了床上，然后打开将钱一张一张地数了一遍，总共有六千七百块钱呢。

那张张一百元的人民币都是她平时用零钱换来的，每一张都放得整整齐齐的。

她再一次摸了摸那些钱，心里说：我要找到村书记，一定让她帮我把这钱捐到武汉去，为那些受新冠肺炎坑害的人出点力。听邻居说，武汉那边有好多人感染上了那个肺炎，好多好多医生护士在抢救他们呢，就连解放军也过去了。在这个节骨眼上，要多少钱为他们治病啊。我这把八十二岁的老骨头还要这钱干什么呢？再说我还有低保呢。等到天一亮，我就去村书记家，请她帮我把这钱捐出去，也好表表我的心意，回报那些曾经帮过我的人。

陈奶奶，我们不能要您的钱，您的钱来得太不容易了，这钱还是留给您自己花。村书记劝说道。

书记啊，村里的人都在捐款捐物，难道你们就瞧不起我这老婆子吗？何况我的娘家也在武汉呢！陈奶奶边说边大声哭了起来。

陈奶奶的泪水似一股暖流冲击着村书记的心，她连忙说：好好，我帮您了了这个心愿。

这就对啦，什么叫人心相连啊，我只有这点能力啦。陈奶奶破涕为笑了。

原刊责任编辑　赵明宇

【作者简介】朱士元，江苏省作家协会会员。曾在《清明》《雨花》《长江文艺》《山东文学》《天津文学》等报刊发表作品200多万字。出版小说集《面对一朵花微笑》等12部。

无价的捐赠

罗甜姣

"叔叔,你好!我是小雅,我想给武汉捐款,你能给我开一张收据吗?"这是一个陌生的电话号码,电话那头,传来一个小女孩稚气的声音。

"好的!请先加我微信,再把转账截图与捐款人姓名一起发送过来,你明天就可以在办公时间过来领取收据。"挂了电话,我继续整理着桌子上的票据。捐赠公告发布之后,我们收到了政界、商界、教育界、文艺界……各个部门的捐款。

第二天,工商联的秘书过来领取了五十万元人民币的捐赠收据。只是,那个给我打电话的小女孩却没有出现。

第三天,大丰集团的业务员也来领取了二百万元的物资捐赠收据。那个给我打电话的小女孩仍没有出现。

几天后,我都差不多忘记了那个叫小雅的姑娘,她却又给我打来电话:"叔叔好!我的收据不用开了。我爸爸说了,当国家遇到困难时,我们都要贡献自己的力量。我只有一百块钱,是上次过生日时舅舅给我的，虽然很少，但我愿意把它捐给我们的国家。"

"谢谢！但是如果你将这一百块钱捐了，我还是要给你开一张收据的。"点击免提回应后，我打开页面，想要添加这个电话号码的微信。

"我这一百块钱就不用开收据了。但我捐的另外一样东西，你们一定要给我开个收据，因为你们用过之后，必须还给我。"

"嗯？你还捐了什么啊？"我诧异。

"我的爸爸！"小姑娘郑重地说。

"你的爸爸？"我更意外了。

"他现在正在武汉。他们的医疗队在一个叫火神山的医院里。两天前，爸爸摁了红手印之后就出发啦！他临走时跟我说，有几个武汉的小朋友的父母因感染新冠肺炎被隔离了，他们现在需要我捐出爸爸。"

"是的！你的爸爸很棒！等到樱花绽放时，我们一定会敲锣打鼓地将你的爸爸送还给你。"

我想，此时此刻，全国有许许多多小朋友的爸爸妈妈，都被"捐"到了武汉……

原刊责任编辑　蔡中锋

【作者简介】罗甜姣，南宁市作家协会会员。在《国际日报》《微篇小说》等中外报刊发表作品数百篇。

投　资

贺小波

病房里，住着老陈和老马两个病友。老陈生病前，刚从某单位退休，而老马来自农村，是个地地道道的农民。

这天，两个人打完针闲聊起来。老马说："老弟，我真羡慕你呀，在单位夏天吹空调冬天有暖气，风刮不着雨淋不到，退休还有保障，不像我们农村人，手刨脚蹬一辈子，生个病还得花儿女的钱。"

这些天，老陈发现老马除了老伴儿每天来陪护，没有其他人来探望，估计孩子都在外打工回不来，不禁一脸同情地说："马老哥，你也不用羡慕我们，所谓各有各的缘法，我们条件好也是奋斗出来的，不是天上掉馅饼，这些结果都是我们当初投资的回报。用你们农村人的话说，这叫种豆得豆，种瓜得瓜呀。"

老马显然没听明白，瞪大眼睛等着听下文。

老陈得意起来，端起床头的水杯喝了口水，接着说："先不说我们这一辈了，就说我们的孩子吧，在教育问题上，我们城里人就比农村人舍得下血本,孩子从上幼儿园开始到中学毕业,我们都要给他创造最好的条件。"

老马有些不服气:"农村人虽然在起跑线上比不过城里人,但我们也知道教育的重要,只要孩子愿意读书,我们砸锅卖铁也会供啊。"老陈笑道:"就算都重视,还是有区别,我问你,你经常跟孩子的老师联系吗?"

老马挠挠头皮说:"这个倒没有。""就是嘛,你不跟老师常联系,一个班这么多学生,老师凭什么把更多精力放在你家孩子身上?""这个,这个,还真没想到。"

老陈表情严肃起来,把身子往老马床前倾了倾:"跟你认识晚了些,没能早十几年开导你。不瞒你说,从孩子上幼儿园开始我就没间断过投资,要不我孩子能考上这么好的大学,又考上公务员?最近都当科长了。"

两人正说着,门外一前一后进来两个年轻人。老陈顿时眉飞色舞起来,指着后面那个道:"老哥,这就是我儿子。儿子,这是你马伯伯。"

小陈说了声:"伯伯好。"见父亲还要说话,赶紧快步上前:"爸,今天我们局长也来探病。"

这时,就听邻床老马笑道:"儿子,你工作忙,我不是说了吗,有你妈陪着就行。"

原刊责任编辑　何南宁

【作者简介】贺小波,山东沂南县人。作品发表在《中国社会报》《小说月刊》《故事会》等报刊,有微小说被《小说选刊》转载。

有一天发生的事

秦 俑

有一天，这一天到底是哪一天并不重要。我是谁也不重要。反正是有一天，临下班前，单位领导找我谈话。领导先是扯了些有的没的，最后才进入正题：单位最近要选派一名员工下去挂职。

我说：听说了。

你的优秀是大家公认的，派你下去，多让你锻炼一下也是应该的。但是（听到这个词后我心头一凉），你现在的岗位非常重要，无人可替，如果派你下去，整个单位的工作都会受到影响……

我说：我很珍惜这次的机会……

下班回家吧，要不，你再考虑考虑？

领导很客气地结束了这次谈话。但在我看来，这样的谈话，相当的粗鲁。这样的逻辑，相当的狗屁。在这种单位里，类似狗屁的逻辑总是大行其道。

我觉得有些委屈。于是，我委屈地扫了一辆共享单车，委屈地往家的方向一路蹬去。

仿佛这一天里注定要发生些什么。在回家的路上，我接了两通电话。

先打来电话的是我女友的父亲。我与女友异地三四年，是时候结婚了。女友的父亲说，我不反对你们在一起，但有一条，你们要先结婚，只有结婚了她才能辞职，再去你那边工作，这样我和她妈才会放心。

老人家嘛，一心为女儿着想，要求不算过分。我连连答应，好好好，先结婚先结婚。

很快，我又接到我母亲的电话。母亲在电话里显得很是担忧。她说，别的事都好商量，这事没得商量。她要是不先辞职，不和你同在一个城市，这婚还是不要结了。异地长久不了的，到时要孩子也是个问题。

母亲就是因为异地跟父亲离婚的，因此她对我的异地恋一直表示反对。她说的，也不是全无道理。而且，这个问题，就跟先有鸡还是先有蛋一样，是争不过来的。我只好连连答应：好好好，先让她来这边再说结婚的事。

挂了电话，放下单车，我心里更堵了，一边是工作挂职的事，一边是调动结婚的事。脚里像灌了铅，不知不觉地，我走到了小区楼下。

我家住 26 楼。楼层是女朋友选的。她说，你越是恐高，就越要选高层，这样才能克服心理障碍。这话没毛病，一年多下来，我都敢上阳台了。

但是，我依然讨厌电梯。

电梯里总共四个人，三个男的，一个女的。

女的先在 2 楼下了。看看现在的女孩子，都懒成什么样了。

那两个男的,一个在19楼下,一个在31楼下。等到电梯里只剩一个人,我才惊觉,我好像忘了按26楼;又或者是,我按了键,却没有下电梯。

果然,工作和爱情会让一个男人变蠢。我的脑子里一团糨糊。

电梯开始下行,我按了26楼,可是(我早就说了,仿佛这一天里注定要发生些什么),电梯在26楼并没有停下,它继续下行,直接回到了1楼。

没有人进电梯。我晃了晃一团糨糊的脑袋。理性告诉我,我按键的时候,电梯可能刚好下行到26楼,或者已经到了25楼,所以,它没有理由在26楼停下来。

我又按下26楼。这一次,我确认我按下了电梯键,而且,我按的就是26楼。

电梯还是没有停,它一路上行,马不停蹄地跑到了最顶层的32楼。

我又试了几次,这电梯还真是邪门儿。它可以在1楼停,在32楼停,甚至在5楼13楼24楼也能停,就是不在26楼停。

一定是哪里出了问题。第一时间,我想到了给物业打电话。

手机里传出一个好听的女中音:对不起,您的电话已欠费停机。

我想给手机充值,打开App,才发现因为欠费停机,网络已不可使用。也就是说,我要想上网,必须先充值;而想要充值,又必须先上网。

操蛋,我忍不住爆了一句粗口。

这个时候,电梯又回到1楼。有人上来,就有人下去。有多少人上来,就有多少人下去。这是电梯的能量守恒定律。

这电梯好像忘了有26楼这回事。又或者,我的存在是一个bug?

我满头大汗,恐高症发作,眼前渐渐模糊。直到听到一个阿姨的声音:小伙子,你是要上几楼?

26楼。我说,这电梯好像坏了,它停不到26楼。

你可以在27楼下,再走到26楼。阿姨友好地提醒我。

是啊,我怎么就没有想到呢?就这样,我从27楼下了电梯,步行到26楼。家门在望,我有些恍惚,不知道刚刚经历了什么。

电梯正在下行,我心里一咯噔,快速按住下楼键。电梯竟然在26楼停了下来!

我上了电梯,下到1楼,又按了26楼。这一回,电梯好像恢复了记忆,它神奇地在26楼停了下来。

又上上下下了几回,证实电梯不再有问题,我才满意地回了家。连上家里的WiFi,一分钟后,我给手机充了值。

母亲的电话急吼吼地打进来了。她先是埋怨了一通手机停机,然后问,怎么样,结婚的事你考虑好没?我也都是为了你好。

我说,是啊,都是为了我好。要不,咱先不结婚,晚几年再说?

电话那头沉默了好大一会儿。

再不结婚,我可真跟你急了。母亲粗声粗气地说,儿大不由娘,你自己的事情,你自己看着办吧。说罢就有点置气地挂了电话。

爱情有了,工作的事,明天再说。现在急需解决的,是肚子问题。

想着那上上下下的电梯,我心里突然就轻松起来。

原刊责任编辑 徐东

【作者简介】秦俑,1978年出生,湖南涟源人,中国作家协会会员,《小小说选刊》主编。出版小小说集《被风吹走的夏天》《纪念日》等。

拾鹿角
申 平

那年春天，我和哥哥一起，到草原上的大山里去捡拾鹿角。

这片山区方圆上百公里，丛林茂密，野兽出没，其中就有成群结队的野鹿。每到春天来临，公鹿都要换角。它们头上的旧角会自行脱落，然后才能长出新角。鹿角可以入药，又可以作为装饰品摆放，一对鹿角，可以卖到一两千块。

那年哥哥十八岁，我十六岁。我们带着干粮和水，还有一顶折叠帐篷和两把砍刀，一直往大山深处走。哥哥说，近的地方去的人多，鹿角轮不到我们捡。

春天的山里，说不出有多么美丽。在密密的松林和白桦林间，草儿开始返青，野花到处开放，鼻孔里满满都是好闻的青草味和野花香。不过我们却无心欣赏美景，我们的眼睛只管盯着地面，在草丛里、树空间寻找鹿角。

但是第一天，我们一无所获。晚上，我们在一块巨石下面支起帐篷，吃点面包，喝点矿泉水，就钻进帐篷里躺下。夜晚的山谷，寒风阵阵。我和哥哥蜷缩在里面，浑身直打哆嗦。最可怕的是隐约听见狼嚎声，我们紧握砍刀一动不敢动，仿佛一动狼就知道了。

好不容易挨到天亮，吃点东西又开始寻找。一个上午过去，还是毛也没找到。哥哥就说，走，咱再往远处走走。我们挥舞砍刀开路，翻过一座山，又翻过一座山，不觉间，我们已经走到人迹罕至的原始森林里了。天好像一下子阴暗下来，我看见哥哥的脸色突然变了，他紧张地对我说：赶紧捡干柴，点火。这地方怎么这么瘆人啊！

好在到处都是干柴，我们又找到一块巨石做屏障，然后点火，支帐篷。这一夜，我们几乎不敢睡觉，不断地往火堆上加柴。树林间不断传来各种恐怖的怪声，狼嚎声这回听得清清楚楚。我明显感觉到，周围正有一双双凶恶的眼睛盯着我们。要不是有火，它们马上就会扑过来。

天亮以后，哥哥对我说：赶紧收拾东西往回走吧。但是，我们竟然找不到来时的路了。我们在树林里转着，转了好久，竟然又转回到昨晚宿营的地方。我张嘴要哭，却被哥哥严厉地制止住。他说：哭有屁用！走，我们换一个方向走。

现在的我们，已经没有心思去找鹿角。可是当我们走到一片林间空地时，突然惊起一群野鹿，轰隆隆地一阵响，直冲进对面的树林之中。奇异的是，却有一对雄鹿，犄角别着犄角，还在原地打转。我们一看，立刻呐喊着冲过去。两只雄鹿惊慌地侧着身子奔跑，但是很快就被两棵树夹住，动弹不得。

太好了，哥哥喊着，我们发财了！他呼喊着跑过去，举起砍刀就要往野鹿的脖子上砍，但是他的刀却突然停在空中，然后又放下，他对我说：不行，野鹿是国家保护动物，砍死是犯法的。我说，那就干脆把它们的犄角敲下来!

我们一起走到四只交叉的鹿角旁,我首先看到的是野鹿那两双充满恐惧绝望目光的眼睛。它们肯定是为了争夺配偶,互相打架时把鹿角别住的。别住就意味着死亡,野狼等野兽会毫不费力地把它们吃掉。既然都是鹿角惹的祸,给你们敲掉正好。我举刀要砸,可是哥哥又说不行。他说,如果硬砸鹿角,鹿也会流血而死。

哥哥郑重其事考虑许久,最后说:咱们还是帮它们把犄角分开吧,救命总比杀生强。

于是,我们放下砍刀,上前去帮它们拆解鹿角。可是它们却很害怕,脑袋不停地摆动挣扎,尖尖的鹿角竟然划破了哥哥的手。后来哥哥就停下来,开始跟野鹿说话,告诉它们我们是要帮助它们。他还轻轻地唱歌给它们听,慢慢靠近,轻轻抚摸它们。你还别说,野鹿渐渐安静下来。哥哥看准鹿角卡住的地方,左掰右扭,最后哗啦一声,鹿角真的分开了。两只野鹿立刻纵身跃起,闪电般地跑向丛林。

野鹿得救了,我们依然迷路。我和哥哥在树林里左突右奔,可是森林好像无边无际,任我们走得气喘吁吁,汗流浃背,仍然走不出山谷。天渐渐又要黑了,我实在走不动了,就躺在地上哭起来。哥哥先还在劝我,可是劝着劝着,他自己也哭起来。我们一起放声大哭,还一起高喊:救命呀,救命呀!我们的声音在树梢上滚动,在山谷间回荡,但是回答我们的只有沉默。

没办法,我们只好拿出帐篷,准备宿营。但是这时哥哥却惊慌地发现,他装在口袋里的打火机不见了。天啊,在这野兽横行的地方,如果我们失去火的护佑,后果可想而知。我看见哥哥的脸立刻变得蜡黄,手脚都发起抖来。他一慌,我就更害怕了。

正在绝望之际，我们忽然听见一阵轰隆隆的声响，抬头一看，竟然是一群野鹿出现在我们前面不远的地方。它们停在那里不动，一起举头看着我们，还有两只公鹿朝我们发出呦呦的叫声。咦，难道这是刚才我们解救的那两只公鹿吗？它们跑来干什么呢？

哥哥猜测说，它们是不是要给我们带路呢？走，跟它们走试试。于是我们就收拾东西往前走。鹿群果然就在前面不快不慢地走，有时还会停下来等待我们。翻过一座山，前面忽然豁然开朗。暮色之中，我们竟然可以看到远处的人烟了。我和哥哥不由兴奋地喊叫起来。

这时的鹿群，看样子准备要回去了。我和哥哥不断地向它们挥手，鞠躬致谢。忽然，令我终生难忘的一幕出现了：只见鹿群里的公鹿忽然都拼命晃动起头颅来。就听见噼里啪啦一阵响，等到它们一阵风似的消失以后，它们停过的地方，竟然留下了十几只鹿角……

原刊责任编辑　杨晓敏

【作者简介】申平，中国作家协会会员，广东省作协理事，广东省小小说学会会长。曾获小小说金麻雀奖，出版中短篇和小小说作品集20部。

孟勐的远方

徐建英

篾箩担就在离菜窖不足五十米的外墙角边，周围被一丛杂乱的柴草紧紧掩着，放在往日，孟勐只需紧走几步，便可触得到的。

这是一挑祖传的"百宝箱"，经过了爷爷与父亲的肩膀反复磨蹭，移交到孟勐肩膀时，货担上的青皮篾已经变成了漆暗的紫黑色。货担里装的东西，也由一些针头线脑、头绳发夹雪花膏之类的小玩意儿，添上了笔墨纸张，孩童的玩具小衣。到走出村庄，孟勐两头的篾箩担里，又多了几挂山民们换下的山货。就在这样年复一年的光阴中，孟勐与祖辈们一样，摇着半面拨浪鼓，挑着货郎担子，走村串巷，靠摇摆一路咚咚咚的声音撑着阮家十几口人的生计。

外面的枪声弱了，嘈乱的脚步稀松下来。孟勐试着从废弃的菜窖往外爬，才挪动已经蜷缩得发麻的身子。外面又是一串骤急的枪响，夹着一阵叽里呱啦的乱叫，孟勐赶紧缩回菜窖。再看外墙角，那堆经北风刮打，被枪弹乱扫的柴草已散作一团，篾箩担裸露在柴草外，开始西沉的晚阳肆无忌惮地洒在篾箩担顶面的小货柜上。孟勐的眼睛，不禁多了一重忧伤。

北风静了，嘈乱的脚步逐渐远去。孟勐再次从废弃的菜窖往外爬，刚想站起来，他的脚绊倒了，臂膀被人狠狠地扯了一把。在他扑倒的瞬间，听到一声微弱的痛苦呻吟从身边传来，接着是一阵凉飕飕的劲风掠过耳畔，身后传来一声炸裂的巨响。

孟勐捂着发炸的耳朵，摇了摇蒙成一片的脑袋，冷汗珠线一般从后背、从脸颊滑落。刚想站起身，那个微弱的声音从身旁灰色的炭人身上传来："莫，莫动！还……还有冷弹。"

孟勐喘着粗气紧忙匍匐在地上，任额上的冷汗从沟壑处，从皱褶缝里淌滴一地。

四周终于静了，小源河村似披了块破黑布，被炮弹残忍蹂躏之后，留下一片呛人的黑色烟雾弥漫在笼着血腥味的村落，以及那满地砖瓦檐梁的残骸。

地上的人动了，他挣扎着爬起来，刚站起，又跌跌撞撞地摔倒。随着身上的灰土扑簌簌掉落，露出了那人身上的土黄色军装——那是日军的军装。

"你，你……小日本鬼子？"孟勐紧握着拳头弹身跳起，俯身飞快捡起一块石头，怒目盯向地上的人，脸上青筋凸起的同时，狠狠扔出手里的石头。

石头落处，那人额上有血渗出来。

孟勐眼睛怒视着那人，眼角的余光悄悄环顾左右，他想努力地搜寻到另外一块这样的石头，地上的人却在笑，洁白的牙齿，苍白的脸，血随着他的笑顺着他的脸颊在肆意流淌。然而，那人的眼里却没有丝毫的敌意。他的胸口，一大片通红的血在汩汩地往外冒，滴在他紧捂胸口的左手上。他的右手，枪紧紧握着，却一直没有动，他始终只是笑，样子像极了捡到宝贝的孩童。

看到枪，孟勐下意识地后退，再退，俯身飞快抓起了脚下的一截木棍。

　　那人在动。左手颤抖着解开日军军装的衣扣，里面露出的粗麻布衣，让孟勐一怔——这是鄂东南乡下人自制的土麻布。他往前走了几步。那人开口了，一口浓重的鄂音："这血……有，他们的呢……我，认识你，孟……"孟勐蒙了。

　　那人还在笑，脸色却越来越苍白。

　　好一会儿，孟勐扔下手里紧捏的木棍，想扶起那人。那人摇摇头，用还淌着血的左手从怀中掏出一样东西，声音越来越微弱："桥，桥汇铺……带来的……给游击队，电报……"

　　那是一方带血的布包，裹得方方正正的，在那人缓缓抬起的手中，他的手落下，又抬起。

　　顺着那只左手指的方向，孟勐的眼睛立即蒙上了一层细雾——小源河东岸，一片长着密林的荒山，那是游击队的落脚地。想起孤身炸掉敌人哨所、深夜为老百姓送粮的游击队，看着地上刚刚救回自己一命现在却无声无息的血人，孟勐一激灵站起身，捂紧了布包往东跑，跑了几步，他又停下来，深情地回头望了望那副还掩在外墙角的货郎担，转过身，头也不回地钻入呛人的黑色烟雾中。

　　最后一缕晚阳落下，村庄一片静谧，北风刮打着小源河村，风过处，隐约有一两声货郎鼓响从一面残破的外墙角传来……

原刊责任编辑　李佳怡

　　【作者简介】徐建英，湖北省作家协会会员，广东省小小说学会副秘书长。曾在《小说选刊》等各地报刊发表作品多篇，入选各类小小说年度选本。出版小说集《守候一株莺尾》。

抓　药
莫小谈

那天，我去济世堂为爷爷抓药，发现除了纪先生与药铺伙计外，还有几个人立着，气氛有些凝重。搭眼一看，供堂上药师爷的牌位也扣放在那里。

之前，我和父亲也曾来过几趟。纪先生总是乐呵呵的，抚摸着我的脑袋：小鬼，又长高了。父亲一笑：过些时，就能单独来了。随后父亲又说：再抓几副药，我爹还是咳得厉害。

接下来，纪先生口述药方子，药铺伙计照方抓药：丹参六钱，当归三钱，白术四钱，砂仁、七叶一枝花各两钱，胆南星一钱……记着，加水煎十五分钟，滤出药液，再加水煎二十分钟，去渣，日服两次。

父亲收起药方和药包，又补问一句：去哪里买药引子？

中医注重药引子，纪先生也不例外，他要么说去西街百货店里找赵四爷买白酒半斤；要么说到大王村洪恩家讨几只蝎子蜈蚣；要么说晚饭时再遣人送来一味配伍的药，等等不一。

回家后，父亲总是把药包放在案台上，随后取出药方揣到怀里，捂一捂，又按一按，对爷爷说：我去取个药引子。

爷爷一阵猛烈地咳，而后咯痰，声音大得四邻八舍都听得到。好久喘匀实了气儿，说：去吧，快去，路上小心些。

我隐约觉得，爷爷与父亲都非常在意纪先生开的药方子。

一切妥当后，父亲开始煎药，空气中的中药味儿像雾一样弥散开。

有一次，父亲把我叫到身边：臭小子，几岁了？

九岁。

都成小伙了。

嗯。

以后能自己为爷爷抓药不？

能。

父亲笑笑：兔崽子，出息了。

一天半夜醒来，我听见父亲和爷爷谈话，大多数话都听不懂。最后，父亲冲着爷爷磕了三个头，爷爷扶起他低声说：走吧，快走，路上小心些。

父亲没有和我告别，但我清晰记得头天与他的对话：你单独抓药时，要注意什么？

看到药师爷牌扣着放时，不多说话，听纪先生的，他问啥我答啥。

父亲点了点头。

今天，药师爷的牌位是扣着的。

我瞟了一眼立着的几个人，又看了看纪先生。

喔，小鬼，是来给爷爷抓药的吧？

是。

这几天还咳得厉害?

厉害。

带血不?

带。

喊疼不?

喊。

纪先生面朝立着的几个人说：他爷爷肺痨，老病号了。

立着的几个人相互看看，打头的人示意纪先生开药方。

纪先生对药铺伙计说：乌骨藤、槲寄生各六钱，前胡、苦参、山慈姑各三钱，白及、花蕊石各四钱，松香、乳香各三钱……还按之前的方法煎服，一日一剂。

包好药，纪先生特意交代我：我这里冰片成色不好，你去东桥头栓祥药铺买一钱冰片入药，就妥当了。

嗯。我正要接过药方，却被一个胖子抢先夺了去。

纪先生冲胖子笑笑：就是一药方，别吓哭了孩子。

我一听，当即哇哇大哭，伸手和那人抢：还我，还我，这是爷爷的救命方子。

打头的人向胖子发话：你拿着方子，陪孩子一起去。

到了栓祥药铺，我说：栓祥叔，纪先生药铺没了冰片，让来补个方子。

栓祥医生看看我，又看看我身后的胖子，说：把方子给我看看。

胖子不给，一脸严肃地说：只缺一钱冰片，你只管抓就是了。

那不行，冰片有毒，肝肾虚者不宜用，气血虚者忌用，慢惊属虚寒者不可用，小儿吐泻后成惊者切不可服。栓祥叔态度坚决：不让我看药方，我万不敢抓药。

我又哭了：爷爷咳血，还喊疼，没药吃会死的。我哭喊着去抢胖子手里的药方，还不给，就咬他，哭着求他救救爷爷。最后，胖子无奈，把药方给栓祥医生。栓祥医生细致，默念着方子，反复核对每一味药的剂量。

补完药方后，胖子又随我回家。爷爷注视着胖子，问我：他是谁？我说：从纪先生药铺跟来的，还陪我去了栓祥叔那里抓药。

爷爷"哦"了一声，又咳，身子一颤一颤。

又咳血没？我问爷爷。

一阵剧烈地咳嗽后，爷爷抹一把嘴角，有血。

疼吗？我又问。

疼。

我忙为爷爷煎药。至此，胖子神情才稍放松些，问爷爷：病多久了？

爷爷只顾咳，喊疼，不理他。

胖子站在旁边看我煎完药，才打算离开，走到门口时，又突然折身回来，蹲在爷爷身边，冷冷地问：为什么不喝药？

爷爷不理会，好大会儿，等到药汤温热正好时，才一饮而尽。

胖子还不放心，又在我家左瞧右看了半天，实在没什么可疑，才悻悻地离开。

这一天，我觉得所有人的表现都很异常，但又觉得所有人的表现都很正常。

当晚，街坊来我家串门，和爷爷闲聊着说：纪先生被捕了。听说，是地下党。街坊压低声音。

街坊走后，爷爷摸索着起身熬药，并将那张药方子烧成灰烬。

从此，我再也没有看见过父亲。但令人欣喜的是，爷爷的病好了。

原刊责任编辑　郭晓霞

【作者简介】莫小谈，本名李涛，全国公安文联会员，河南省作协会员。作品散见于《小说选刊》《小小说选刊》等，多次荣获全国征文大赛一二三等奖。出版个人作品集《一个人的梦游》。

疙瘩的幸福之路

李利军

太阳爬上树梢，疙瘩磨磨蹭蹭地从铺满稻草的铺上爬起来，双手抄在袖筒里，来到幸福家门口。幸福家的狗蹲在门口，像蒋门神，朝他虎视眈眈地望，望得他心里发毛。他不敢再上前，就扯着嗓子喊：幸福，幸福……

幸福媳妇正吃饭，端着碗从锅屋来到大门口，见是疙瘩，问啥事。疙瘩讪讪地笑，用油乎乎的袖子擦一下发痒的鼻子，问：幸福呢？幸福媳妇说：去村委会了。疙瘩笑笑说：俺那个救济的事，这回可就仗着他了呢！幸福媳妇转着碗吸溜一口稀饭，笑笑说：怕是不中吧。不中？怎么不中？疙瘩不相信。

来到村委会，幸福和几个人在开会，疙瘩把他喊出来。幸福问啥事。疙瘩说：俺救济的事，你得给俺想着！拉倒吧，幸福说，你就死了这条心吧，好手好脚的，要想吃饭就得干活！一屋的人都朝他看，哄地笑了起来。幸福转过身，砰的一声把门关实了。

疙瘩被堵得够呛，脑子里一片空白。他悻悻地往回走，想，当他妈屁大点官，就烧成这样！

疙瘩不吃不喝，睡到第二天晌午，听到外面有脚步声，也懒得起来。柴耙门吱的一声被推开了，进来的是一手拎瓶烧酒、一手拎几样熟食的二华。闻到猪头肉的香味，疙瘩马上来了精神，咕咚坐了起来。

三杯热酒下肚，二华脖子也粗了，脸也红了，说：幸福现在真是可以了啊，小时候俺们三个同学玩的事情都忘脑后窝去了吗？你跟他还坐了三年的同桌呢，现在做了个什么村主任，就对俺们爱理不理的了！二华把熟菜摆好，疙瘩倒酒。二华又说：听说，昨天还骂了你？疙瘩快快地喝了口酒说：不提他狗日的。

隔天，二华又来了，这回带来一个戴眼镜的小伙子，对疙瘩说：这是上面派到我们村的挂职村官，支部副书记小李，幸福的助手，家是市里的。疙瘩一听到幸福，脑门子就轴起来了。二华问：疙瘩，你爹在世时，你不是跟他学过柳编的活儿吗？忘了没？疙瘩望望二华，摇摇头：哪能忘呢！二华想了想，说：不如你编个挂篮簸箕之类的，小李帮你在市里想办法销售，城里人现在认这个呢！小李忙说：是的是的，我奶奶特别喜欢这些柳编的物件，老是吵着要我爸买个簸箕，就是找不到地方呢！疙瘩苦笑一下：那能弄几个小钱啊？二华说：小钱也是钱啊，弄一点是一点嘛，总比闲着强呢！再说了，弄好了，也气气幸福啊！

二华就成了疙瘩的常客，在他的催促下，疙瘩还真的捣鼓起来了。忙了一个多月，二华和小李把那些玩意儿拉到市里去，回来就给了疙瘩两百块钱！送走二华和小李，疙瘩把两张百元大钞拿出来，翻来覆去看，生怕它长腿跑了。

来年秋天，疙瘩在二华和小李的帮助下，盖起了三间瓦房，还拉了个院子。邻村的老姑娘大巧的爹妈见他有了点出息,托人说媒,一说就成了。结了婚,两口子一起忙着编柳艺,滋润得很。

这回是疙瘩喊二华来家喝酒,二华带着小李。席间,疙瘩问:这一阵咋没见着幸福?二华没搭腔,却说:村里准备成立一个柳编工艺厂,你看行不行?疙瘩急了,说:那不是跟俺抢生意吗?

哈哈哈哈,二华笑着说,要是那个厂请你去做技术指导,如何?

俺?疙瘩舌头不听使唤了,指了指自己的鼻子,两个手像扇蒲扇一样直摇。

二华又说,幸福因为工作干得好,被破格提拔到镇里做副镇长了。

是啊,疙瘩大哥,小李说,恭喜你退出建档立卡贫困户行列!你是我们村最后一个贫困户,这下,我们村的贫困帽子可要甩得远远的了!

二华嘿嘿地笑:当初,幸福担心你不配合,就和我演了一出双簧。

疙瘩痴痴地望着二华,又望望小李,木头一样戳着。

媳妇大巧拎着一壶热水走了进来,一股春风被带到屋子里,薰薰地,就包围了他们。

原刊责任编辑　严正冬

【作者简介】李利军,江苏省作家协会会员,淮安市作家协会副主席。在《小说选刊》《安徽文学》等刊物发表过文学作品。

重点工程
贺妙忠

木棉花开后,南粤的天气变得温暖和煦,随着疫情的阴霾渐渐散去,作为南城市的重点工程,东湖和西江之间的白沙河箱涵盖板工程的工地开始喧闹起来。这是阿奔入行十年来第一次独立负责的项目。

为了做好这项工程,阿奔没有回家过年,他吃在工地,睡在工地,抓进度、研究施工图,对工程的每个细节都熟稔于心。每当疲惫不堪的时候,想想箱涵盖板完成之后,这上面将建成大型的公园和绿道,将西江和东湖连在一起,成为南城人的休闲宝地,阿奔就觉得十分有意义。

那天清晨,天还未亮,一阵急促的汽车铃声响起。阿奔赶紧从房间里跑了出来,是公司的大老板朱总。"怎么还在睡觉?大后天住建局的人就要来视察进度了,这两天一线和二线必须盖板!"

"一线和二线的线桩刚刚完成浇筑不久,还没有通过水平测试和压力测试,按规定还不能盖板!"阿奔解释道。

"没事儿的,你只管盖,住建局只看看进度,不会管这些。再说了,箱涵盖板又不是架设桥梁,水平检测和压力检测没那么重要!"朱总有些不耐烦了。

"可是没有这两项检测,很容易出现倾斜和断裂的……"

"别可是了,尽快落实,搞好了奖励你们十万元,搞不好我就不说了。我还有好几个工地要跑!"说着,朱总关上车窗,扬长而去。

目送朱总的车远去,踏着晨风,阿奔独自一人来到了工地。看着高大的线桩上挂着的"百年工程,质量第一"的条幅,想着不久的将来,上面那熙熙攘攘的游人,阿奔心中纠结起来。

正要往回走时,手机铃声响起。一向温柔的妻子急切地说道:"今天早上爸胃疼得都下不来床了,刚送到镇里医院,怕是要开刀住院。"

"开刀住院?不是老毛病犯了吗?"阿奔急切地问道。

"不是,是胃穿孔!这回要花些钱了!"妻子说着,哽咽了起来。

"好,你别急,我来想办法!"挂了电话,阿奔觉得腿一软,瘫坐在凌乱的工地上。四周迷雾蒙蒙,一时间阿奔觉得天旋地转。

旭日升起,工人陆陆续续开始上工了,朱总的话如同一块巨石,压在他的心头。施工一年多,他处处抓质量,眼看快要收尾了,他实在不想埋下一颗定时炸弹。

那一天对于阿奔来说,格外的漫长。下午日影西斜时,电话铃声再次响起,阿奔抓起手机,电话那头传来朱总粗犷的声音。"板盖上了?"

阿奔迟疑了一下,并没有回答。

"早上说的话你以为是开玩笑吗?"朱总质问道。

"盖了,在盖一号线,不会误事的!"说完这句,阿奔觉得自己像经历了一番严刑拷打之后,叛变投敌了一样。

"盖上就好,得空我会过去看的,让兄弟们抓点紧!"

挂了电话,阿奔让工人拆下了"百年工程,质量第一"的条幅。

第三天住建局的负责人带队来到了白沙河,一道道挺立的线桩,上面并无一块盖板。朱总感到一阵眩晕,他一边在心里暗暗骂起阿奔,一边等待着局领导劈头盖脸的痛斥。

局长巡视一圈,又看了看工程进度表,沉吟了良久,说道:"很好,白沙河箱涵盖板工程是市里的重点工程,也是百年工程。不能盲目追进度,尤其是盖板,一定要做好水平检测和压力检测!"

听局长这么一说,朱总如释重负,送走了住建局的领导,他赶回了项目部,却看到阿奔收拾了铺盖准备离开。

"别走了,留下来吧,这个重点工程你做得好!是我浮躁了。"朱总紧紧握住阿奔的手,充满感激地说道。

"可是这盖板儿……"阿奔满脸惭愧。

"别可是了,以后公司所有重点工程,都由你负责跟进质量,我都不干涉了。"

朱总说完,把阿奔的铺盖又铺在了床上,拿起那"百年工程,质量第一"的条幅,转身离开了。

原刊责任编辑　雪弟

【作者简介】贺妙忠,广东华通装饰工程股份有限公司董事长,广东省小小说学会名誉会长。业余时间爱好文学,坚持写作,在报刊发表小小说作品多篇,多次获奖。

谷婆婆与麦面粑粑

李尧隆

谷婆婆病重，一家人围在谷婆婆床边，泪水涟涟的。主治医生把谷婆婆的儿子阿只叫到病房外，告诉他医院已经尽力，让他办理谷婆婆的出院手续。阿只一听，眼泪像决了堤的洪水，哗哗地流。阿只回到谷婆婆病床边，眼泪滴到她满是疤痕的脸上。谷婆婆慢慢地睁开紧闭了几天的眼睛，望着阿只，说要回家，死也要死在自家老屋里。阿只明白娘的心事，娘十六岁从山那边嫁过来，今年八十六岁，在老屋生活了七十年。

阿只家在野樱岭，公路只到岭下，下车后几个年轻力壮的汉子，把谷婆婆放在用竹竿做的铺了棉被的担架上，抬着往家走。山路在山坡中间，两边全是刚开始抽穗的青油油的麦地。

山路崎岖，一路颠簸，谷婆婆闭着眼睛，一声不吭。大家以为她咽气了，这时谷婆婆却开始说话："阿只啊，你叫他们慢点走，莫把地里的麦子踩倒。"谷婆婆突然发声，把几个抬担架的汉子吓了一跳。谷婆婆嗅到麦子的清香，嗅到了山坡上的庄稼。

阿只连夜就找队长幺叔田山商量娘的后事。阿只爹的坟地在麦地的窝棚里，若把娘的棺材也抬到爹的墓地一起合葬，因坡陡路窄，根本上不去，要重新修路，那要经过十几块麦地，就必须毁掉很多刚抽穗的小麦。幺叔田山抽了一口旱烟，在鞋帮上磕了磕烟灰，吐出一大串烟雾，然后坚毅地说："阿只你放心，你娘是我嫂子，她帮衬过我一辈子，我无论如何也得帮她办好这最后一件事。"

那些年口粮不足，父母带着几个月大的阿只来到野樱岭，起早摸黑，开山垦荒，几年时间开出一坡荒地，每年队里能多收上千斤麦子。爹娘在山坡上搭了个窝棚，每年麦子快要熟的时候，夫妻就守着麦地，怕麦地被野猪糟蹋。爹去世后就埋在这窝棚里，守着这坡麦地。

第二天晌午，幺叔田山站在阿只家院子窗户边的院墙下对阿只说，我已经与村干部商讨过，今晚再与村民商讨一下，毕竟要毁掉这么多未熟的小麦。

夕阳刚下山，田山找来村子里的人，对大家说了谷婆婆的情况，想死后葬在山坡上，但要毁一大片青苗，让大家发表看法。大家寂静无声，这时老村长昌吉颤颤巍巍地说："当年村里粮仓起火，谷兄弟为抢救粮食烧死，谷婆婆也把脸烧伤了，队里家家户户缺粮，是谷婆婆把家里的麦子给大家喂孩子，自己带着阿只到山坡上挖野菜、摘野果度日，我们不能忘了人家的恩……"

"我同意！我同意！"村民们的声音响彻村子上空，在家里照顾娘的阿只也听到了。这时，谷婆婆却突然说要喝水，并挣扎着要坐起来。阿只大喜，问娘想吃什么，谷婆婆说想吃新麦面粑粑。阿只心里咯噔一下，娘一定是听到幺叔田山与村民商量的话了。于是对娘说："娘，现在刚过谷雨，麦子才抽穗，吃麦粑粑还要一个多月。"

入围佳作 203

谷婆婆用微弱的声音断断续续地说："我等……你给我……舀一碗凉水……我能撑。"

阿只舀了一碗凉井水，在里面加了些白糖递给娘，想起那些年没吃的时候，娘总是在井里舀一碗凉水喝，说能止一阵饥饿，不由眼泪像断了线一样往下掉。

阿只小心地侍候着娘，谷婆婆靠每天喝一点凉糖井水支撑着……

谷婆婆一直在等，她每天躺在床上头歪向门口看着对面山坡的麦子，当麦子泛黄时，她脸上居然有了笑纹。这天，阿只把一碗刚煮好透着麦子清香的麦面粑粑捧到娘面前，说："娘，麦子熟了，这是您爱吃的麦面粑粑。"谷婆婆看着阿只装在碗里刚煮的新麦面粑粑，脸上溢出开心的笑，用几乎只有她自己才能听见的声音说："我可以……安心地……去见你爹了。"说完，头一歪离世。

"娘，麦子已经收获了……"阿只跪在地上说。

原刊责任编辑　余清平

【作者简介】李尧隆，湖南岳阳人。在《金山》《微型小说月报》《国际日报》《人民日报·海外版》《宁夏日报》等中外报刊发表作品四百余篇。

强 娃

田光明

强娃，是我扶贫对象户王福的儿子。他常和我联系，家中有啥事了，都要给我说一声。

三年前，精准扶贫工作开始，我到强娃家。他家那般景象，还真让我心寒。家中有父亲、母亲、强娃和两岁的女儿。父亲王福帮人干活出了意外，把腿摔坏了，花了不少钱，刚出医院不久；母亲中风后遗症，长期服药，行动不便；媳妇是外地女子，受不了这穷日子的煎熬，扔下孩子走了一年多了。老的老，小的小，强娃也就走不出，窝在家里，耕种着几亩坡坡地，没有稳定的经济收入，生活陷入了困境。

强娃三十出头，家道的不顺使他对未来的生活失去了希望，人像霜打了一样，蔫蔫的，没有了年轻人的活力。

这样一家人，咋走出困境？我和他们商量，想着办法，仅凭出苦力不行。我反反复复思考，后来，我想让强娃学一门技术。我联系了扶贫职业技术学校，把他送去学习大型工程机械操作。

学习结业后，强娃取得了工程机械操作证书。我又推荐他到建筑公司上班。公司老板是我中学同学赵宏发。正好公司又添置了一台挖掘机，就让强娃去操作。

在城里上班，离家又不远，能照顾上父母，这工作就可以干。这是强娃告诉我的。我就鼓励他，坚持好好干。

两年过去了，强娃成了建筑公司的骨干。宏发多次在我面前表扬强娃，说他肯吃苦，人又诚实。强娃家里的日子慢慢向好。

我听了，心里也甜滋滋的。想着过年时，再去他家里看看。

突然，疫情暴发，把计划都搅乱了，我也没有和强娃联系。

疫情之下，人们都很焦虑。宏发不停地给我打电话，询问强娃最近的情况，把我也弄蒙了。宏发说他给强娃打电话，没有打通，发红包，他也不收。这强娃恐怕来年不给他干了？要跳槽了？企业不开工，老板都被弄神经了，他担心工人流失，像强娃这样优秀的员工流失了，那是割肉般的痛。

我也奇怪，强娃很长时间没给我打电话了。我拿起电话给强娃拨了过去，仍然无法接通。他怎么了？

今日立春。我推开窗户，伸手想摸一摸春天。突然，我接到了强娃打过来的电话，向我问好。

"你干啥了？电话咋打不通？"

"对不起，我走得匆忙，没有告诉你，我去武汉了。"强娃浑厚的声音，有点沙哑。

"你去武汉了？"我吃惊地问。

"是的，我去武汉火神山医院工地干活了。我同学在那工地上当技术员。年三十那天，他告诉我，建筑工地上缺大型机械操作人员，我就赶了过去。刚到工地上干活，就把手机摔坏了。特殊时期，没有修手机的，也没有卖的，把人煎熬得没办法。昨天工程结束了，我搭乘咱省上送援助物资的车返回市里，政府安排我在市党校隔离点进行十四天隔离。等疫情结束了，我就去看你。"

"哎呀！你咋不早说，我去看你。"

"不用，你也出不了小区，咱们都按政府要求办。"他果断地说。

天空乌云散去，太阳展开了笑脸。沐浴着久违的阳光，温暖充满我的全身。

疫情风险降低，政府要求企业复工复产。

几天后，宏发的建筑工地上来了几名市里的领导，给王强娃同志送来了慰问金，还有优秀青年的荣誉证书。

当电视台记者采访强娃时，他真诚地说：我家是贫困户，在我们最难的时候，是党的扶贫政策帮助了我，在国家有困难时，我也应该出点力，尽点义务……

这个画面，我是在秦东新闻里看到的。我看了一次又一次。

原刊责任编辑　屈文平

【作者简介】田光明，中国微型小说学会会员，渭南市作协会员。曾在报刊及网络平台发表散文、小说等。曾获省市散文奖、"金麻雀"新媒体小小说优秀作家奖。出版散文集《风从故乡来》。

相约爱琴海

贾荣勤

任重脱下早已湿透的防护服，挪步走进隔壁会议室，一屁股仰躺在了沙发上。对面显示屏正在播出济南医疗队千里驰援武汉的新闻报道，一个眉目清秀、目光坚定的女医生正在接受采访。是刘恋的声音！受到刺激的任重一下子坐了起来，瞪大眼睛盯着屏幕，发现竟然真的是未婚妻刘恋。

看完新闻，急火攻心的任重立即摸出手机，给刘恋打了过去："你怎么去武汉了呢？你不知道那里有多危险吗？你答应我今年结婚后一起去爱琴海度蜜月的！"听到任重沙哑的声音，刘恋愧疚地说道："不要生气了，我们已经到武汉了，放心吧！我一定会兑现和你一起去爱琴海的诺言！"说完，刘恋挂断电话，追上队伍，走进了医院提供的宿舍。

刚进宿舍，手机响，是医疗队领队群发的微信，要求全体队员马上集结，投入战斗。刘恋简单收拾一下，刚要出门，手机又响，是任重发来的微信："你是我未婚妻，是我深爱的人，但你更是救死扶伤的医生。注意安全,等你平安归来!"刘恋看完,抿嘴一笑,步伐坚定地向集合点走去。

连日来,新冠肺炎疫情越发严峻,连病房走廊里都住满了病人,发热门诊前排起了长龙。刘恋和同事们咬紧牙关苦苦支撑。

几天后,增援队伍从泉城火速赶来,刘恋负责对接。她远远看到队伍中一个熟悉的身影向自己走来,呀,是任重,她的未婚夫!任重走到眼前,她压低声音但又重重地说:"你怎么来了,你知道这儿有多危险吗?"

他笑了一下:"咱们学的就是呼吸内科,我不来,谁来?"说完,欲拥抱自己的未婚妻,刘恋迅速后退几步:"站住!"

疫情肆意蔓延的态势难以遏制,感染病人愈来愈多,每天工作二十个小时成了常态,任重和刘恋见面的机会很少,只能每天在微信里互祝平安。连日来超负荷工作的任重,一天晚上换下防护服,刚走出重症室,一阵晕眩感袭来,慢慢倒了下去……

任重睁开眼睛,发现自己躺在隔离观察室里。护士看他醒来,轻声说道:"终于醒过来了,你整整昏睡了一天一夜!"任重活动了下胳膊,见没有大碍,找到手机,翻看着刘恋发来的微信,手机几乎爆炸,隔着屏幕都能感觉到刘恋的焦急。任重稍一思索,回道:"我没有事,太累了,睡了一大觉。你呢,怎么样?"

身穿防护服的护士见他放下手机,说道:"经主治大夫观察,你是劳累过度引起的不适,排除新冠肺炎的可能。但你必须休息两天才能上班!"护士说完退出了病房。

手机响,刘恋发来一条微信:"你没事就好,我很好!"他欣慰地放下手机,突然想起现在是上班时间,穿防护服是不可能用手机的。想到这里,一丝不祥的预感涌上心头。

入围佳作　209

夜色已深，万籁俱寂，一首熟悉的歌曲从隔壁房间流淌了过来。任重屏住呼吸仔细倾听，没错，是两人最爱听的《Say You，Say Me》。随着莱昂纳尔·里奇激昂的歌声，他脑子里浮现出和刘恋在大学校园里花前月下的卿卿我我，在自己老家博兴麻大湖畔的恩恩爱爱……歌声停了，他收回思绪，深知隔壁就是刘恋，她被隔离了。

揪心不已的任重拿出手机，打开那首《Say You，Say Me》。激昂的音乐刚响起，任重突然意识到，这首歌曲会让刘恋知道自己也被隔离，于是，他又迅速关掉了手机。

清晨，任重醒来，看向窗外，一缕晨光穿过阴云的缝隙洒在窗子上。

护士走进来高兴地说道："恭喜，你的各项指标都正常，解除隔离！"

回到工作岗位忙碌一天的任重，突然看到玻璃门外一个熟悉的身影向自己走来。任重愣住了，刘恋被隔离了，怎么回来了？原来因为同宿舍的女医生突然高烧，为安全起见，她也被隔离观察。好在是一场虚惊，女医生是普通感冒，刘恋随即被解除隔离回到岗位。

他惊喜地看着玻璃门外喜极而泣的刘恋，两人不约而同举起双手，隔着防护服、护目镜、玻璃门，做了一个拥抱的动作。任重边拥抱，边说着什么。

她从口型知道他在说：相约爱琴海！

原刊责任编辑　赵焱

【作者简介】贾荣勤，山东博兴人，中国微型小说学会会员。在中外报刊发表作品三百余篇，十余篇被选入语文课辅、阅读教材。

战士石
超 侠

海风吹来，带着腥甜的滋味，湿润、温暖、舒爽。这是我第一次登岛的感受。岛边那几块巨石，相互勾连，彼此依偎，仿佛几个人肩并着肩。在一块石头的罅隙里，我发现了一个防水笔记本，里面记录着这个奇异的故事……

当我接受了这个任务，登上这座小岛的那一刻，心情是多么愉悦，我的双脚踏实又安定。

这岛是如此之小，从东走到西，不过一公里，从南走到北，也不过一公里。岛的北侧，面朝大海，有一个小小的山包，山包上立着旗杆，旗杆上高高飘扬着我们的国旗，那样鲜艳、灿烂。山包下有一座小小的两层楼房，第一层就是我的寝室和厨房，第二层是工作室和观测室。岛上只有我一个人。

一个人驻守在一座孤岛上，刚开始想法很纯粹，远离喧嚣，恰好能看看自己想看的书，写写自己想写的东西，栽几株好看的植物，

入围佳作 211

看湛蓝的天,看天边的云,看海浪飞卷、鲸鱼出没的奇异之景。这是多么幸福而美妙的事啊!

为什么要离开小岛呢?

每天早晨早早起来,升国旗,奏国歌,行军礼,白天除了警戒、观察,就是自己做饭做菜、种地养花,有什么不好?我不理解,前面先后上岛的三个战士,怎么会好端端地当了"逃兵"?这茫茫大海,又能逃到哪里去?

这样清静的日子过了还没一个月,我似乎渐渐理解他们了。重复,重复,再重复。没有人讲话,只有风,只有石头,只有一棵树。渐渐地,你能听到风的哭声,听到石头的喊叫,还有树的冷笑。这些,都能让你从睡梦中惊醒,后背惊出一身冷汗。

无聊透顶,枯燥而漫长的日子。

有时候,半夜里会听到外面传来莫名其妙的哭声,甚至还能看到有朦胧的影子,趴在窗口,向内张望。噩梦连连,黑夜里睡不好,白天又睡不着。我开始疑神疑鬼,几乎快要神经错乱了。

平日里,每隔两个月,便会有送补给的船过来,总忍不住和战友们多说几句话。我滔滔不绝,词不达意。我不知道自己还能坚持多久,但这个地方必须有人守卫。

大海像一个蓝色的男人,脾气古怪,时而狂风巨浪、暴躁野蛮,时而风平浪静、安静慈祥;石头就是一个傻傻的小孩,痴里痴气,愣怔发呆,像是在沉思宇宙的奥秘;那棵树是一个妖娆的女郎,摇曳生姿,顾盼流波,时而发些小性子,遇到事情只会惊声尖叫。和它们在一起,我也变得时而暴躁,时而默然。又过了一段日子,连牙膏、饭碗、冰箱、水龙头、电视机,也都活了起来。有一天,我听到牙膏在呕吐,听到饭碗说肚子饿,冰箱说想暖和暖和,水龙头要游泳，电视机沙沙地笑。

　　我是不是疯了？陡然渗出一身冷汗。难道，那些不见了的战士们是因为发疯跳进大海里去了？我不认识他们。我有钢铁一般的意志，绝不会像他们一样。

　　当夜，久久不能入睡，窗外风雨交加，电闪雷鸣，还有那一道道紫红色的光。它们忽远忽近，有节奏地跳动着，像是行走的火焰。我推开窗仔细观察，海岸边好像有影子在移动。我心中一惊："难道是敌人来犯？"我提着枪冲了过去，原来是石头。是石头在动！

　　岸边那三块大石幻化成了人形，迎向海上射来的光束。海上升起的那块不明礁石，也似人形般，红光就是从他手中发射出来的。我看得瞠目结舌，感觉像在做梦。

　　它们，到底是什么？是人，是石，还是什么别的生物？

　　我的心突突跳动，岸边的三块石头在变化，渐渐露出人类的面孔，这形象有几分眼熟。记忆的火药线被点燃了，爆炸出清晰的图像，那不是在我之前守岛的三位战士吗？他们怎么成了石头？

　　我仗着胆子，靠前想去查看，却不料被对面"礁石"发出的红色光波射中。一团冻气沁入了我的体内，身体渐渐冰冷，我挣扎着想要回观察室报告情况，却发现不对劲儿，头脑昏沉，皮肤上生出了硬壳。过了十几秒钟，这种状态才慢慢解除，那层外壳如烧融的蜡一般退却了。我试图联系指挥部，可通信线路因暴风雨中断，暂时无法联络。

　　我又回到海边，与那三块大石站在一起，对面的礁石正缓缓下沉，红色的光波已然消退。我听到身旁的石头发出声音。第一块石头说："你也中招了，你的频率与我相同了。"第二块石头说："这化石光束，又将我们的时间凝固了，我们永远也走不动，只能挡在这里，对付这些可怕的敌人。"第三块石头说："想不到，敌人采用这样缓慢的战术，要悄悄占领我们的小岛，我们只能和敌人耗下去。"我惊恐至极，想要跑回去，但已经动弹不得。我的双脚到腰部，全都成了石头，和脚下的海滩连成了一体。

我问他们：这到底是怎么回事？他们告诉我，他们没有死，只是被石化了。他们被敌人的"高能降速石化射线"射中了，这种射线会改变人体细胞的构成，碳基分子逐渐硅基化，柔软的肉体也就石化了。尽管意识和记忆还在，但自我的时间却与周围完全隔离，行动速度更是缓慢到百万分之一，就像是几天之内，经历了千万年时光的侵蚀和改造，变成了活体的化石。不过这种射线还会有反弹作用，每隔一段时间就会反弹一次，将石化的身躯快速变为柔软的肉体，但时间短暂，犹如钟摆，摆动过后，还会变回来。敌人同样也是如此，他们化为水中礁石，提着那把"高能降速石化射线"枪，企图悄然攻占我们的岛屿。在对峙中，敌我双方都要承受漫长时光与无聊痛苦的折磨。

当我恍然大悟时，腰部和头脑都已经开始石化。幸好我随身带着笔记本，在还有行动力时，将这件事情记录下来，以供未来首长和战友们查证。

我们没有因为条件艰苦和寂寞难耐而逃避，我们一直站在这里坚守，和敌人进行着无声而漫长的战斗。哪怕我们变成石头，哪怕要战斗千年万年，也无怨无悔。我们会永远屹立在这里，保卫我们的家园……

看到这里，不知不觉，我的眼中流下晶莹的泪水，但很快就被海风吹干。我向着这四块石头，敬了一个标准的军礼。我一定要将你们的事迹，告诉世人，将你们承受的委屈、误解和痛苦统统解释清楚。

海潮退去，海水中的礁石慢慢露出水面。我的脑际一片恍惚，感到有一道红光射来，炙热如火焰。

原刊责任编辑　傅逸尘

【作者简介】超侠，科幻作家、编剧、诗人。中国作家协会会员，中国科普作协会员，中国电影家协会会员。主要作品有《少年冒险侠系列》等，参与创作《快乐星球》等。多次荣获全球华语科幻星云奖等奖项。

一串念珠

金　狐

　　这天，日已偏西。梅子听到婆婆一声声干咳，硬着头皮打了水，提了尿桶进去。还没掀被子，就闻到一股恶臭。她连忙推开窗子，一边干呕，一边抽出婆婆屁股底下湿漉漉的垫子。一阵冷风扑进来，婆婆忍不住哆嗦。

　　擦洗、换垫子、打扫、端茶倒水，平时一气呵成的事情，这次梅子做得有些磕磕碰碰，力不从心，从头到尾没和婆婆说一句话，一张脸冷得像挂在屋外房檐下的冰铃铛。婆婆目光躲闪，满面羞愧，手里的念珠不停翻滚：阿弥陀佛，罪过。婆婆打从瘫痪在床，念珠就从不离手，总说自己有罪。梅子懒得问。侍弄完了出去，关紧房门。婆婆望见窗户也关得死死的了，肚子咕噜噜继续唱着空城计，心里七上八下，两滴泪蜿蜒在褶子里。

　　天擦黑，梅子端了一碗蛋炒饭进来，婆婆咽了一口唾沫，说，好闺女，我以后一天就吃一顿，你端走吧。

　　妈，您说的这是啥话？我最近有点儿烦心事，可能照顾不周，还请您多担待些。说完眼圈红了。

要说，丈夫在世那会儿，伺候婆婆的事根本用不着她，三个大姑子轮番值班，把一切料理得妥妥当当。坏就坏在丈夫出车祸死了，对方赔偿了一笔让人眼红的巨款，三个姑子派个和事佬跟她谈判，想提取婆婆的那一份，说是由她们单独攥着，以后保证用到婆婆身上。这不是明摆着不信任她吗？

去去去，想都别想。她朝中间人狠狠一跺脚。古人云，泰山好移，本性难改。长在身体里的反骨，到现在也没有扳正。性格决定命运，一点儿不假。就像自己的婚姻她曾经非常懊悔，都是由着性子闹的结果。婆婆本来是干妈，干妈对她超乎寻常的爱，伴随着童年少年，给过她无限的欢乐。只是到了成年，她没想到干妈竟然游说自己嫁给她的儿子。比她大两天的强子是干妈家的独子，性格沉闷，她不大喜欢。搞笑的是她还没想好到底怎么办，干妈却告诉她，强子死活不同意，态度坚决，看来这门亲事没戏。她当时脸都气绿了。凭什么？她把两根大辫子往后一甩，非强子不嫁。后来的事情不用细说，女追男隔张纸，还有干妈怂恿着，很快就让生米做成熟饭。披上嫁衣那天，她分明看到干妈的脸上尽是得意的笑。望着身边脸色阴郁的强子，她感觉自己被干妈下了套。好在，变成婆婆的干妈对她更好了，三个姑子也亲如姐妹。婆婆瘫痪后，更是主动承担起照料的责任。没想到，眼下为了丈夫的死亡赔偿金，不知道谁给她们出的这个馊主意，根本没有商量的余地。想都别想。梅子撵走中间人，姑子们从此不上门了。不来就不来，她一个人扛着，没啥了不起。端茶倒水、擦屎擦尿。只是婆婆心里过意不去，总问梅子：我那三个闺女都跑哪儿去了？我儿咋也不回来？

梅子哄骗着婆婆说，妈，她们有事来不了，有我呢！等你儿子从国外打工回来给你买个金手镯。

婆婆除了下半身不能动,吃也能吃,喝也能喝,只是脑袋瓜子一会儿清醒,一会儿糊涂。这会儿她坚持不肯吃晚饭,任凭梅子怎么劝都不行。

妈,您好歹吃几口。我今天接到大姐、二姐电话,说她们过几天就回来看您。婆婆一听高兴了:你说的真话假话?

梅子点点头。其实她心里明白,外面疫情闹得这么凶,三个姑子谁都来不了。不过,她们姑嫂倒是和好如初了。因为听说梅子的姑娘、儿子全都去支持武汉了,大姑子、二姑子都主动打来电话安慰她。还告诉她说小姑子的儿子被确诊,全家都被隔离了。这些事,她又怎么能告诉婆婆呢?看到婆婆美美地吃着炒饭,她心里酸酸的。婆婆若是知道儿子死了,孙子孙女全部在生命攸关的战疫前线,她还能吃得下去?那还不如死了算了。即便是死对于婆婆来说,又谈何容易?

然而,令她万万没想到的是,婆婆真的死了。

那天下午,母猪下崽,她只是在猪圈里多忙了一会儿。村子里的大喇叭还在喊着,不要串门,不要下田。突然就听到邻居六婶慌慌张张地跑来找她:不得了,你婆婆喝药了。梅子赶去一看,婆婆竟然倒在门口的草堆跟前,口吐白沫,气若游丝,一手抓着念珠,一手握着一个空空的农药瓶子。她两腿一软跪倒在婆婆跟前,抱住她的身体,急切地哭叫起来:妈,您这是怎么了?六婶端来一碗水,捏住婆婆的鼻子试图施救,被婆婆用力推翻:别救我,我要去找儿子。最后她把无限眷恋的眼光定格在梅子的脸上,断断续续地说:妈这辈子对不起你。手一松,念珠掉在地上。

六婶捡起念珠,塞进梅子手里,说:留个念想吧,她是你亲妈。

当年拿你换的强子。

六婶的话犹如平地旋出飓风，在她的心头卷起一股悲痛的热流，人生许多难以解释的轨迹，都在这一刻找到了答案。勒住这串念珠，梅子百感交集失声痛哭。

谁能真正听得懂那哭声？

当一个短视频在网上疯传的时候，人们懂得了梅子。她把一大包钱全部投进了捐款箱，轻松离去的背影和她手上的那串念珠一同发着光。

原刊责任编辑　李佳怡

【作者简介】金狐，本名金虹，江苏省作家协会会员。有微小说被《小说选刊》《特别关注》等选刊转载。出版中短篇小说集《签约情人》。

凤凰涅槃

袁金泉

凤爱上凰是在一次文学作品研讨会上。在乡供销社当营业员的凤随几位文学爱好者参加县作协为凰举办的散文集《大海呀，我的故乡》作品研讨会。

"那是一片蔚蓝的大海，潮来了，云轻轻一跃就蹿到了浪花上……"多美的语句，凤的心起潮了，也像云一样跃出爱的浪花。

年龄比凤大十岁的凰猝不及防，被凤的爱潮打湿心后，他们结婚了。然而，生活不都是诗情画意，更多的是油米酱醋盐。"你就知道整天写呀、写，诗能当饭吃？"这样的埋怨一次又一次充盈着凤的胸膛。尤其是随着儿子海海的出生和夫妻双双下岗，生活的"云朵"不再浪漫，反而成了一块块黑团团的浓雾压在凤的心上。

"我想离婚！"这个念头从凤的脑际一晃而过，并付诸行动。凰泪眼婆娑，唯一能做的就是给凤写了一封表达做家务决心的承诺书，情很真，意也切。但凤不为所动，去意坚决。倒是八岁的儿子对着妈妈唱起了刚学会的一首歌《世上只有妈妈好》，唱得凤眼里泪潮涌动,在看完《妈妈,请再爱我一次》的电影后,凤把儿子拉进怀里。"好吧!等你长大了再说!"凤一脸无奈。

日子很平淡。下岗在家的凤把自家朝路的厨房,破墙开了一间小面店。凰也无其他技能,却在帮左邻右舍写写信函的过程中创办了书信代写文印社,从为个人代写书信到为单位撰写文案,文印社越做越红火,凰居然与一位和丈夫分居两地、经常请他写书信的女子好上了。

"我想离婚,必须离!"凤斩钉截铁。凰泪眼婆娑,唯一能做的就是给凤写了一封与女子不再往来的悔过书,情很真,意也切。但凤不为所动,去意坚决。倒是即将考大学的十八岁的儿子海海出走了三天,让她心焦。在海海的外婆家找到儿子时,母子俩抱头痛哭。海海的外婆对她说:"小凤呀,我这一生的失败,就是一时冲动,在你考大学时,和你爸离婚,让你失学了!""好吧,等海海考上大学再说!"凤一脸茫然。

不久她病倒了,而且一病就是卧床三年。虽然看凰忙里忙外,喂药倒水,洗衣烧饭,但一想到凰的出轨,离婚的念头就又像蟒蛇一样缠绕着她。她总觉得嫁给凰是一个错误。

"我想离婚,离,必须离!"儿子终于大学毕业,而且考上公务员,谈了女朋友。身体恢复后的凤再次向凰提出离婚的请求。凰泪眼婆娑,唯一能做的就是给凤写了一封挽留书,情很真,意也切。但凤不为所动,去意坚决。倒是二十八岁的儿子态度明确,说,你们离婚我不反对,但至少等我把婚礼办了,我希望在我的婚礼上有父母双双祝福的笑容!"好吧,那就等半年再说!"凤一脸憔悴。

儿子结婚一年后,为他们生了个可爱的小孙子。打理小店,带孙子,忙家务,年过半百的凤尽管每天唠叨,但不再提"离婚"

两个字，常常喜欢哼上两句情歌：时光在忙忙碌碌中平淡，生活已习惯每日粗茶淡饭；时间会沉淀最真的情感，风雨会考验长久的陪伴……这样的日子一晃就是十年。

年过古稀的凰病倒了，这次轮到凤照顾凰。终究岁月与病魔不饶人，已是风烛残年的凰在奄奄一息之际对儿子说："拿笔来！"

儿子估摸父亲是要写遗书留遗言了，连忙找来纸和笔。只见凰艰难地从床上坐起，在纸上很庄重地写下一段话：爱国的屈原跳江了，浪漫的徐志摩坠机了，隐居激流岛的顾城杀妻自尽了，写"面朝大海，春暖花开"的海子卧轨了，我能做什么呢？第一次要离婚，我不能离，因为离了，你们成了孤儿寡母；第二次要离婚，我不敢离，因为我的错，不想让家破碎；第三次要离婚，我不想离，因为我们都老了，经不起折腾。现在，该凤凰涅槃了，我想离婚……凰头一歪，钢笔滑落地上发出一声清脆的响声。

凤的眼泪瞬间海潮般涌出，她轻轻地说："你走了，我们都解脱了……"

原刊责任编辑　毛雨森

【作者简介】袁金泉，江苏省作家协会会员，中国微型小说学会会员。作品散见于《雨花》《新华日报》等报刊。著有《源泉文集》。

长康伯

岑燮钧

长康伯是从供销社退下来的。退休之后，帮着老伴儿带孙子，带外孙女，刚开始时也忙得不亦乐乎。等到孙子、外孙女长大，跟着爹娘到城里读书去后，周塘的老屋里就只剩下他和老伴儿了。

晚上看电视，看着看着，一个囫囵，睡着了，醒来，却只有一两点钟，再也睡不着。医生那里配了安眠药，可药一停，又是老样子。

他跟老伴儿说过好多次，老伴儿有时会说他：你不能出去散散心啊？

这天正好礼拜天，他看见甜瓜上市了，就买了一些，来到女儿家。女儿正在洗碗盏，一边骂外孙女。外孙女一看外公来了，外公长外公短。长康伯就说：今天礼拜天，外公带你去南山公园玩，好不好？外孙女一跳三丈高，女儿劈头一顿骂，埋怨长康伯道：爸，你也真是的，她哪有时间去玩啊，上午必须完成作业，下午还要去弹琴呢。

长康伯想想无趣，就打算回家。临出门时，女儿给了他一张超市卡。他想，要不去看看大姐。兄弟姐妹六人，现在就剩下他和大姐了。

大姐快八十了，姐夫早些年没了。本来是好人家，乡下有老房子，城里也买了一套房，打算给儿子的。谁知儿子不争气，老是赌博，结果把乡下的老房子给押出去了。她只能住到城里来。有一阵，大姐还把房产证藏到他这里。唉，儿子的事还没了，半年前，女儿阿丽又离婚了。

大姐有风湿病，不知好些没有。她住在城西，路有点远，长康伯怕电瓶车半路上没电，又空着手，最终还是没去。但去年自己七十岁时，大姐送给自己一个大大的红包，他一直记在心里，很觉过意不去。

第二天，老伴儿查问超市卡，长康伯感到莫名其妙。两人扯来扯去。老伴儿说：你是不是把超市卡给你大姐了？长康伯有点生气：我去都没去，怎么送她？老伴儿就上上下下找，让他拿出电瓶车的钥匙，她打开后兜，果然有一张超市卡。

长康伯就呆坐在藤椅上，一直想。那边老伴儿在给女儿打电话：你爸真是没记性了，是不是得了老年痴呆症？

老年痴呆症？长康伯心里一惊，这如何得了？他就一个人去人民医院看了一下，但也没看出什么。

有一回，他听见女儿在跟她妈嘀咕：老爸怎么变得这么娇气了，动不动就去医院？

这天醒来，他发现自己睡在厨房间的瓷砖地上，隐约记得自己晕倒了。他想爬起来又爬不起来，待了会儿，看见米淘箩还放在水槽上。莫非我中风了？他亲眼看见过老年室里，一个人搓麻将，说了声"和了"，刺溜滑到桌底下去，第二天就没了，说是脑出血。他赶紧给女儿打电话，女儿心急火燎地赶来，好不容易把他扶到车上，倒车时还碰了一下。挂急诊,让拍CT,拍出来,医生说脑出血倒没有,但有中风迹象,需进一步住院检查。

住院了一个礼拜,医生说,差不多了,周一就可出院了。周日早上挂过针,他让老伴儿回家去,一个人在走廊上散步,忽然想起,大姐那里好一阵没去了,人民医院离大姐家不远,何不去一趟?他就去问护士,有没有要检查的,还挂不挂针。护士说,今天是礼拜天,基本没事。他就换上自己的衣服,走到外面,才知外面冷得很。天阴沉沉的,布满彤云,欲雪未雪的样子。他裹紧了衣裳,等了十多分钟,车才来。车上人很多,没空座。他侧头看着外面,感觉好像到了,就下了车。下了车才知下早了,还有一站路。车上热空调,外面一下子冷到刮脸。冷风飕飕飕的,直往脖子里钻。他一阵哆嗦,就学老农民,把手互相套进另一边的袖口,这样挡着胸口,才稍微暖和些。

大姐在三楼。他上楼按门铃,按了好几次,都没回应。他一边敲门一边大喊,过了半晌,隐隐约约听到有点声响。终于,门打开了,大姐头发散乱,旁边放着一个学步车,原来她是撑着学步车挪过来的。天气一冷,她的风湿越发厉害了,就躲在床上。两人相对唏嘘,长康伯本来想告诉大姐,自己住院了,但看看大姐的样子,还是没有说。

"你一个人怎么办,要不,让阿丽住到你这里来!"

"她结婚了!"

"咋不告诉一声,礼都没送呢!"

"唉,二婚还有什么好大操大办的!"

于是,两人说阿丽的事。长康伯的意思是一个人住总不是办法,最好住到阿丽家里去。

"她那边公婆都在,又是二婚,我去不是添乱吗?"

入围佳作　225

"这倒也是。"长康伯想。大姐长叹了一口气,看看外面:"啊呀,下雪了!"

周一的时候,长康伯咳嗽个不停。一量体温,竟发烧了。医生又查了一番,肺炎!

"你这个人哟,你这个人哟,自己都住着院,去看什么大姐呢!"老伴儿埋怨道。老伴儿晚饭前就回来了,还比他早到,正在找他。他瞒不住,就实说了。当时,老伴儿看着外面的风雪,恨恨地道:"你这么有力气,还住什么院!"

女儿也埋怨:"你要去看大姑,给我们说一下,开车送你去,这么大的雪!"

"她有儿有女,犯不着你这么个老阿弟去伺候她!你看看,现在好了吧!"

长康伯像一个犯错的小孩,一声不响,他知道,又给儿女们添麻烦了。果然,又住了一个礼拜,才出院。

出院不到半个月,突然接到了阿丽的电话,说她妈不好了。原来大姐想到外头买点东西,本来就是老寒腿,楼梯上一软,就从休息平台上摔下去了。邻居打120,把她送到人民医院时,已经没救了。

"她去买什么哟,要什么跟我说一声嘛!"阿丽号哭着。

长康伯很想骂她一顿,但话到嘴边,还是咽了下去。他知道,兄弟姐妹,现在就只剩下自己一个人了。

原刊责任编辑　王彦艳

【作者简介】岑燮钧,浙江慈溪人,浙江省作家协会会员。作品发表或转载于《小说选刊》《小说月刊》《四川文学》等杂志。出版小小说集《戏中人》、散文集《文人之美》。

鸟又飞回来了

京格格

小镇在北方,四季分明。马嫂望着衣带渐宽的河床叹息着:蒲河都开了,咋不见鸟儿的影子?

这年,儿子去南方读研,五十岁的马嫂从岗位上退下来。马嫂以往照亮无数人的精气神一点点暗下来,她感觉自己成了孤灯一盏,从未有过的空落。就连门外料峭的春寒,在她门前打个转,也嗖地就走了。

打从丈夫马哥出事,天塌了。马嫂的心上了一把锁,用她的话说,一岁的儿子与年迈的婆婆,哪个都是她的命,一个都不能舍。

转眼,马哥已走了二十一个春秋。马嫂的青丝也被风雪刮得褪了色,守着儿子侍候着婆婆,任凭月老踏平门槛,鸟儿飞来飞去,马嫂的心搅碎了一朵又一朵泛起的浪花。

镇上哪家女人春心荡漾时,老人都会拿马嫂说事,马嫂成了小镇的贞洁牌。

可不知咋了,这第二十一个春天刚刚掀开三月的盖头,马嫂耳边总是回荡着鸟儿叽喳的声音，整夜翻腾着无法入睡。天一放亮，马嫂就脸不洗头不梳奔向蒲河岸。

让马嫂失望的是，没有鸟的天空沌沌的。封冻的河面如男人铁青着脸，白杨耷拉着头杵在两岸，桃枝没有一丝笑容。马嫂长叹一声，趁小镇还没醒来赶紧回了。

这里是马哥的家乡，马嫂是羞成一朵花那会儿被大卡车送来小镇插队的。在马家村遇到一身绿军装的马哥，第一次约会就在这蒲河岸。当时河床干瘪成一条龙须沟，堤坝窄得就剩两条车辙，他俩一人一条车辙拘谨地迎风走着。那天的风很柔很软吹开了一树桃花，鸟儿飞过来飞过去。他说，这鸟儿不单羽毛美歌声更美。她笑眯了眼说，她也喜欢听鸟儿唱歌。车辙的尽头成了一条小路，他们肩头挨着肩头，挡不住的青春被鸟儿带向天空。

一年书信纷飞。鸟儿再飞来时，马哥回来了。她成了马嫂。

二十一个春天了，马嫂看着儿子一天天长大，春天后的春天是她的期盼，鸟的歌声撑起她的天空。马哥出事时，部队首长把一枚军功章递给她，她感觉沉得捧不住。她是烈士的家属，儿子是她的希望。头顶的光环让她无奈，婆婆临终时还说，让她为自己活活吧。多少个春天里，马嫂不敢看街上鸟儿似的飞来飞去快乐的身影。因为只有她自己知道，她脸上有多灿烂，心里就有多凄苦。

渐渐地马嫂开始恋床，夜长梦也长。

梦里马哥又回来了，一身绿军装，非要看她穿旗袍的样子。说他在那边很好，儿子也大了，老人也送走了，让马嫂该为自己活了。马嫂醒来时枕头湿了一大片。马嫂翻出当年压在箱底的旗袍，左看右看穿在身上，把散乱的头发盘起。看着镜子前的自己，不知所以地笑了，问自己这样要干吗呀？家里除了自己就是自己，给谁看呀？

马哥的梦一天接一天，再三央求她穿上当年的旗袍去蒲河边，他会在那里等她听鸟儿唱歌。马嫂信了他的话。

马嫂，一大早打扮成这样，去干吗呀？

街头有好事的，见了她就话里带话地叫着。起初她只是笑不作声，后来扛不住嚼舌的姨婆们纠缠，就实话实说了。

可谁会相信呢？背后指指点点，说马嫂想男人想疯了，马嫂感觉脊梁骨刺痛，更有甚者当面就质问她，守了二十多年，守不住了？马嫂满身是嘴说不清。

马嫂感觉这辈子活得太憋屈了。她转身奔向蒲河，哗哗的眼泪肥了河道。一步步走入蒲水。

岸边不远处的垂钓者，丢下鱼竿奔过来，马嫂感觉到背后有个热乎乎的手抓住了她，就晕了过去。

垂钓者自我介绍：本人马宏强，喜欢钓鱼，常在蒲河岸边消磨时光，还说之前见过一次马嫂在岸边徘徊……

马嫂出院了，提着一袋水果来到蒲河边，答谢恩人。

感谢您相救，要不是您我可能早没命了。

言重了，妹子，谁见了都会搭把手的，不要在意。遇事往开处想，没有过不去的坎儿。

嗯！嗯！您喜欢钓鱼？咋没见鱼？

哈哈，退休后闲着没事，就恋上这里，起初我是钓上来鱼就放生，后来干脆改成喂鱼了，我的鱼竿没有钩的。

我当过兵，回地方又做警察，养成了坏脾气，我本来是为了敦敦性子，可渐渐地就喜欢上了这里。

你天天出来，又没带回去鱼，家人不会说你吗？

唉，老伴儿前年得病走了，女儿在国外读书，我老哥一个，自个儿管自个儿。

哦，原来老哥是这样，您这么善良，女儿一定差不了。

别夸我了，你的事我可听说了。哈哈，老哥服气。

一句一句地，搭起话来一个下午过去了。鸟儿归巢时，他们的背影，随着夕阳滑入蒲水。

从此，老马的头顶多了把遮阳伞。马嫂本来像蒲水一样平静的心，泛起涟漪。

马嫂来去的路上，耳边常响起鸟的歌声……

好心人劝他们一起取取暖吧。

日子久了，老马看马嫂时眼睛眯成一条缝，蚊子都飞不进去。马嫂一见到老马，就感觉自己飞进了鸟林，身体里有种说不清的东西在跳。

马嫂与老马的事很快在小镇传开了。

蒲水结冰了，鸟儿丢下垂钓者与马嫂，唱着歌飞向了远方。

春天再来时，垂钓者如清淤的河床瘦了许多，整个人清爽欢快，哼着小曲，边垂钓边用余光勾着扭着腰身走来的马嫂，河水中映出他们的剪影。

路上没人。天空，鸟又飞回来了。

原刊责任编辑　苇露

【作者简介】京格格，本名佟继萍，锡伯族。中国微型小说学会会员，辽宁省作家协会会员，沈阳市沈河区作协副主席。作品散见于《小小说选刊》《微型小说选刊》等报刊。

悔　棋
赵淑萍

姜伯伯是我们的邻居，也是我们的偶像。

首先是他传奇的身世：红小鬼、解放军战士，参加过好多战役，转业后是爸爸单位的工会主席。最主要的是，他的妻子是一位烈士，牺牲在战场上了。于是，人们看见了他都十分敬重。

他什么都会。天寒地冻，我们曾亲眼看见他在厚厚的积雪上练字。原来，他的一手好字就是这么练成的呀。他的普通话特标准，那时，我们的爸爸妈妈操的都是杂牌的普通话。他还喜欢种兰花，他的屋子里很多兰花，开花的时候，就有一股幽幽的香气，让人闻着说不出的舒服。他是个单身汉。单位里发的或者人家送的水果，他都放在一张空桌上，自己一个也不吃，最后被我们这些孩子一个个地全消灭了。唯一的缺点是他的房间有点脏，东西摆得有点乱。

我和瘦猴跟他下棋下了无数次，有的时候单挑，有的时候二战一，每次都大败而归。看着我们不服气的样，他就哈哈大笑。

暑假的最后几天，我们找他下棋，总觉得哪儿有点不对劲。最后，发现是他的屋子干净、整洁了许多。然后是他下棋的时候好像有点烦躁。平时他平稳、淡定，落子不紧不慢。可是，接连两天，他都走神，仅仅是险胜了我们。这一次，我跟他下。几个回合，又轮到他出棋，他那白子落的时候我就窃喜。他刚落子，突然意识到，要拿回时，瘦猴在旁边大叫："不许悔棋！""对啊，你是大人，不许悔棋！"我也说。姜伯伯很不悦，但是没有拿回去。果然，一招不慎，步步被动，这下我们稳操胜券了。我俩可得意了，看着他，还交换着眼色。冷不防他看到我们的神色，被激怒了，啪地站起来，一下子把棋盘给掀了，黑子白子落了一地。他走到一边。我俩面面相觑，最后，一溜烟跑了。

这是我们第一次赢他，很得意。而且，平时温文尔雅的他居然那么没风度。但是，不好玩的是，他掀了棋盘，以后就不会跟我们一起下棋了。

后来，开学了，学校里组织军训。那天，有爬山的任务，我四点多就起床了。天蒙蒙亮，人们都还在梦乡里呢。我下楼去，在三楼拐角，我看到二楼姜伯伯的门开了，一个女人从门里走出来，急急地下楼去。那个女人我认识，是军军的妈妈。军军住在另一幢楼，他妈妈跟爸爸离婚了，他跟着妈妈过。真稀奇，姜伯伯的房间里居然走出个女人来。当天，我就告诉了瘦猴，还有同幢楼的红红。红红说怎么会呢，姜伯伯是个英雄，英雄怎么会有那种事呢？

也许是因为他掀了棋盘，我很不爽。晚上，我告诉了爸爸妈妈，他们一下子愣住了。

"那个柳凤仙，年轻时就喜欢老姜。老姜也动过心，但是，大概因为他死去的妻子,最后没成。"爸爸说。然后爸爸又告诉妈妈,"你这个大嘴巴,别到处乱讲。"

可是,妈妈当面答应爸爸,一转身就去告诉了红红的妈妈。后来,大家都知道了。女人们好像揪出了什么秘密一样的兴奋。议论的大概就是姜伯伯虚伪,道貌岸然,男人哪有那么实心眼的,再就是军军的妈妈不是个好女人之类的。

就像一尊神圣的高高在上的英雄的像,突然倒了、碎了。我们小孩子也不屑去他那儿了。至于军军的妈妈,我们背后叫她狐狸精,是她,祸害了我们的偶像。

我突然有一种负罪感。这一切,都是我的告密造成的。后来,我一直避着姜伯伯。有时候,看到他下班回来,我就绕道走。

过了没多久,军军的妈妈,居然穿得干干净净、漂漂亮亮地公然来我们这儿。在那些楼下闲坐聊天的女人们好奇的鄙夷的目光里,很沉着地敲开了姜伯伯的门。这次,人们倒不知说什么好,好像一片阴暗角落的雪见了阳光,化了,反而没什么可说了。

我们渐渐地长大,后来陆续搬出了那幢楼。有一天爸爸拿来喜糖,说是姜伯伯结婚了。

三十年后,我回到故乡,碰到瘦猴,现在他胖得都有啤酒肚了。怀旧的我们说去小时候的地方转一转。红红应该还住在那儿,不过那幢楼拆了,又重建了。其实,我们都想着那个孩童时的偶像,只是谁也不说。

当我们来到那幢楼时,看见一位老人正把一盆兰花搬出来晒太阳。八十多岁的人,身板居然还那么硬朗。走近了,是姜伯伯!他也认出我们了,非要把我们拉进去。一个穿着红衣的老太太迎了上来。"你是真真?"老太太又端水,又上水果。她就是军军的妈妈,八十多岁了,皮肤白皙、细腻,居然还有漂亮的感觉。

"如果有空,我愿意再跟你们下一盘棋。"姜伯伯说。

原刊责任编辑 黄灵香

【作者简介】赵淑萍,中国文艺评论家协会会员,中国微型小说学会理事,宁波市海曙区作家协会主席。作品散见于《文艺报》《小说选刊》《小说界》等报刊,出版散文集《自然之声》《坐看云起》,小小说集《永远的紫茉莉》。

一生很长

高淑霞

姐十八岁时她六岁。

昀哥比姐大一岁,这是姐告诉她的,姐晚上睡不着时总是把她摇醒跟她讲昀哥。

其实她也喜欢昀哥,眼睛总是追着昀哥转。当然她不会像姐似的喜欢得睡不着。天一黑她的眼皮就打架,她就不得不把眼睛闭上。这些她不会告诉姐。

姐和昀哥总拿她当小孩。姐和昀哥聊天时,她走到姐身边摇着姐的肩喊姐,眼睛却盯着昀哥,心想他可真好看。姐推开她说:"一边玩去!"昀哥揉揉她的头说:"鬼丫头,你先玩去,我和你姐聊点事。"她离开他俩,倚着海棠树看西窗下的小黑,小黑眯着眼睛,懒洋洋地卧在那儿,像一团黑色的锦缎。锦缎,昀哥的眼睛就像锦缎。她瞟向葡萄架下的昀哥,那锦缎似的眼眸正盯着姐。她一跺脚,离开海棠树,去前院找二哥。

昀哥是二哥领家来的,说是他的同学,家在四川,时局动乱回不去了,来她家过暑假。

入围佳作

那年冬天很冷，立冬那天下了第一场雪，大雪飘飘洒洒下了一整天。吃过晚饭，姐坐在桌旁看书，她缩在被窝里看窗外的雪花飘舞，突然人影一闪，昀哥跳进屋来。

"你，怎么是你？"姐的话未落，街上传来马蹄声，紧跟着是奔跑声，叫喊声。

"嘘……"昀哥冲着姐和她扮鬼脸，"他们在追捕我。"

"他们为什么追捕你？"她伸着头问。

"我把他们的马尾巴剪了。"昀哥笑道。

"你干吗要剪他们的马尾巴？"

"为……"昀哥琢磨着。姐走过来："你哪来那么多为什么？"说着把她的头按进被窝，"好好睡觉，我和昀哥聊点事。"

"睡觉，这时候还要睡觉？"她一掉身，给姐一个后脑勺，支着耳朵偷听他俩说话。姐和昀哥说话的声音很小，隐隐约约飘进她的耳朵。

昀哥是半夜走的，姐对着昀哥的后背喊："我等你，等到地老天荒！"昀哥没回头，经过床前时揉揉她的头说："鬼丫头，替我照顾好你姐。"说罢，跃上窗台，跳入黑暗中。

那夜以后她有了心事，时不时掐着指头算日子。一个多月后薛家派人来给姐说亲。媒人走后，爹把姐叫到书房。爹抽出嘴里的烟斗说："薛家生意做得风生水起，西街的米店、布庄，都是薛家开的，去年又在城南开了纺织厂。薛二公子比你大三岁，薛老爷许诺薛二公子结婚后可以带着媳妇去法国留学。"爹说得天花乱坠，姐就是不同意，姐说她喜欢昀哥。"昀哥，"爹像被烟呛了，"那个激进鬼？早晚赔上性命！"

姐后来还是嫁了薛二公子。缘由是腊月十七那天二哥给姐带回一封信，说是昀哥给姐的。姐看信时她不错眼珠地盯着姐，半页纸姐看了一个世纪。

"怎么会？怎么会这样？"姐流着泪喊，"他不喜欢我，他娶了别的女人！"娘说："怎么不会？男人都是天上的云，还是你涉事太浅！"

"我涉事浅！我看不清人！"姐像被气疯了，冲着娘跺脚，"你们不就是想让我嫁薛二公子吗？好，我就如了你们的愿！"

姐就那么嫁了薛二公子，海棠花开的时候，姐和他去了法国。

她再见到昀哥时已经是十三年后了。即使那张脸上多了块疤痕，左手的袖管空着，她也一眼认出了他。昀哥揉揉她的头说："鬼丫头，你果然走上了这条路！"昀哥没问姐，像从未有过姐那个人似的。

"怎么会这样？他竟然忘得那么干净！"她为姐不平，走出指挥部时，忍不住问身边的警卫员："你们团长的夫人漂亮吗？"警卫员回："他没夫人。"她问："是去世了？"警卫员回："他没结过婚。"

"怎么会这样？原来是这样！"她忽然明白了一切，眼泪涌了出来。

她给我讲这个故事的时候，头微仰着，眼睛眯着。窗外残阳如血，霞光在她的银发上滑动，滑过她满是褶皱的前额、深陷的眼睛……我清楚地看到那眼角有泪珠儿滚落。

她是我的邻居，独自住在一幢老式楼房里。

那天是一九九五年八月二十九日，她九十岁生日。

原刊责任编辑　赵莉

【作者简介】高淑霞，中国铁路作家协会会员，作品散见于《小说林》《海燕》《小小说选刊》等报刊。出版长篇小说《真相》《活过，繁花满径》，小小说集《去撒哈拉沙漠》《好时光茶馆》等。

马 老

三 石

马老其实并不老，只不过有些老气横秋的样子。当张平脱口而出"马老"时，马老哈哈一笑，你叫我马老，我有那么老吗？张平的表情便有些尴尬。

不过，张平依旧没有改口，马老也由得他去。

系统内一次廉政书法大赛，邀请了马老当评委。参赛的选手并不多，却大多是系统内的大小领导，张平则是个一般干部，这特等奖，来之不易。

是马老力排众议，果断拍的板。

张平前来拜访，壮着胆子提出拜马老为师。

马老说话倒也坦率：你虽然得了特等奖，但书法基础并不扎实，权当爱好罢了，拜师不必，有空常来交流则可。

马老看得出，张平有些泄气。但没想到，从此以后，张平便经常登门。说是交流，其实就是拜请马老指点斧正。时间久了，马老对张平越发地喜欢，虽说底子在那儿，张平的书法兴许永远业余，但年轻人有这份热情，也是难得。除了笔墨交流之外，两人还时常择风清气爽之日外出野钓，然后选一偏僻酒馆对酒而歌，即便酒后放肆称兄道弟，酒一醒张平依旧尊称一声马老。

两人这种交往持续了好了几年。

张平在单位虽然一般，但并不代表能力水平不行，除了书法不错，文字也有些功底，经常有文章在报刊发表。那会儿市里一位新来的领导到处物色秘书，无意间发现了张平的才华，便一纸调令将张平调到了身边。

张平成了领导秘书，不似以往那么清闲了，向马老讨教书法的时间与日俱减。这也没什么，以马老的话说，年轻人当以工作为重，书法只是爱好，闲时修身养性而已。但逢年过节，张平还是会带一些不值几个散碎银两的土特产，到家讨一杯薄酒，酒后挥毫泼墨。

张平仕途起步较晚，年近三十才得一副科，自从当了领导秘书后，很得领导赏识，不几年就做到了副处。这还不算，在领导荣调之前，又将张平推到了县里担任常务副县长。

说来也怪，张平虽与马老交情不薄，却是从没有一幅马老笔墨，也曾经讨要过，马老都借故推托。但在张平行将赴任之际，马老为张平备薄酒饯行，酒后当即写字一幅，一气呵成。张平接过一看，却是北宋宰相王旦七律诗《咏廉》中两句：兰开幽谷堪岑寂，桃绽凌残勿恋春。笔锋苍劲有力。

张平顿时动容。

张平在县里工作了十数年，其间也曾换过几个地方，做事做人有口皆碑，官声甚佳。职务也是稳中有升，直至做到了县长。虽说不多，但张平偶尔还是会登门看望马老，照例喝酒写字。张平说在县里不写，一则工作太忙，二则也怕爱好被好事之徒利用。

马老闻知，默默点头赞许。

张平担任县长的次年，马老退休，去杭州与儿子同住，时间久了，与张平的联系就更少了。

马老在儿子家赋闲，但其书法功底却是老而弥坚，经常飞机高铁天南海北地参加书法展，也常被邀请出任各类书法大赛之评委，日子倒也过得充实。其间偶尔闻知张平消息，却是上了仕途快车道，升任一家省属国企的老总。

又过了几年，因为身体缘故，马老已不再长途奔波，每日看书写字修身养性。一日，也是书法界好友力邀，马老再次出山，出任书法大赛评委。大赛奖金极高，名家高手趋之若鹜。组织方从上千幅参赛作品中初选出十余幅，交由马老等终审评委最后敲定。其中特等奖一名，却有明示。

一幅行书作品，取材于北宋宰相王旦七律诗《咏廉》中两句：兰开幽谷堪岑寂，桃绽凌残勿恋春。虽然大赛规定不能署名，但马老火眼金睛，认出这是张平的笔墨。这么些年过去了，水平虽然有所提升，但入围终审已然不妥。马老沉默良久，当即提出反对。组织方急了，挑明大赛所有费用均由作者所在企业赞助，而该作者是企业老总。

马老长叹一声，不再吱声。

这夜，赞助企业宴请评委，马老本想推托，但架不住众多朋友好言相劝。进了酒店，只见张平满脸堆笑地迎了上来，紧紧握着马老的手，激动地说，马老，好些年不见了，您身体好吗？

马老面无表情，将手抽回：不敢当，张总还是叫我老马吧！

原刊责任编辑　蔡静

【作者简介】三石，本名熊磊，现供职于江西上饶市某机关。业余从事小小说创作，作品散见于《小说选刊》《小小说选刊》等报刊，并入选各类年选本。

天　漏
周东明

老胡这两天，心里犯堵，闹心，为啥？这话要慢慢说。

老胡有个莫逆朋友，姓辛，做房地产开发的，前年资金紧张的时候，从老胡手里倒了一百多万元钱。当时，辛老板为了求得老胡的借款，把一个鸭蛋青色的瓷罐押给了老胡，说是祖传的。

辛老板把那个瓷罐交给老胡时，一再说，胡哥，这玩意儿，您可千万要收好，这是老爷子当年最喜欢的物件，我有了钱缓开手，就把它赎回去，多说一年，少说半年，过了一年我不来，这玩意儿就归您。

别别。没等老胡说完，辛老板已经出了门外。

事情过去快两年了，辛老板不但没来还钱，还听说，辛老板跑路了。

老胡心里没法不犯堵，不闹心。老胡心里犯堵的时候，就拿出来那个瓷罐子，瞅着愣神儿。

老胡的老婆一见老胡拿出那个瓷罐子就来气，总要数落几句，说，咱们借给他的，可是一百万的真金白银，他的这个臭瓷罐子，是不当吃不当喝啊，你说说，你当初是不是脑子进水了？

此时此刻，老胡还能说什么呢？只有默不作声。

这天，老胡又拿出瓷罐子，瞅着发呆时，街坊李三来了。

李三是在松州古玩城倒腾古币的"钱串子"，对古玩略懂点。

李三一进屋，看见老胡瞅着桌子上的瓷罐子发呆，把眼光也转向了瓷罐子，当他定睛看见瓷罐子时，不觉得眼光一亮，随后移步来到桌前，双手轻轻捧起那个瓷罐子，上上下下、左左右右地仔细看了一番，然后神秘兮兮地问：胡哥，您在哪儿淘弄来的这个玩意儿？

怎么，这个玩意儿还有说道吗？老胡急切地问。

当然有啊，您看这釉色青里透亮，说明这个东西应该是南宋龙泉窑出的青釉。

真的吗？老胡又问。

嗯。李三点点头。

值多少钱？

少说百十来万吧。李三的语气很肯定。

当真？老胡半信半疑地问。

我骗你干吗？李三说着把那个瓷罐子轻轻放回了桌上，又说，过几天中央电视台鉴宝节目组要来松州，拍一期《寻宝进松州》。到时候，您可以让专家们给看看。

《寻宝进松州》节目组来松州了，那天，老胡也拿着瓷罐子来到了鉴宝现场。他小心翼翼地拿出来瓷罐子，给专家们鉴定。

一个体态胖胖、头顶栽种了几根儿白发的老头，用戴着手套的双手，接过了瓷罐子，又用放大镜仔仔细细地把瓷罐子看了一个遍，看着看着就眼睛大放光芒，抬起头问老胡：老先生，您这个宝物是怎么得来的？

听专家这么一问，老胡就把这个瓷罐子的来龙去脉说了一遍。

专家听完，哈哈大笑，大声说：天漏，天漏。

老胡一见专家的样子，一头雾水了，愣愣瞅着专家。

专家拍拍老胡的手，说：老先生，您捡漏了，捡个大漏哇。

老胡更是丈二和尚摸不着头脑了，眼睛直勾勾地瞅着专家，不错眼珠。

这时，那个专家指着瓷罐子说，您这个宝物是明朝永乐官窑出的瓷器，从颜色上看，叫青釉，从形制上看，是个斗蟋蟀的罐，当时景德镇官窑烧制的这种斗蟋蟀的罐，只给朝廷制作，不流入民间，所以说，这是一件贡品，再从时间上说，应该是明宣宗时的东西，因为明朝时，就是明宣宗朱瞻基喜好斗蟋蟀。

专家说完这句话，紧接着又说，孤品啊。

值钱吗？

值钱，当然值钱了，拍卖价应该在三千万，还有升值空间。

老胡听完专家这番话，吓得脸都白了。

当天晚上，松州电视台就播放了那天鉴宝的节目，这个瓷罐子的消息，也像一颗炸弹，在松州城炸开了。

第二天，老胡在屋里来回直个走绺，对老伴儿说，我看咱们还是把这个东西，给辛老板退回去吧？

不行，当初说好的，一年内他还不上钱，这个瓷罐子就归咱们了。

可是，咱们才借给他一百万，这个罐子值三千万呢，留下它心里发愧。

入围佳作　243

那也不行。

拍卖价是三千万,可咱们卖给谁啊?留在家里不当吃不当喝,对我来说,就是一个烟灰缸,不值钱,退回去吧。

我说不行就不行,你啰唆什么,再说,现在辛老板跑路了,你去哪儿找他?

要说也是。老胡点点头。

有时候,事情就是巧,说曹操曹操就到。老胡的话音刚落,就有人敲门,老胡打开门一看,来人正是辛老板。

辛老板一进门,先是道歉,说自己如何如何不该拖了这么长的时间不还钱,然后又解释自己如何如何困难。

辛老板说完这番话就又笑着脸说,胡哥,我今天来一是还您的钱,二是取回我的那个祖传瓷罐子。辛老板的笑容好尴尬。

听明白了辛老板的来意后,老胡没吭声,但是他老伴儿不干了,张嘴就要说,还没等老胡老伴儿话出口,辛老板忙说,我知道这么贵重的东西,放在您这里两年多了,也不容易,我再给您一百万元的保管费。

没等老胡开口,他老伴儿说,那好吧。

就这样,辛老板取回了那个蟋蟀罐。

但是,老胡对多收辛老板的一百万元钱,还是觉得有点过意不去。

那天,老胡刚要出门上街,快递给他送来一个快件。

老胡打开信封一看,是当时那个专家寄来的信,专家在信中说,他回去又查了一下资料,当时朱瞻基确实是让景德镇官窑制作过蟋蟀罐,而且是为他最喜欢的一只蟋蟀做的,可是,当蟋蟀罐制成时,那只蟋蟀却死了,朱瞻基一来气,就把蟋蟀罐摔碎了,所以老胡手里的这个蟋蟀罐不能确定是真品。

老胡看完信,心里更是忐忑不安了,他决意要把辛老板给的一百万元保管费退回去。

老胡找到辛老板时,辛老板不等老胡把话说完,就情绪激动地说,我已经多给你一百万元钱了,你还要反悔吗?你的人品怎么会这样呢?

什么,我的人品不好?

老胡这回是真的弄不明白了。

原刊责任编辑　高则平

【作者简介】周东明,内蒙古作家协会会员,内蒙古小小说沙龙副主席,赤峰市小小说创委会主任。有小小说散见于《山西文学》等多种报刊,曾获金麻雀网刊2019年佳作奖。

中医大夫
代应坤

欧阳铎只读了三年私塾，爹就不让他进学堂了。他哭了几场，爹也不理他，让他哭，等哭得差不多了，在一个初秋的早晨，带他上乌蒙山。

乌蒙山山峰高，悬崖峭壁，雾气腾腾的，除了砍柴人和采中草药的，几乎没有人出入；这里聚集了不少蛇，十多个种类，常见的有剧毒的眼镜蛇、金环蛇、银环蛇，也有无毒的赤链蛇、翠青蛇、水蛇；这里的中草药多得出奇，山上的一草一木皆可入药。

欧阳铎上午跟着爹采集中草药，午饭后，三三两两的求医者，断断续续往家里赶，爹忙着望闻问切，他就在一旁做搭手，一刻也不闲着。

这样的日子过了不短时间，欧阳铎有些飘飘然。他爹上集镇剃头那天，家里来了不少求医者，比往常都多，屋里屋外站满了人。欧阳铎一屁股坐在爹的扶手椅子上，说：实在等不及的，到我这儿来，瞧我的手艺！

人们上下打量着欧阳铎，微笑不语，没有人动弹。

一个捂着肚子嗷嗷叫的中年男人,脸色苍白,一头一脸的汗,被家人架到欧阳铎跟前。家人说:闲着也是闲着,交给你了!

欧阳铎只简单看了看,就掏出银针,对着病人的腹部、脚拇指扎了几针,一袋烟工夫,病人安静了,像换了一个人似的。

爹回到家时,欧阳铎已经接待了四名病人。爹满脸狐疑地看着儿子,说了声"瞎胡闹",便把已经诊断过的病人复诊了一次,爹俩的诊断差异不大。

爹是在那年的夏季过世的。天刚蒙蒙亮,他就背着竹篓踏着露水,到山顶采集"云雾草",不料脚一打滑,滚下山坡。这位谨小慎微的中医郎中,没有被乌蒙山上的毒蛇袭击,也没有在配药、试药时中毒,却输给了四千二百米的山峰。

十七岁的欧阳铎接替了父亲的营生。父亲生前的三句话他记在心上:上山防蛇,试药防毒,别的不要防。

欧阳铎的诊所出奇地红火。爹爹在世时,双门铺一带的人,从来没有来求医过,他接手才两年,方圆二十里地的病人都来了。这其中的原因,除了欧阳铎的医术地道之外,与服务态度也有关,他总是笑眯眯的,没有脾气,就连意中人被人横刀夺爱,他似乎也没有强烈的反应。

欧阳铎跟司马坦都是大邱庄的,而且还是一个私塾老师教的,当初,如果不是欧阳铎爹中断了儿子的学业,这两位同门兄弟还真的有一争:巴掌大的地方,只能有一个教书先生,谁当了,另一位就没有了营生。命运之神很公平,居然让欧阳铎当郎中,司马坦做教师爷,井水不犯河水,多好!

插曲与那场喜酒有关。一次,邻庄的兰兰随爹到大邱庄吃喜酒,帅气而斯文的欧阳铎让她眼睛一亮,两个人躲在屋后说了不少话。

这一切没有逃过司马坦的眼。

喜酒之后,兰兰突然有了晕恙,她就三天两头来找欧阳铎。来一次，弄点药，回家就有了效果，但效果顶不长，随便犯。

某天，欧阳铎正给兰兰把脉，兰兰爹铁青着脸跑过来，拽起兰兰就走，兰兰不走，被爹重重打了一巴掌。

兰兰爹是保长，一言九鼎。任凭兰兰怎么哭怎么闹，几个月后，兰兰进了洞房，新郎官是司马坦。

那些年，司马坦和欧阳铎见面也不讲话，司马坦的家人患病，跑外村治疗。一次，兰兰抱着小孩来到欧阳铎的诊所，屁股刚挨板凳，司马坦气喘吁吁地跑来，说了声："贱货！"捉住兰兰的胳膊就走。

欧阳铎的名气就像盛夏的庄稼，拔节，疯长。除了县城那家医院，没有一家诊所有他的红火。别的郎中就骂：挣那么多钱干啥？早晚摔死，让眼镜蛇咬死！话传到欧阳铎耳朵里，他不吱声，依然采药、配药、试药，徒弟他不敢用，怕出事。

这天深夜，欧阳铎被急促的捶门声惊醒，一看，是司马坦和兰兰爹几个人。兰兰生下孩子后，出现大出血，司马坦不愿到欧阳铎诊所，兰兰爹一巴掌劈过来，才把女婿打醒。

望着没有一丝血色的兰兰，欧阳铎也不说话，只管忙，快天亮时，兰兰头一歪，去了。

次日，司马坦一纸诉状递到县衙，欧阳铎被推推搡搡弄进牢房。欧阳铎双膝跪地的那一刻，仰天长叹：爹，您教我一辈子防山防蛇，唯独不教我防人，这世道，唉……

原刊责任编辑　朱天明

【作者简介】代应坤，安徽省作家协会会员。作品散见于《小说选刊》《微型小说选刊》《微型小说月报》《四川文学》等，有三十余篇作品获得省级以上奖项。

小医生

贾 文

　　小西和他的摩托车又出现在这雪的图画中了。

　　远处是白象似的群山，脚下是广袤晶莹的原野。

　　路滑，雪受了阳光的怂恿格外晃眼，小西开得小心翼翼。车子像被抻紧缰绳的烈马，憋着气，吼着，走得很慢。可只慢了一小会儿就又跑起来了，风在耳边呼呼地响，云擦着头顶哗哗地飞，群山白象一样涌来，又涌去。

　　前面又到那个路口了，小西关掉油门，车子慢下来。上周二小西就是在那里滑倒的，地上有一摊冻干的血迹，那是小西留下的。那天天色已晚，小西急着回家，紧小着心还是出事了。一下就摔得人事不省，也不知在雪地里躺了多久，幸亏被人发现，要不然摔不死也会被冻死在那个冬夜的雪地里。好在不算严重，全是皮外伤，将养了几天就又上班了。别人上班是在卫生院，而小西是在这冰天雪地间。小西是乡卫生院的疾控医生，全乡十多个村子的儿童计划免疫、疾病监测全由他负责，几乎天天得下村给孩子打疫苗、搞监测。

小西今天任务重，得跑三个村子，都是这些天落下的。小西先去了后铺村。村里窝风，显得不太冷。有人在扫雪，有人聚在日阳窝闲聊，有喜庆的唢呐声传来，不知谁家在办喜事。人们见了小西，都亲热地和他打招呼，邀他晌午来家吃饭。小西嘴上答应着，心里说才不呢！小西生性腼腆，从小就不习惯在外面吃饭。小西每天的午饭自带，通常是一袋方便面，干嚼着吃，吃完讨口水喝就行。偶尔也吃一个月饼，但不敢常吃，之前就是每天一个月饼，结果吃出了胃酸的毛病。

后铺是个大村子，孩子多，女人们已经抱着孩子等在村卫生室了。看见小西，纷纷抱怨他来晚了。小西边忙着整理器材，边赔着笑做解释。女人们这才注意到小西走路有点瘸，脸有些肿，立马唏嘘成一片。这个说怎么不慢点，摔成了这样。那个说这天寒地冻的，摔坏了可怎么办呀，以后骑车可得慢点！一上午小西忙得连喝口水的机会都没有，等到将她们全打发走已经十一点多了，还差一个刚满月的孩子没来，得去家打。打完，女人要留小西吃饭，小西没吃，也没吃他的方便面，赶紧收拾东西就走。小西心里早急成一团火，冬天天短，还有两个村子呢！

小西很快出了村，往鹰嘴东方向去。从这儿去鹰嘴东不远，六七里，但山高路险，积雪满道。走这样的路摩托车反倒成了累赘，小西骑一阵，推一阵，连滚带爬，总算到了。到了的小西整个就成了个雪人，雪人似的小西径直朝一个院子走去。

女人正吃着饭，看见雪人似的小西，愣怔了一下，说：妈呀，小医生，怎么是你？眼圈竟红了。女人忙放下碗筷，替小西拍打身上的雪，又帮小西脱掉外面的棉大衣，让小西洗洗手脱鞋上炕吃饭。做这一切的时候女人都是轻手轻脚的，生怕惊醒炕头被窝里熟睡的娃娃。小西洗了手，站在炕沿边看看熟睡的娃娃，不好意思地对女人笑笑，说：饭就不吃了，时间不早了，先打针吧，打完还得去黍地沟呢。女人食指压唇，嘘一声，压低声说：再忙也得吃饭。我也是刚吃，快脱鞋上炕吃吧。饭不好，甭嫌赖，将就吃点，别饿着。见小西不挪窝，女人急了，说：听话！话一出口，女人觉出用词不当，脸一红，吐下舌头，羞涩地笑了。女人笑得很好看，眼睛弯弯的，月牙儿似的，牙很白，女人是方圆几个村子数得着的漂亮媳妇。小西心里自个儿对自个儿说，今儿这饭不吃，工作就怕完不成啦，吃吧。就脱鞋上了炕。炕上全是阳光地带，冬日午后的阳光透过玻璃窗泼了满满一炕，暖洋洋的，真好！真想舒展身子美美地睡一觉，小西真是累极了。

女人很快将饭菜摆上炕桌，一盘炖羊肉，一盘豆腐烩粉条，腾腾地冒着热气，主食是软糯香甜的黄米糕。女人把筷子递到小西手里，说：吃吧！自己却蹲在火炉前帮小西烤起了棉鞋。小西的鞋早湿透了，冻成个冰疙瘩。

小西说：别管它，你也吃。

女人说：我吃过了，你吃吧，别客气。

小西又问：孩子他爸呢？咋不吃饭？

哦，他不在，到后铺坐席去了。女人说：快吃吧，别作怯。

小西说：噢。就低头吃起来。

鞋在女人手里嘶嘶冒着白汽。女人翻动着鞋，白皙纤细的手指沾满泥水。

泥水不断滴落在白色洁净的瓷砖地面上。

女人眼里不知何时盈满泪花。

出门的时候，女人眸子柔柔地盯着小西的脸，突然问：还疼吗？

干吗不多养几天？小西笑笑说：没事，皮外伤，不打紧。女人眼里掠过一丝忧虑：不光是皮外伤！小西心里一惊，莫非是她？那晚小西一直昏迷着，后来才听说救自己的是北山鹰嘴东的一对年轻夫妇，把他送到医院就走了。小西眼里有了泪：是你？女人轻轻一笑，说：不是。小西眼泪沱沱地外涌，女人抬起手给小西拭着泪，嘴里喃喃地说：好了就好，好了就好！

走出老远，女人还站在村口。

起风了，又飘起了雪花。小西和他的车子在飞，群山白象似的涌来。

原刊责任编辑　张倩

【作者简介】贾文，山西省作家协会会员。在省级以上刊物发表中短篇小说多篇，多次获省市级奖励。

撒手锏

范子平

在实验小学教毕业班的老师，人人都有自己的撒手锏，而语文老师姚摇，因为参加工作时间短，撒手锏就没有众多资深老师明显，但是肯定也有的，要不然，怎么会才教两三年工夫，就调到毕业班教课兼班主任呢？

姚摇讲课以学生为中心，不要说学生不好好听讲，就是哪一个学生上课精力投入不到位，没有充分动脑筋思考，她都能分辨出来，并且会当堂纠正，一般不会拖到下一节课。

这学期姚摇接了一个新班，偏偏教育局又安排全学区的语文教师来听她的观摩课。姚摇虽说已经久经沙场，但还是进行了认真的准备。她准备的不是研究写教案，因为那些她早已成竹在胸；也不是布置学生怎么发言，因为她觉得那样太假气。她主要是设想学生在课堂上的各种表现。

她讲的是课文《春天的故事》，学生反应热烈，充分参与，一个个发言踊跃。预先设计的教学目标都已达到，可以说是一节非常成功的示范课。下边听课的老师都投来了钦佩的目光。但是就在这时，她发现一个学生——上一任班主任特意向她交代的调皮鬼王小路，正低着头往抽屉里看什么，看得很专注，一时似乎是把这一节语文课都忘记了。他在干什么呢？按说，教学目标已经达到，不应该节外生枝，如果在这个时候出什么她应付不了的问题，前边的示范教学就功亏一篑了。但是，姚摇说到底还是不服气，她不相信自己会控制不了局面。她与生俱来有一种挑战心理。更主要的是，她觉得，只要有一个学生对自己的课心不在焉，就不能说明这节课是完全成功的。

她沉着地点名了："王小路，你站起来。"

王小路毫不在乎地站起来，手中竟然还拿着一个本子，那分明是一个数学本子。

姚摇说："小路，你对这一节课有什么不满意吗？"

一般的老师不会这样问，因为好像在暗示让学生来挑老师的毛病。学生真的说出对你的课不满意，你又能怎么着呢？

但是姚摇就是姚摇，她有充足的心理准备。她的打算是要王小路说出具体意见，然后自己循循善诱，给出解答，让其他学生受到启发。她说过，只有在动态中教课的老师才是合格的老师。

王小路看看四周，低下头不说话。姚摇更加相信自己的判断，她说："没关系，你大胆说出来。我们自由对话，只要讲真心话，其他一切都无所谓。"

王小路说："我很满意，您上课我向来都满意的——我只是在做数学作业。"说完还扬了扬数学本子。

姚摇说："语文课为什么要做数学作业呢？"

王小路说:"我不是每节语文课都做数学作业的,只是,只是昨天上数学课我妈有病,我请假耽搁了。"

姚摇让王小路到讲台上,给了他一段粉笔,说:"你左手在黑板上画个方框,右手在黑板上画个圆形。注意,两只手要同时动作,同时开始,同时结束。"

听课的老师发出了细微的议论声。刚才还在为姚摇担心的校长、教导主任都露出了会心的微笑。他们知道,姚摇是要通过具体的事例,来说明"专心致志是搞好学习不可缺少的条件"。他们相信姚摇会说出一番娓娓动听的道理。

但是,谁也没有想到,王小路两只手同时动作,一只手画出规范的方形,一只手画出规范的圆形,而且同时画完,没有一点破绽!在下边听课的老师们,有的好奇,有的着急。是呀,接下来姚摇该怎么办呢?

姚摇却灿烂地微笑着,透出心底的喜悦。她说:"小路,那么你是说,这一节语文也完全掌握了?"

王小路站起来,把这节课的重点,包括时代背景、重点词语、语法练习,乃至意境欣赏都说了一遍,简练而又全面。姚摇忘形地走下讲台到王小路的课桌前,拉着他的手高兴地摇,说:"好,好!"

姚摇在讲台上兴奋地说:"你们知道高斯吗?他八岁的时候,算数就超过了他的父亲。上小学的时候,他的计算能力已经远远超过了老师。到十九岁的时候,他就干净利索地解决了两千年来无数数学家梦寐以求的正十七边形数学难题。如果我们发现自己具有某种才能,一定要珍惜,千万不要放过!"

姚摇又说:"但是,同学们,各人有各人的学习道路。如果你不

入围佳作

能一手画圆一手画方，那么，还是要专心致志地学习才能取得好成绩。我们千万不要放弃自己的努力。"

课堂里响起了一片热烈的掌声。

原刊责任编辑　姬光环

【作者简介】范子平，中国作家协会会员，河南省小小说学会副会长。发表小小说三百余篇，多篇被《小说选刊》《小小说选刊》《读者》等转载，曾获中国小小说金麻雀奖。

摇摇床

王 溱

不眠不休加班两天两夜之后，他正式失业了。

电脑还是热的，空气也是热的，焐出一股速溶咖啡混合人体排泄物的味道，但办公室已经一个人也没有了，都跑去堵邱总讨说法去了。

他没有去。他强睁着浸泡过无数遍眼药水的双眼，摇摇晃晃出了公司。困，太困了。去他的加班，去他的裁员，老子只想要一张床，有枕头的，彻彻底底睡上一觉。

床有，在他租住的公寓里，尽管有点塌，崩线，几根弹簧还冒了头，它还是整个房间里最温暖最叫人挂念的物件。

他一进门就往床上扑，鞋都懒得脱，床嘎吱一声回应他的迫不及待。他的身体压在那床松软的被子上，陷了进去。那是他花了近半个月工资买的蚕丝被，也是这个房间里最值钱的私人物品。能让自己睡个好觉的东西，多贵都不算贵——这是他一贯的观点。挨枕头就能睡，刚躺下就打呼——这是他一贯的作风。

但是这一次,他发现自己竟然没有睡着。脑袋里闹哄哄的,同事们义愤填膺挥着拳头。

"走啊走啊,找那个姓邱的理论去啊!我们为了这个项目都几天没合眼了!"

"奶奶的,项目拿不下来就卸磨杀驴!"

"那个姓邱的老奸巨猾,堵他有个鸟用!"

"那怎么办?把公司砸了?"

然后真的有人把椅子踹倒了,砰一声,他的眼皮跳了一下,头好重,里面像塞满了铅,荞麦枕头都承受不住了。困得眼皮睁不开,但就是睡不着。翻了个身,鞋子蹬到木床的护栏,他才骂了声:"shit!"爬起来脱鞋。

脱了鞋,又脱了发臭的袜子、厚厚的牛仔裤,还有沾了咖啡渍的衬衫,扔得满地都是。这次他是掀开被子钻进去的,赤条条,很够诚意,睡姿也标准,但闭了好一会儿的眼还是无法入睡。隐隐约约有人在自己眼皮底下打架,但眼皮太重了,他抬不起来看。太阳穴一下又一下有节奏地跳动着,像闹钟的秒针一样,他总疑心一会儿闹钟那骇人的铃声就会像往常一样响起,催赶着他赶紧起来,上班去!

还上什么班?项目组都解散了。

"走吧,走吧,为自己的心找一个家……"耳边又响起不合时宜的歌声,他想关掉,就是找不到按钮。呸!找什么家,找工作还差不多,过几天房租就到期了,拿什么交?

他有些愤怒地坐起来,用力捶了几下自己的脑袋,震得眼镜都掉了下来。他捡起来,放到床头的柜子上,喃喃自语:"难怪呢,难怪呢。"通常他睡觉都会把眼镜摘下来的,做梦可不需要看那么清楚,谁知道是美梦还是噩梦。

　　他滴了眼药水,再一次钻进那温暖而柔软的被子里,眼睛里冰凉冰凉的液体慢慢冷却快要燃烧起来的眼球。他觉得自己应该做点什么,不能坐以待毙。数绵羊?没用!整天跟数字打交道,脑子能给你数到一个亿。他只好努力想象着自己在一望无际的大海边,天那么近,又那么远,海浪轻轻涌过来洗刷他沾满沙子的脚丫,洗刷掉沙滩上那行歪歪扭扭的脚印,刚一刷掉,又印出了新的脚印,再冲刷,再印……他以为自己这次能睡着了,但是并没有,老爹就在大海的那一边骂,骂声那么近,又那么远,有一些被海浪冲刷走了,有些没有,被海风吹到了他的跟前,变成了深深的叹息声。就像前些天老爹在电话里的叹息声。"崽啊,今年苹果收成好,可是卖不出去哇,都要烂在地里了,唉!天杀的,价格压那么低……"他想安慰爹几句,又看不到爹在哪儿。一转身,那些海水啊沙子啊什么的全都搅拌在一起,搅得脑袋生疼。有些海水从他的眼眶漏了出来,他用手抹掉,又有更多的海水涌了出来。他狠狠往床上锤了几下,干脆不抹了,静静看着天花板,任由那些水流到枕头上,渗透进去。

　　忽然,他听到有人在唱歌。是个女的,唱的是摇篮曲,像所有要把娃儿哄入睡的年轻母亲一样,声音轻柔,缓慢,还带着甜甜的奶味。歌声一钻进他耳朵,他就着了魔似的怔住了,一动不动地接收着每一个音符、每一个字。他十分羡慕摇篮中的那个孩子,对这个世界一无所知,却又像什么都知道一样淡定,高兴就笑,不高兴就哭。他紧紧地把柔软的被子搂在胸口,就像被妈妈紧紧抱着那样,他隐约感觉到身下的床摇起来了,摇篮一样,左一下,右一下,又像海浪一样,轻轻涌起,又落下。他变得十分轻盈,像脱了壳的蜗牛,藏在安全的摇篮里,摇呀,摇呀,他终于慢慢发出了鼾声。

这一觉，他一直睡到了第二天正午。醒来的时候，阳光正好照在他脸上。他爬起来喝了杯水，伸了伸胳膊腿，嗯，复活了，力气也有了，就是去工地搬砖也没问题了，饿不死的。

他十分感激昨晚唱歌的邻居，又不知是哪个，便向房东太太打听："我旁边房间住着什么人？"

房东太太对这个问题很鄙视："什么旁边？你是说左边？右边？上边还是下边？"

他也分不清，挠头："总之，总之就是有年轻的妈妈带着孩子的。"

"没有！"房东太太斩钉截铁地说，"我这里租住的都是单身白领，我才不租给有孩子的。"

那就怪了。他摸不着头脑。难不成是床自己在摇？

原刊责任编辑　傅友福

【作者简介】王溱，广州文学艺术创作研究院专业作家，广东省小小说学会秘书长，潮州文学院签约作家。作品多次入选年度选本及语文考题。出版《超乎想象》《网络时代的粤剧传播》。

柳暗花明

戴 希

湖北新冠肺炎疫情严峻，铁柔也加入驰援武汉的医疗队了。

医疗队出征时，铁柔的老父亲铁谷黄还神志不清，正在她所在医院的神经内科二病区住院治疗。

铁谷黄年近古稀，是患脑梗第二次住院，因病情严重，又要做介入手术。

没人想到铁柔交代好老母亲，又花钱请了个护工之后，从大年初一开始，就三番五次向院党委递交请战书，主动要求驰援湖北，抗击新冠肺炎疫情。

院党委并不知晓铁柔的父亲已病重住院，又架不住铁柔一而再再而三地请战，才同意铁柔加入驰援医疗队出征。

可没有不透风的墙。铁柔出征的事很快在医院里传开了。被铁柔的事迹深深感动，医院辞退铁柔请好的护工，从院领导到医护人员都纷纷主动加入义务照料铁柔父亲的行列。

呼吸内科一病区护士唐小曼更是把铁谷黄视为自己的亲生父亲，

一有空就直奔病房，给老人喂食、端茶递水，帮老人翻身、擦身换被，为老人洗衣、倒屎倒尿……不仅自己悉心照料，还动员老公黄灿灿也挤时间为铁谷黄服务。夫妻俩满腔热情、尽心竭力，把老人关照得妥妥帖帖、无微不至。很快，唐小曼又请示院党委，并说服同事们，让他们小两口全盘接过照料铁谷黄的义务。

当老人清醒之时，问起女儿铁柔怎么不在他身边侍候，为了不让他担心女儿，老伴儿和唐小曼都告诉他，说铁柔已临时受命，去外地进修深造。唐小曼还事先与老公和医护人员约定，众口一词，让老人安心治疗、尽快康复。

春来春去，转眼就是夏天，火热的盛夏。出色完成战"疫"任务的驰援医疗队凯旋，铁柔也满脸喜悦、平安归来。

看到父亲已康复出院，得知住院期间，除了母亲，主要是唐小曼和黄灿灿夫妇始终忙里偷闲，精心守护父亲，和父亲相处得亲如一家，铁柔先是蒙了，继而感动得落泪。

父亲有难，任何人出手相助都能理解。可唐小曼之举却像自己此次出征，绝对是逆行啊！说白了，铁柔不敢相信眼前的事实。

想当初，铁柔和唐小曼同在胸外科二病区当护士，那时两人互帮互助、无话不谈，还真像一对亲姐妹。

可后来，铁柔和黄灿灿相恋，没过多久，黄灿灿就与铁柔分手，投入到唐小曼的怀抱。唐小曼和黄灿灿如胶似漆，转眼就走进婚姻的殿堂，成了情深意笃的夫妻。

铁柔总是想，她和唐小曼关系这么好，唐小曼真不该勾引她的男朋友，真不该夺她所爱。

而唐小曼却认为，强扭的瓜不甜，捆绑不成夫妻。黄灿灿既然不爱铁柔了，铁柔单相思还有什么意义？

当然，唐小曼也恨铁柔。胸外科二病区护士长空缺之后，唐小曼是护士长的极佳人选，二病区医护人员呼声高，自己向院党委汇报争取过，也把想法如实地告诉了铁柔。哪料铁柔表面上鱼不动水不跳的，最后却是她坐上了护士长的宝座。铁柔未使暗劲与自己争夺才怪！

铁柔则觉得，护士长由谁担任，一要看二病区医护人员真心向谁，二要看院党委更器重谁。她这个护士长又不是自己要来的！

两人的心里一有隔阂，关系就渐行渐远。之后，唐小曼向院里申请调到呼吸内科一病区工作，她们从此井水不犯河水，即使偶尔相遇，也形同陌路。

而现在，人往低处走，水往高处流了，这是怎么回事？铁柔太想解开个中之谜，于是主动约请唐小曼，傍晚结伴去柳叶湖边散心。

"非常感谢你不计前嫌，我爸病重住院期间，你关照他比亲生父亲还好！"两人并肩漫步于金柳拂岸的柳叶湖边，铁柔十分感激地说："可是小曼，我真没想到你会出手相助。能告诉我，为什么会这样吗？"

唐小曼微微一笑："老实说，有段时间，我误以为你是个自私自利之人。就说这护士长一职吧，我一直认定是你在院领导那儿使了绊子，从我手里抢过去的。没想这次武汉的疫情如此严峻，驰援武汉那么苦那么累那么危险，你都义无反顾、多次请战，我感觉你是心中有善、胸怀大爱之人，对你的敬意立马油然而生。受此启发，我又悄悄去了解了情况，院领导告诉我，你根本没争护士长一职，不仅没争，还以适当的方式直接力荐过我。所以……"

"原来是这样。"铁柔也浅浅一笑，"我曾以为，是你在黄灿灿面前说我的坏话，戳我的脊梁骨，使下三烂的手段，才把黄灿灿从我手中抢走的。后经多方打听,知道是黄灿灿真的爱上你了,才不顾一切地追求你。爱是双方的情愿,你又何错之有?正想找个机会和你沟通沟通,可新冠肺炎的疫情忽然爆发了……"

"柳暗花明,现在好了!"唐小曼感叹。

这时她们几乎同时转身,相互对视,两人的眼里都柔情似水,一如清澈的柳叶湖,湖光潋滟,湖面上漾起粼粼的波纹。

原刊责任编辑 谢昕丹

【作者简介】戴希,中国作家协会会员。多篇作品被《小说选刊》《散文选刊》《诗探索》等报刊转载。作品入选《新中国六十年文学大系》等多种选本。

听取民意

鲁 芦

　　早在几年前，松北县建起供热公司，意在为县城三十万居民冬季集中供热，免得烟囱林立浓烟弥漫。但运行却不顺畅，好事没办成，供热公司一直不景气，供的热就像患了哮喘的病人，经常断气不说，还时热时寒，热起来光着膀子还出汗，冷起来蒙层棉被还觉凉，苦得居民怨声载道，说供热费白花了，全打了水漂，纷纷告到县政府。

　　面对此情，主管供热的冷副县长扛不住劲了，急得直跺脚搓手没咒念。这时供热公司经理老葛给他出建议："你把公司承包给我，立马让它见效，如果再不好，你打我屁股。"

　　冷副县长脸上泛起一丝轻笑："你有灵丹妙药呀。"

　　老葛诡谲地一笑："有些人吃惯了大锅饭，我又没权整治，承包给我，等于放权给我，这可以给每人套上一副枷板，再不好好干的，我就辞退他，保准都㧴蹶子干。"

　　冷副县长听了眉开眼笑，觉得这招管用，当即向县长老郝作了汇报，说明了把供热公司承包给个人的动议。

　　郝县长听后，脸上却没有一丝笑意，还顿时涌起一片阴云，阴得像要下雨，沉思半天才说："这是事关民生的大事，必须谨慎运行。"说到这里，他招呼冷副县长坐下，又说，"我看这样吧，你先以县政府的名义召开一次民意测评会，听取各界群众的意见，如果绝大多数觉得这样做好，咱再运行。"

"好吧，我按县长的指示办，立即召开民意听取会。"冷副县长说着离开座椅就往外走。

当他走到门口时，郝县长追着他屁股又叮嘱说："参加民意听取会的群众，一定要有代表性，千万不可强奸民意。"

冷副县长满口答应："那是，那是！"

民意测评会如期举行，与会的群众有十几位，连人大代表、政协委员也参加了会议，挺有代表性。会议由冷副县长亲自主持。

冷副县长开宗明义，先讲召开这次会议的主题，开场白还没说完，会场就炸锅了，像一锅沸腾的开水，沸沸扬扬，争论不休。

这个说："这是谁拍着屁股想出的馊点子，就不能从机制上想想办法，真正解决问题？"

那个说："这不是为居民着想，是把红利让给个人，完全是歪主意，也真想得出。"

有个人大代表把话说得尖锐刻薄："把一个国有企业承包给个人经营，我看这里边有猫腻，你冷县长和承包人早就串通好了，穿了一条连裆裤，不知从中拿了多少红包？"

冷副县长听了这话脸腾地红了，像电视里的颜色调过了头，他顿感会议再继续开下去，什么难听的话都会说出口，而且矛头会直戳自己的脊梁骨。他不敢再继续听取民意，只好匆忙收场。

冷副县长不死心，还要继续召开民意听取会，这次他汲取上次开会的教训，要对参会人员做精心选择。冷副县长对葛经理说："私下找一些分散在社会各界的哥们儿，先向他们吹风亮底，教他们如此这般发言。"葛经理找到的人，个个长了毛比猴子都精，不用点透，就心领神会，齐声说："经理你就放心吧，到会上发言指定不走板，按统一的腔调说，绝不打隔山炮。"

冷副县长心中托底，这才第二次召开民意听取会。会上"代表"的发言，都是一个腔，没有一个人走题跑调，测评的结果自然是一致同意把供热公司承包给个人。

冷副县长兴高采烈地向郝县长作了汇报，郝县长听后有些生疑，就问："会上就没有点杂音？怎么会完全一致？"

冷副县长苦笑着说："有点杂音但不多，我统一民意的高招，就是一句话'猴不爬杆紧敲锣'！"

郝县长有些惊愕，他一字一板地说："这是一种愚弄，是一种把民众看成无知的愚弄。然而这种愚弄在官场普遍存在，许多领导干部竟然还把此当作灵丹妙药。"最后他又郑重地说："你走到群众中去，广泛倾听民众意见，我要的是真正的民意，不能糊弄我，更不可愚弄群众。"

令人欣慰的是，县政府听从大众的民意，供热公司没有承包给个人，只换了经理。新经理到任以后，对经营机制作了大胆改革，采取以效计酬的办法，全面落实岗位责任制，企业立马呈现出了新景象。居民拍手称快，郝县长感慨尤深地说，好机制才是真正的灵丹妙药，顺应民心、尊重民意、关注民情、致力民生是我们各级领导应尽的责任。

原刊责任编辑　刘福申

【作者简介】鲁芦，中国作家协会会员。长期从事文学创作，有多篇短篇小说在省级以上报刊发表。其中《奔丧》《生死线上的牵挂》《日子就该笑着过》获中国作协优秀作品奖。

大　湖

蒋冬梅

鱼把头站在冰面上，一千年前这样站，一百年前也这样站。他是查干的一只鱼鹰，心里装着整个大湖。

有人看见夏季湖面曾搅起的巨浪，传说一条从未见过的大鱼和鱼叉对峙过。

人人都在期盼着大鱼，可今年冬捕的重头戏，师傅决意不来了。

刚入冬，师傅就带着另一队人马跑内蒙古了。他用不容置疑的语气对鱼把头说："查干，就交给你啦！"这让把头想起，大鸟把小鸟喂养大，就离开了那片树林。

寒冷把天地和大湖冻在了一起，策马狂奔的队伍像刀剑割开北风，车马从切口里闯了进去。马的影子跑在冰里，马匹背对着光亮，把头也背对着光亮，哈气升腾起来，像蹿出的火苗。赶在太阳升起之前，人马齐备，大战在即。马嘶，狗吠，号角声里，把头像一个将，统领着一切。

把头趴在冰面上，寻找冰层里珍珠一样的气泡。他看不见鱼，但鱼的呼吸会暴露自己。

"鱼知水性，人知鱼性！你喘气儿鱼也喘气儿！"鱼把头想起了很多年前，师傅趴在冰面上，寻找大鱼吐出的气泡。寒冷冻不僵男人的血性，师傅的脸冻得皲裂流血了，他让把头朝脸上喷一口烧酒，使劲朝大湖喊一嗓子，就又朝冰面趴下了。

今年的冰层从未有过的奇异，鱼呼吸的气泡都被冰层深深地锁住了，透过冰面看到的尽是形状怪异的花纹，这些异象让人们对大鱼的出现更加想入非非。

供桌、敖包、鼓声、铃音，口口相传的经文在叩问，一千年前这样叩问，一百年前也这样叩问。

风吹得非常烈，把头的心有些乱了，可他不能让人看出他的乱！

师傅带着把头上冰很多年了，每当冬捕遇到情况时，有师傅在，把头的心就落了底。"公家把这个事儿交给咱，咱就得担得起！"年年冬捕，师傅都说这句话。

冬捕前的那些天，师傅天天带着把头到冰面上探冰。查干渔场多少口子人呢，一半的日子要指靠着冬捕。一场冬捕在哪儿凿开冰洞，就像打井找水眼一样重要。他记得冬捕前的很多天，嗜酒的师傅从来滴酒不沾，直等到选定冰眼，凿出湖水的那一刻，师傅才拿出酒壶，狠狠地灌起来，他抓着酒壶的手，都在剧烈地颤抖。

这一刻，把头的手也在颤抖。

冰面上是有山丘和低谷的。把头辨识着那些矮小的山丘，一脉水波拱起一座山丘，山丘下将喷发鱼的讯息。从前他拿不准水眼的位置时，师傅总是说："你一定得信自己，一半经验，一半信，才能找到鱼！"把头终于选定了一处冰层，坚定地砸下鱼铲，在冰花绽放里，叩问大湖的安静，他钻木取火般凿开一眼泉，黑色的湖水涌出，像新鲜的血。

凿出的冰洞一字排开，四匹马拉着绞盘，拖动大网向湖中布阵。水冻成透明的玉，数尺之下能看见网在游。把头跟着网，像追着一只大鸟，大鸟张开翅膀，自由舒放，仿佛要揽过整个大湖。网入大湖纵横成田，鱼像秧苗布立其间，每个网眼有四寸大，拦住大湖也放过大湖。

人、马匹、狗在冰上踢踏，纷乱着破晓的早晨。几十号人在冰封的大湖上耕耘，索取在夏秋肥美起来的大鱼。太阳照在人头顶的时候，该起网了，鱼儿带着热气，被网裹挟着出水。把头抱着第一条出水的鱼，在镜头面前笑着。人们欢呼雀跃，将把头抬起，抛向空中。但把头知道，更多的人在翘首等待传说中的大鱼。

把头拎着一瓶烧酒钻进帐篷，像师傅那样，两手颤抖着拧开酒瓶，狠狠地灌了下去。刚才在镜头前的笑容渐渐退去，他没有把握捕到那条大鱼。

外面的锣鼓声、人声、歌舞声，一浪盖过一浪。把头知道，那些热闹不是自己的。他寂寞地坐在师傅坐过的位置，咧开嘴，用牙齿又咬开一瓶酒的盖子。

他想起有一次，同样没有像人们盼望的那样，捕到大鱼。那时把头还年轻，有些垂头丧气的，师傅递过来的酒他也没心思喝。

师傅独自喝了几口，突然给他讲起了从前的事："十六岁那年，听人说黑龙江有大鱼，我们就从白洋淀往那儿奔。没想到半道上，火车让洪水拦下了，我们就在查干湖下了车。谁承想，一下车就在这儿停了一辈子！人都说一场洪水把我拦下了，其实是大湖把我拦下了。"

把头叹了口气："人人都稀罕大鱼，你捕了一辈子鱼，可谁知道大鱼在哪呢！"

"你记着，人，活不过湖！大鱼，一直都在湖里！"

那一刻，两人立在查干的湖心，像大鱼游弋在无边的湖水。

原刊责任编辑　杨晓敏

【作者简介】蒋冬梅，曾在《百花洲》《山西文学》《青岛文学》《海燕》等刊物发表作品。有多篇作品入选各类选本。

变通记
徐慧芬

　　他研习国画多年，熟人间已小有名气，为人也颇慷慨，凡亲戚朋友向他索画，无不应允，有时他也主动奉献。朋友老母庆生，他会画一幅寿星捧仙桃；邻居小孩百日，他会送一幅童子戏金蟾。这些喜庆的画面上，常会出现一两只蝙蝠作为点缀。蝙蝠的"蝠"，与"福"同音，传统画录中也多有讨口彩喜画蝙蝠者。送上福气，无论是谁，哪有不笑纳耶？

　　庚子年正月初，好友老王六十寿诞日，他准备画幅画装裱后作寿礼奉上。构思停当，这天他在画桌上铺开纸，稍做思忖，就提笔落墨。不一会儿几只蝙蝠已在画面上空飞舞，画下方他要画一老者仰头抬眼展开双臂迎候蝙蝠样。

　　蝙蝠画好，刚准备画人，不料他儿子跑过来看了看，叫了起来：老爸，你还画蝙蝠啊？你没听说这次新冠病毒与蝙蝠有关系呀？哎呀！他这才醒悟过来，怪自己真是后知后觉老糊涂！现在蝙蝠是招人嫌的东西，怎可再当吉祥物送人呀！

春节后他接到区美协电话，要他赶紧创作一幅画参加抗疫画展。怎样表现抗疫？他冥思苦想，想了半天，终于灵感来了。他找出那张只画了几只蝙蝠后留下大片空白的画纸，在空白处画上一个身着红袍龇牙怒目的钟馗，钟大人手挥利剑刺向蝙蝠。他边画边自语：蝙蝠呀蝙蝠，你如今成了坏东西，我当然要让钟馗收拾你！

画作完成后，题名"钟馗镇邪图"，他端详后笑了，为自己的灵活变通颇有些得意。随即他拍好照传送到画展筹备处。没几天，他们的网上抗疫画展开幕了。参展作品做成了视频美篇，他一幅幅翻看，私下评价，觉得自己的这幅画，在里面还算比较出挑的，于是他把视频发往朋友圈，发往各个群。大家纷纷点赞，唯不见老王有啥反应。他忍不住私信老王：老朋友，我这幅作品怎么样？老王回他"蛮好"两个字。他又问，讲点心里话，有啥缺点没有？过了会儿，老王回了他一段语音。他听了之后，心里开始七上八下起来，当晚躺在床上没睡着，起来吃了一粒安眠药，才入梦乡。

梦里，一群蝙蝠团团围住他，声讨他。有的说，把我们当福的是你，把我们当祸的也是你，你到底有没有立场？有的说，你们人类贪欲贪嘴是自己作死，干我们什么事？有的说，我们生长在地球上远比你们人类早，现在你们有了病，为啥要把罪名安在我们头上？蝙蝠们七嘴八舌向他讨说法。

他终于被吓醒，想起昨天老王在微信里给他的话，怎么和蝙蝠的话一个腔调？唉，这幅画莫非画错啦？过了一段日子，他又接到画展办公室电话，说是疫情好转，原来的网上画展还要到线下来办，让他赶紧把作品送过去。他忙表示，他的那幅画不要再展出了。问他啥原因，他只说这幅画构思不成熟。那么您再抓紧创作一幅吧，电话那头这样要求他。他说容我再想想。放下电话，他有些恼怒：抓紧抓紧，抓紧就能一下子赶出好作品吗？

原刊责任编辑　殷健灵

【作者简介】徐慧芬，中国微型小说学会常务理事。作品曾获世界华文微型小说大赛奖、小说月报百花奖、吴承恩文学艺术奖等多种奖项。

一号工程

蒋 泥

　　我的出世是天意,更是灵感的产物,当时娘娘心醉神迷,手足舞动,那是沉睡一日两夜,魂力充裕,置身异境后的癫魔状态,如激流旋涡,圆转收缩。

　　滚滚霹雳,碾压天庭。

　　金亮的闪电,舌头般直插大地,触起一堆绛紫色黏土,卷在娘娘旋绕的长发里,那发就像是夹子和镊子,伸缩自如,把黏土越卷越高,散发白蒙蒙的热气,热气里弥漫了桂花香。

　　抛起空中,黏土落在娘娘长臂上,一路下溜,刚刚溜到掌心处,娘娘双掌一合,黏土尚是烫软的,娘娘不管不顾,揪拍揉搓,十指翻飞,掐捏匀补,弯腰仰面,呵气如兰,把泥丸生生吹出去,妥妥站立在震泽湖边。

　　娘娘拿捏时,并没有停下她的舞步,耳、眼、指、腰、腿,浑然一体,一气呵成;待她仰身挺立时,微微气喘。

　　娘娘深吸一口气,念念有词:霍羲——霍羲——霍羲……

娘娘念一句，吐一口气，目视前端，双掌从脸颊边平平推出。

不早不迟，一道电光掠过，娘娘吐出的气息引动这股电流，齐齐注入泥丸，泥丸在电火的烧炙中，刹那间通体透明——我的四肢百骸，一下活起来、动起来。胸腔中烧灼难当，我一猛子扎进湖中。

娘娘得意地大笑，长风吹起她的柔发，有如灿烂的霞云，瀑布般流泻、溅飞。

娘娘拍拍手，坐到三生石上，看我在水里起伏跃动，尾巴抽刮水面时，带出热浪。

尾巴渐渐融化、缩短、消失，热也便散尽了。

我立于水中央，好奇地打量世界。

前一天，娘娘还躺在竹床上，门窗闭锁。石头墙上爬满藤草，撑出指甲盖大小的黄花、白花、红花，密密麻麻，总有上万朵。蜻蜓、豆娘、蜜蜂、蝴蝶、苍蝇、蚊子往复穿忙，这些东西竟都是天生天养，在我之先就出来，夹缝里求生了。

旁边有池潭，长了水竹芋、梭鱼草、香蒲和千屈菜，水面浮绿萍、水葫芦，另有些水葱、水芹、白鹭、鹁鸪和伯劳，快意融融，为着娘娘的归来叽喳浅唱。

娘娘在，它们就不会饿着。娘娘不在的日子里，这些飞禽经常要饿肚子。

大洪水暴发后，一夜间覆盖整片陆地，吞噬了所有的山，海水倒灌，五个月不减。跟着是烈日暴晒，江河裂变，山川崩陷，地上天火横流，到处是浊浪泥淖。

娘娘适时而出，去淤清源，修建桃乐园，莳树种草，放养蛇、兔、鼠、雀、鹳……

好景不长，娘娘离开了。

凛凛朔风，大雪翻飞，万里裹银。雨季也长，蚊虫都留不住。桃乐园日益凄荒，娘娘要是再滞留于外，兽鸟们就只好长途跋涉，找她去了。

娘娘是从干旱的漠北高地回来的，辗转十八年，她去找哥哥，循着水迹，渡江过河，翻山越岭。却是越走越空，越走越裸，在遮天蔽日的沙尘暴里迷了路。

哥哥在何处？

娘娘嗓子干疼，哭喊无泪。

哥哥说是去找寻同类，却为何杳杳无影？

水流漂溺，扫荡一切，看不出有人为的改变。他该不会出了什么事吧？

娘娘牵挂、想念，心里更不安。

与其这样，不如回家守。

到家时，娘娘看见了哥哥的"留言"，是几幅画，画在墙壁上。

南墙上是哥哥离家时的模样，他头戴枝叶编压的草帽，身后有十二棵樟树，下方是每棵树的剖面图，突出它们的年轮，从一到十二，年轮逐一递增。

北墙则是他归家时的模样，搬开竹门，地上摆了石刀、石镰，边上有一个灰坑，院内无人。移动木藤，室内仅有一张大木床。

娘娘琢磨，哥哥是要告诉她，离家十二年后，他兴致勃勃回来，她没在，他又出发了。

兴许找她去了，还是另有异兽降生，逼他远行？

傻哥哥啊！

娘娘疲累不堪，加之失望与后悔，倒头便睡了。

这是个该死的季节，热闷的黄梅天，她焐出了汗，身上乱蓬蓬

入围佳作　277

的，发霉发毛，如同黏附在湿气之上，凝为了白绒绒的霜花。

屋顶潮漉漉的，挂着一层层青苔，渗水、滴水，啪嗒啪嗒，就像是久远的时间，眨巴一下眼睛，随即闭上了。

她突然涌起一股情绪，被恐惧侵袭，而且愈加浓烈，恐惧仿佛长满牙，在啃噬她意念的末梢，窸窸窣窣，弥合的意念漏出一线亮，罅隙在一点点膨胀，鼓起，烟雾缭绕，刮起了风。

哪来的风？

是雨啊，越来越大、越来越急的雨！

大洪水时，天就像漏了似的，也曾暴雨如注，一刻不停地下了九十九天。娘娘与哥哥，恰在雪浪山上的石洞里闭关。石门密封，浑然不觉。

那洞有讲究，长而深，自成一方天地，一路下行，可到东海边的溶洞、暗河。

溶洞名穹窿，四季恒温，清凉怡人。

娘娘童心大旺，把它打磨成滑道，哥哥在的时候，娘娘常常拉着他，滑行去海边，乘竹筏漂流，捕捞虾鳖。

这一次娘娘不在洞内了，而在常日居住的石屋。眼前晃动着白蒙蒙的光，难道是大水冲进来，很快淹到了顶，正像一个溺水的孩子，即将沉没？

娘娘窒息得抽不动气，不由得挣扎起来。

啪啪啪啪……嘈杂声浮在意识之外，撞打、冲击着意识。意识如东海的平面，掀起一层层卷浪，密不透风。

恍恍惚惚，意识不堪其扰，想把那些嘈杂声揉开，推走，但又推不动。意识急了，不耐烦了，哗啦跳起。

幻境全消，娘娘醒过来。

院外天昏地暗，风雨飘摇，犹似千万只大巴掌，摔打天地，轰鸣震荡。清鲜的气流在急切的掌声里快速对换，洗涤暑热。

娘娘爱雨，就像精灵与水怪，在水地上溜达，来到了湖边，看湖面上跳荡的水豆豆，如亿万只银亮的小蝌蚪，在调皮地画圈、蹦逐、嬉闹。

娘娘走进湖水里，弯下腰，双手平铺，上去捧起来，那雨豆砸在她掌心，一片晶莹。

娘娘看见了水里的倒影，她越想定住那倒影，结果越晃，自己碎成了千万个点点片片，不能成形，仿佛是一个个固化的雨豆豆，贴在了水中，撕不得，剔不得。

娘娘直起腰，看那一湖急切吵嚷的雨豆，想起了遥远的哥哥。

这一湖活泼的小家伙，可都是微型的哥哥啊，与她牵手，在湖面起舞，该多么开心！

他们就曾在湖边、海边，燃篝火，通宵达旦地跳舞、唱歌。想来不知有多少年了！

娘娘陷于向往里，不禁涌起股股蜜意，心头热乎乎的，急切跳动，脸颊红艳如果，艳得几要渗出汁液，融在脸上流淌的雨水里，滴下去。

那雨说停就停。娘娘的倒影顿时清晰，让她看呆了。

刚才还在叫嚣的雨豆呢？

娘娘远眺震泽湖，湖内套湖，湖外有湖，耸起的群山，近如龟，葳蕤葱茏，远似蛇，蜿蜒不绝。

她刚从山那边过来，熟知它们的布局、走势。

娘娘轻轻地吐气，半蹲下去，把手插进水里。

那水是新鲜的，丝绸一般滑，轻轻皱起纹眉，从她指间漏过、绕过,浪头拍在三生石上,碎成了花。

她一转脑袋,洒了她一脸,就像满世界都在笑,盈盈脉脉,动感无限。

娘娘爽气多了,抬起手,指头滴着水,掠过长长的发丝,发丝柔滑潮润,那笑也顺势在蔓延、舒展,噼啪落下,跳成了水豆子。

湖面飘行水藻、水沫沫、水泡泡。

绿的、蓝的、青的,不用说,急雨时湖上跳跃的水豆豆此刻都沉在了水下头,捞不起来了。

这世界除过鸟叫、兽嚎和浪声,真是清静无比!

鸟兽非同类,怎么就没有同类呢?

哥哥什么时候回来呢?要是他永不回来呢?

不能这么想!要留有希望和光芒!

娘娘想起了影子,低头看自己美丽的大眼睛,突然很想在水上画出哥哥的样子了。

娘娘最爱哥哥微笑时的模样,但越是专心,越是模糊,难以言表,更不要说画出来了。

她不禁泪眼模糊。

一声长啸,娘娘在水里就跳起来,舞起来,甩开了头发,挥动长臂,踢起双腿,一直旋转到岸边,来到了桂花树下。

树下的土壤全是鲜红的,仿佛消化了花的骨、花的魂。

云天移走,惊雷滚轰,很像是哥哥伏羲就在她身边喝彩。

娘娘越来越狂,卷成旋风,引得雷公公在她头顶上跺脚、呼喊,电婆婆嫉妒不已,一道一道打下来闪电,也都是朝着娘娘的后脑勺劈。

娘娘不断变换地方,舞成一道黑色的涡。

头发先还是爆炸的、散乱的，热气笼罩的，慢慢聚合了，抽扫时威力越来越强，吸附远近的落叶和花瓣，飞沙走石，缠绕在她头发的势力之下，直到它发了烫，卷起一块黏土——那正是我的胚胎，蠢蠢欲动，满含生机！

原刊责任编辑　丘晓兰　张凯

【作者简介】蒋泥，本名蒋爱民。中国作家协会会员、中国当代文学研究会会员、中国小说学会会员。著有长篇小说《黄梅情史》等。

岁月无痕

刘　泷

米小图当乡长之后，回铜台沟的次数便渐渐少下来。

铜台沟是他老家。关键是，铜台沟的村支书朱起是他发小。两个人从小几乎形影不离，高中毕业后也是不断联系。

更主要的，平素，每当馋了，嘴里寡味了，他就要去找朱起，让朱起妻子给他做"面鱼子"吃。

"面鱼子"属于粗粮细作。

在农村，麦子磨出的白面是稀罕物。待客时，为弥补没有白面的缺憾，表一番诚心，就用"面鱼子"替代：将荞面掺玉米面和好，放在盆里醒一醒。然后，一块块揪面，搓成一个个鱼儿的模样，让它们噼里啪啦地跳进滚沸的锅里，在雾气漫漶的水面游泳。这些鱼儿佐以菠菜叶儿、粉条头儿、腊肉丁儿配料的卤儿，趁热吃，即刻让人口舌生津，大快朵颐。

私下里，米小图也曾自己下厨动手尝试，但总也吃不出朱家的那种味道来。

那味道不仅仅是香，还有甜，还有糯，还有温度，主要是，有一种说不出的美味在里面，渗入骨髓，回味悠长。

朱起妻子告诉他，这"面鱼子"是当年婆婆过苦日子时琢磨出来的。那时，长年累月吃玉米面或者吃糠咽菜，甚至吃草根、树叶、树皮。这就逼着人们变着法子把难以下咽的粗糙食物弄得甘美如饴，借以增强胃囊的欲望。朱起妈妈是个有心人，如同点石成金，制作"面鱼子"时，适当地加点榆树皮粉，立即让这种面食有了黏度、味道和筋道。

提取榆树皮粉需要拿捏分寸：是将扒下的榆树皮剔除老皮和紧贴树心的那层表皮，留下中间部分，晾晒，碾压为齑粉，备用。

岂料，人的口味并不是一成不变的。

这年底，米小图擢升红莲乡书记，是响当当的一把手。他去朱起家，生生把"面鱼子"的卤子给变更了！他说，孔子曰，食不厌精，脍不厌细。这样，咱们来一场饮食革命，先把卤子的配料变一下。

朱起问，变，怎么变？

他说，不是提倡与时俱进吗？这菠菜有六六粉味儿，粉条头儿有土腥味儿，腊肉丁儿有油烟子味儿，干脆，换成海味儿，用蟹黄儿，蟹肉！

朱起龇牙花子，说，这寒冬腊月的，上哪弄海味儿去？

喊，活人还能让尿憋死？去，让村委会会计跟我的司机去趟县城！米小图大手一抡，挥斥方遒。

这顿有海味儿的"面鱼子"，一直吃到日暮掌灯时分。饭后，米小图领着司机离去，朱起妻子问，这顿饭，得花多少钱呀？朱起说，多少钱？连加油、车工带海味儿、好酒，两千多块呢！妻子说，以后不能这么造啦,村委会的钱,不也是百姓的血汗钱吗?朱起说,唉,人家这个书记是管书记的书记,官大一级压死人,人家要这么吃,我管得了?

妻子说,也是。但他这样不好,你以后少扯扯他!

朱起说,以前是咱主动请他吃"面鱼子",以后,哼!

妻子却叹息着说,哼也白哼,他要来吃,你能挡得住?

三年后,米小图晋升县长,他给朱起打电话说,我想吃你家嫂子亲手做的"面鱼子"啦!

朱起说,好啊,我们村干部一同给你贺贺!

这次,米小图开一辆据他说是一位老板朋友借他的宝马。甫到屋,他就对朱起妻子说,嫂子,面食由你掌勺,佐料部分我亲自操刀。

他竟让人从车上搬下一箱茅台,并带来绍酒、鸡丁、五花肉等原料,指挥朱起妻子做了四道佳肴:红煨鲍鱼、清蒸武昌鱼、东坡肉、银耳燕窝羹。并且,他果然亲自操刀,为"面鱼子"配了个海参、龟蛋卤儿!

饭后,送走米小图,朱起打着饱嗝说,给个皇上也不过如此啦!

他妻子说,他这是腐败,你以后离他远点!

朱起反唇相讥,人家是县太爷,和我这小村干部隔着好几个台阶呢,咱想不远都不行!

三年后,米小图的仕途达到新的高点,晋阶为副市长,破了铜台沟的天荒。

米小图兴奋,给朱起打电话。朱起说,你是咱铜台沟有史以来最大的官儿啦,可喜可贺!米小图说,西楚霸王项羽说过,富贵而不还乡,如锦衣夜行,他人岂知之哉?朱起,我想吃你家"面鱼子"啦!

朱起连说,好啊,好啊!

是一位开着奔驰的老板把他送回的铜台沟。

这次,米小图不让村里干部到场,说,这老板是咱哥们儿,咱就搞个家园聚餐。

四个菜不算名贵和奢华,也就全聚德烤鸭什么的。但朱起妻子做好"面鱼子"时,米小图操刀的卤儿也出锅了,其主料竟是来自大兴安岭的熊掌、飞龙!

人们都吃得津津有味,但朱起妻子没有吃,她悄悄对朱起说,吃野生保护动物是违法的。他这不仅仅是腐败,是犯法啊!这样的人,早晚出事,以后,再不可以让他进咱家的门!

果然,一语成谶,五年后,米小图因受贿、贪腐入狱,被判处无期徒刑!

十几年后,米小图因狱中表现优异,侥幸减刑出狱。斯时,他已是满头华发。他走出监狱,茫然四顾,却蓦地发现了朱起在向他招手。

回到铜台沟,朱起妻子问,想吃什么?

他急迫地说,"面鱼子",原汁原味的"面鱼子"!

当"面鱼子"端上桌,米小图急忙夹起一块腊肉丁儿塞入口中。立时,他的眼泪竟禁不住潸潸流了下来。

原刊责任编辑　张哲

【作者简介】刘泷,内蒙古作家协会会员。作品多次被《小小说选刊》等报刊转载。

橘 色
春 明

众所周知，L城里最牛的设计师叫孟小安。

她画在摩天楼上的那道彩虹灵动至极，堪称城市一景。可人们不知道，为什么彩虹少一种颜色。

那是十几年前的事了。小安那时候还只负责画画，公司来了一个科班学设计的男生，跟她分在一个组。两个人话不多，配合却很默契，仅一年，男生就拿了一个大奖，坐稳了设计师的位置。

设计师把小安请到家里吃饭。他是H市人，独自在L城生活。让小安好奇的是，一进家，他从鞋柜里拿出一双女式拖鞋来，橘色的。

小安走到阳台上，橘色拖鞋被阳光一照，像小雏菊一样透亮。从小到大，她的书包、铅笔盒、裙子、床单都是橘色的，她的蜡笔总是橘色早用光了，其他颜色还没怎么动。

橘色在小安手里，幻化成暖意融融的洋房，幻化成雨夜街头的灯光，幻化成大片大片幸福花的海洋……这次，她突发奇想，在建筑的影壁墙上画了一只橘猫，大赛评委拍案叫绝，助他一举夺魁。

在想什么呢？

哦，没。小安回过神来，鞋是你女朋友的吧？我穿……是不是不太合适？

挺合适的呀！这不刚好合脚吗？他笑着说，别想多了，大学同学，出差路过 L 市来我这儿坐了坐，说高跟鞋穿累了，从箱子里拿出拖鞋，还忘带走了。

带走什么呀，人家是故意放这儿下回穿的。小安捂嘴笑着。

取笑我是吧，这鞋子你挺喜欢哪，对了，你是喜欢……

她也喜欢橘色？

她呀，橘色控！上大学的时候，连吃饭的碗都用橘色的，大冬天也要穿个橘色羽绒服，人都叫她大橙子！

小安不语，入神地看着脚下的橘色拖鞋，把万千爱悄悄藏了起来。唯有拿起画笔，尽情地表现着她的每一份创意。

有时候，一个想法在他脑子里还只是雏形，还说不清道不明，她就给画出来了。他惊呼：孟小安！你应该当设计师呀！

每接到一单重要设计，他都如临大敌。越是如临大敌越容易卡壳，在屋里转来转去。正在钻研软件的小安就停下来，跟他聊聊电影、诗歌，赏析一幅世界名画，慢慢就打开了思路。渐渐地，小安若是出差几天，他就什么都设计不出。

这可不行！小安说，将来你要当大设计师，老拄着拐棍怎么行？

我离不开你了，我想……一辈子拄着你这根拐棍……

小安的心猛跳了几下，赶紧看看四周，冲出门去倒垃圾，躲进洗手间，哭了。

那段时间他们像有了隔阂，别别扭扭，躲躲闪闪。直到那个小雨淅淅沥沥的秋夜到来。

他病倒了，腹痛恶心，高烧四十摄氏度。好好的呀……肯定是下午拍片淋了雨……挂断电话，小安伞都没带，跑着去砸药店的门。吃过药，不到一小时，他缓过来说肚子饿了。小安笑了笑，转身向厨房去了。

孟老师，这面汤都是橘色的，真好看，你放颜料啦？

别贫嘴了，快趁热吃吧，番茄捣碎了遇见生抽可不就是这个颜色，来，先吃鸡蛋……

一碗汤面吃得他全身冒汗，眼睛也水汪汪的：你不喜欢我吗？

嗯，可大橙子呢？你还在跟她好吗？

记性真好，都两年前跟你说的事了。她当然还那么够哥们儿，今天晚上H市有台风登陆，她担心我妈，提前搬到我家住了。晚上妈妈来电话，让我今年必须回H市，明年结婚。

哟，祝福你呀。

可我不想回去，你知道。离开你我就废了！心里好乱，下午淋了雨不假，可这病更是纠结出来的！冷静了一下，他问：小安，我要是留下，你会跟我……跟我结婚吗？

你为我留下，我当然要为你负责。而且等我们稳定了，把你的母亲也接来，L市在内陆，永远不会有台风。小安微微一笑，你说呢？

我留下了！我喜欢你！我留下了……我喜欢你……我留下了……他躺下来，梦呓一般。

早晨，小安出门前摸了摸他的额头。他睁开眼，你照顾了我一夜呀？

哪有，来的时候都半夜了。

等等，天凉了，给你找件衣服穿上，昨天拍片结束，客户送了两件羊绒衫给我呢。

　　羊绒衫在那年月，算得上贵重礼物了。柜子一拉开，女式那件立即跳进眼里——橘色的！小安真是喜欢，只瞥了一眼，就记住了它的木耳领边，花瓣一样层层叠叠精致地卷着。若穿在身上，衬着白皙的脸蛋，要不要太娇艳太柔媚……

　　他的手却绕过橘色，拿出男式那件，帮小安套在了头上。衣服号大，刚好盖住裙子，露出光腿儿穿毛衣的效果。没等他送出一个拥抱，她已经关上了门。

　　孟小安知道那一件是留给谁的。她脑子里一遍遍闪过大橙子，脱下橘色羽绒服，又露出橘色羊绒衫，里外里算是个真正的橙子了！她仰起头，只对自己说了一句"孟小安你不能哭，二八月乱穿衣，什么好不好看的"，便融入了初秋早晨的烟雨中。

　　孟小安再没碰过橘色。直到去年夏天，她受邀参与一座博物馆设计，在名单里找到了他的名字。

　　他终于跻身顶尖设计师了，这么想着，思绪就回到了十几年前。他走那天，她没到车站去送，之前过生日他送的礼物，也没拆开封看过，这是赌了多大一口气呀。

　　孟小安爬上阁楼，当年的礼物仍旧和衣而睡着。经年累月，她轻轻一抻，外包装纸便散碎掉了，一件柔软的卷着木耳领边的橘色羊绒衫滑落到地上。

原刊责任编辑　李佳怡

【作者简介】春明，本名高春明。著有长篇小说《上辈子是猫》，短篇小说、散文作品散见于国内文学期刊。

关　系

邢庆杰

华姐和我妻子的友好关系是从服装上开始的。

我妻子原是服装厂的，因厂子效益不好，就辞了职，在街面上赁了一间小房子，干服装加工。华姐是附近的居民，以前并不认识妻子，后来在这儿做了条裤子，就连连夸奖妻子的手艺好，活儿细。之后华姐就成了这儿的常客。华姐一家四口的衣服都在这儿做不算，还热心地把她的一些熟人引荐到这儿来。妻子对她很感激，再给她做衣服时总适当少收些钱，华姐似乎也很高兴妻子给她的优惠。两个女人的关系一天比一天亲密起来。后来华姐没事儿的时候也常来这儿说话拉呱儿，两人的交情竟日益发展到无话不说的程度。

有一次妻子便对华姐提起我的情况。说我只会玩笔杆子，不会和领导拉关系。参加工作十多年了还只是个副科长，正科长送走了五六个还没能扶正。眼下正科长又被提起来了，论资历按文凭都该提我了,可公司的老总们私下已放出风来,打算把科员小郑提起来,让我仍干副职。华姐听了这话后很是愤愤不平,临走的时候说,回家我给我们家老赵提提这事儿。

这些都是女人闲扯的话,谁也没当真。不想几天之后,公司里忽然就召开了个会议,宣布提拔我为正科长。散会后,组织科的老王善意地打了我一拳说,你这家伙,平时不动声色装得孙子似的,啥时候跟赵部长拉上关系了?

赵部长?我一下坠入了雾谷。

回到家,我按捺不住喜悦,先把升"官"的事儿给妻子说了。妻子愣了片刻,忽然一拍手说,咳!弄了半天华姐的丈夫竟然是部长!以前只听她说过在县组织部,没想到还是个官儿!经妻子一提醒,我也恍然大悟。

当天晚上,我提了一箱"华佳特"和一大兜时鲜水果,打听着摸到华姐的家里。华姐一见我手上的东西,当即拉下脸来道,怎么你也来这一套?快坐快坐。我有些尴尬,搓着手不知该说什么好。赵部长不在,我向华姐表达了一番我的谢意,请华姐转达赵部长。华姐轻松地说,这点小事你就别挂在心里了,老赵只不过被我逼着给你们老总打了个电话。

临走,华姐留下水果,却把那箱酒抱出门,硬塞回我的手中。

这之后,华姐又来做了几次衣服,妻子都坚持不收钱。华姐强让了几次,没能拗过妻子,就失踪般没了影子。

很久以后的一天傍晚,我和妻子在街头散步,迎面走来了华姐和她的丈夫。我正想打招呼,妻子猛拽了一下我的衣襟。迟疑间,华姐和我们擦肩而过。可我分明看见华姐是发现了我们的。

我们和华姐的关系彻底完了。可为什么会这样呢？我百思不得其解。

原刊责任编辑　奚同发

【作者简介】邢庆杰，中国作家协会会员，国家一级作家，德州市文联专业作家，德州市作协主席。在《人民文学》《中国作家》等刊发表小说二百余万字。

假 钞
海 波

从一家工厂下岗的老王,在一家银行对面摆了个水果摊儿,每天起早贪黑,赚一点辛苦钱,供两个上大学的孩子。起初,老王也学着别人为哄买主高兴"多给斤两"。一段时间下来,老王总是卖亏,却找不到原因。后来,学数学的儿子给他一算,他才恍然大悟。

每次都多给,不亏才会怪。儿子告诉老王,那些"多给斤两"的,实际是故意制造的假象,暗中都使了手段,也就是"耍秤"。但老王觉得"耍秤"不道德,做不来,所以后来老王就学"固执"了,该多少就是多少,一点也不多给。老王的生意因为他的固执,很不景气。

只有附近的几位老大妈,还有银行对面的几个职工,都知道老王的水果买着实惠,因为老王不"耍秤"。在别处,同样的东西,花十五块买的,都不如在老王这里花十块钱买的东西多。老王的水果摊儿,就是靠附近的这些熟客养活、支撑着。

这天,老王又来到街对面的银行往儿子账号上打钱,银行职员小丽像往常一样热情地接待了老王,但钱过验钞机的时候,有一张百元币怎么也过不去。小丽对老王说:"对不起,大叔,这张钱按规定我得没收,这是张假钞。"

老王一下子惊呆了。平白无故少了一百块钱,老王脸上的表情痛苦万分,办完了业务,老王面色难堪地转身往外走。

这时,银行职员小丽突然又叫住了他:"大叔,您回来一下。"

小丽低声地对老王说:"大叔,下次收钱的时候,多看看,多长个心眼。"说着把那一百元,又递给了老王。

老王感激涕零,连忙双手向小丽作揖,表示感谢,然后,揣着那一百元钱,往外走。

老王揣着这一百元钱,心情复杂,他觉得自己也是受害者,辛辛苦苦一天不容易,所以就想把这一百块钱的假钱花出去。可是去哪里花呢?老王从市场的东头转到了西头儿,又从西头转到了东头儿,来来回回折腾了好几圈儿,觉得坑谁都于心不安。但老王真的不甘心把这一百块假钱就这么砸自己手里。

老王来到"孙记肉食店"。肉食店的老孙肥肥胖胖,一脸横肉,面相凶恶,老孙实际上也很凶恶,打过城管,骂过工商,并且还经常欺负市场里的弱小。老王决定把这一百块钱"踹"给老孙。

因为老王得知老孙最近得了白内障,看什么都不清楚了。老王心里七上八下,像揣了十八只兔子一样,怦怦乱跳,忐忑不安地进了老孙肉食店的门,努力地装作没事儿人一样说:"来一只烧鸡!要大个儿的。"

老孙笑着说:"怎么,今天开荤呀!怎么舍得出血花钱了?"老孙一边打趣老王,一边挑了只个儿最大的烧鸡,上秤、包装,递给老王。老王手有些抖地把那一百块钱递给老孙,心也提到了嗓子眼儿。

但见老孙只用手指在那张钞票上轻轻一摸,便把钱扔进钱匣子,然后给老王找零钱。老王的心终于一下子如释重负地落了地,刚才后背上冒出的一层汗,也一下子变得潮湿冰凉。

可是当晚,老王躺在床上辗转反侧,怎么也睡不着,好像自己犯了什么不可饶恕的"大罪"。好不容易挨到后半夜睡着了,但没过多久又被噩梦惊醒了,梦里,凶神恶煞的老孙正拿着刀,一条街、一条街地追他,嚷着要把他大卸八块……

老王最终决定,还是要去找老孙一趟,就说自己昨天一不小心收了一百块钱假钞,随手放到兜里,买烧鸡的时候,忘了这回事了,无意间把那一百块给老孙了。于是,老王战战兢兢地来到老孙的肉食店,按照事先打好的腹稿,吞吞吐吐地向老孙说明缘由。

老孙听老王一字一句地说完,表情一愣,死死地瞪着眼睛瞅了老王几秒钟,瞅得老王心里直发毛,以为老孙真会拿刀砍他。但老孙却转脸哈哈大笑起来。老孙说:"老王,你别跟我逗闷子了!我老孙会收假钱?你就是假钱造得跟真钱一样,在我老孙这里也过不了关。"老孙说:"我根本就不用瞅,真钱假钱我用手一摸就知道。你就别跟我讲笑话了。再说了,说我老孙收了假钱,不等于说我这大半辈子在这条街上白混了吗?也没人敢呀!来、来、来,你看看,我这钱匣子里有一张假钱吗?"说着把油渍麻花的钱匣子扔给老王。

老王听傻了。老孙还在不停地唾沫星子飞溅地不停地叨叨"老王,你要是想巴结我,不用这么拐弯抹角的,你就直说,是谁让你在这条街上不好混了呀,你跟我老孙说,我一出面,保你半条街想占哪儿占哪儿……"

入围佳作　　295

老王疑惑地走出了老孙肉食店的门。老王想不出那一百块假钱，是老孙"好面儿"不肯承认，还是自己给老孙的就是一张真钱？可那张假钱呢，长腿儿飞了，还是自己掉了？

老王走着走着，突然脑门"嗡"的一下，不禁叹道"哎，我怎么没想到她呢？"老王急火火地来到银行找小丽，可是小丽今天没上班，大堂经理说小丽调到别的储蓄所去了。老王有些失望，同时心里也在默默感激：小丽这孩子，真是个好姑娘，肯定是她把那一百块钱假钞没收了，而自己掏腰包给了他一百块钱真钱。

小丽经常来买老王的水果，有时候还跟老王聊几句，说一看见老王，就想起了自己的爸爸，小丽说她爸爸在老家县城也是卖水果的，每天起早贪黑，风里来雨里去的不容易，但爸爸正是靠这个小水果摊，供她和妹妹都读完了大学。小丽也觉得老王跟别的水果摊贩不一样，不"耍秤"、不骗人，诚信经营。小丽说，她爸爸也是这样的"老顽固"。

老王下定决心，一定要找到小丽，把那一百块钱还给她。

原刊责任编辑　李耀荣

【作者简介】海波，河北省作家协会会员，2019年河北省文学院高研班学员。作品散见于《北京文学》《小小小说月刊》《微型小说选刊》等。

闲　章

曾立力

　　李一禅是位书法家，尤以金石篆刻更为著名。

　　他治印从不用反书，对着印章直接下刀。没了反书的束缚，方寸之间任其纵横捭阖；苍劲顿挫，神采飞扬，金戈铁马入印来；集奇伟瑰怪为一体，寓出神入化之险远，独具一格。

　　这天他去散步，来锻炼的人还真不少。无意遇见位晨跑的小伙子，穿身红运动服，挺精神的。恭恭敬敬冲他道声：大师好！还没等他反应过来，已然跑远。接连几天都这样，这人是谁？在哪见过？李一禅实在是想不起来。

　　买下这栋旧宅，是在十多年前，那时房子不值钱，也就一两方印的价钱。平日里，李一禅除却出席必要的应酬外，就是在家读书治印练字，很少出门。名声在外，邻里间少有人认识他。

　　回到家中便向夫人打听，相比之下夫人对周边人事熟络多了。告诉他：这人叫刘博，两口子都在市重点小学教书，买下了他们家旁边那栋二层小楼，搬来没多久。

自此，每当刘博恭恭敬敬问候他大师好时，李一禅必定回应道：芳邻刘博好！使得两个人的见面，好像对暗号接头样郑重其事。

过天刘博来家里拜访，尔后便有了些走动。

李一禅有个怪毛病，视印章如亲儿子，最忌非专业人士讨论专业问题，尤其是那些半瓶子醋的人说些套话假话与他评头论足。印章千古事，得失寸心知，哪用得着旁人评说。

刘博不知是真不懂还是有意回避，每次来话星子都没溅到上面半点，从未谈及。闲聊几句，起身告辞，客客气气地来，客客气气地去。小伙子说话有分寸，举止得体，讨人喜欢。

李一禅对刘博说：过去他也教过书，自然多了份亲近感。至于没去回访，不是他故作矜持，不肯移驾，而是没这个习惯。

李一禅没去走动，夫人倒是常去。

一天晚上，夫人兴冲冲地回来跟他说：刘博两口子在家里办了个小升初的补习班，得知他们家的孙子正值小升初时，主动提出让孙子去补习，学费全免。夫人还说：不能让孙子输在起跑线上，没读上重点小学，一定要读上重点中学。执意要让孙子去补习，夫人对孙子比对儿子还上心。

李一禅在家只是个甩手掌柜，油瓶倒了都不会扶一下。既然夫人不辞辛劳，他还能说啥？便叫儿子把孙子送来。儿子儿媳都很忙，正愁孩子无人管，顺水推舟，当晚就把孙子送了过来。李一禅说：补习费自然是要交的，说不定人家两口子正还着房贷呢，全由他出得了。

经过一段时间的补习，孙子的成绩大有长进。乐得夫人黏在李一禅身边老夸：你看看！人家两口子水平就是不一样。这世上就没有教不会的学生，只有不会教的老师。李一禅不得不赞夫人高见。

近年来，李一禅的名声越来越大，印章却越刻越少，一印难求。夫人说：印价，自然得水涨船高。夫人说了也是白说，李一禅并不理会。这是什么地方？艺术的殿堂，不是菜市场随行就市。他在乎的是他的印章，名声大了，更得讲究，不能让人喝倒彩了！

这天刘博来家里探访，神情却与以往迥异，端着杯茶半天不开口。吞吞吐吐，欲言又止，好像有事求他。李一禅刚赴了个饭局回来，趁着酒意笑说：刘博小友，你我可是三老关系啊。其一我们是近邻，视同老乡；其二你是我孙子的老师，也就是我们家的老师；其三我比你年长，你是小老弟。有啥？尽管直说无妨，老夫定当不遗余力。

刘博这才不好意思说出口：想求大师一枚闲章永久收藏。

李一禅听后面露难色，心里叫苦不迭，后悔刚才不该把话说得太满。刘博有所不知，不是熟得不得了的人，李一禅从不为人刻闲章。闲章不闲，譬如齐白石的"鲁班门下"，徐悲鸿的"一尘不染"，等等名章，那都是寄情于印，生命的真迹啊！闲章，最好是自己刻。

可话既然已经说出口，况且自己的孙子让人家费心不少，岂能说了不算，出尔反尔？遂答应赠刘博一枚"思无邪"的闲章，十天后来取。时间说短了不金贵，李一禅深知个中玄妙。

乐得刘博连连拱手作揖，欢天喜地地走了。

过了些日子，就在李一禅快要淡忘这事时，突然在朋友圈里看到微友说了段笑话：他们单位的头最近不知从哪得来枚"思无邪"的闲章，每每签字画押后都要盖上那枚闲章。说是既可防止别人模仿他的笔迹，又可增加些单位里的文化品位。随后微友还发了个笑脸。

李一禅只觉得心头一动，忙问能不能发个视频过来看看。

微友说没问题呀！手头正有未来得及报销的单据，拍下发给你。

嘀嘀，点开一看，正是他为刘博刻的那枚闲章。李一禅像被人捅了一刀般难受，哀叹道：哎哟哟，埋汰了枚好印！旋即拨通儿子的电话，吼道：赶紧把你儿子接走，爱去哪去哪，别放我这儿。

待平心静气后一想：印章一旦送出，人家爱咋咋地。你拿石头打天？即找出块寿山石，拿起刻刀为自己重新刻了枚"思无邪"的闲章。

改天他去散步，遇见刘博恭恭敬敬问候：大师好！李一禅照例回应：芳邻刘博好！面容平淡，眼睛里却闪过点什么。

原刊责任编辑　郭晓霞

【作者简介】曾立力，湖南省作家协会会员。作品散见于《小说选刊》《小说月刊》《百花园》等刊，并入选多种年度选本和中学课辅教材。

小板凳

陈 光

家里旧房翻修，使用了快二十年的柜子、桌子、椅子等家具，不是破损了就是过于落伍。旧的不去新的不来，索性一律淘汰，更换新的。

"有没有搭台的东西？"涂料师傅刷墙顶，够不着，问道。

"有个小板凳，可以吧？"我舍不得用新买的物件，跑到门外找出准备扔掉的小板凳。

"蛮好！"师傅接住小板凳，瞟了瞟，掂了掂，稳稳地站了上去。涂料刷完，我忙把小板凳扔到了门外。

"有没有搭台的东西？"电工师傅装灯具，够不着，问道。

"有、有。"我直奔门外，找到了小板凳。

"正好！"师傅试了试小板凳，稳稳地站了上去。

电工一走，我就把小板凳搁在了门外。

"有没有搭台的东西?"木匠师傅给柜子上配件,够不着,问道。

"有啊!"我迅速端来小板凳。

"懒木匠的锯子——不错!"木匠师傅有点幽默,看了看小板凳,毫不犹豫、稳稳地站了上去。

木匠走后,我将小板凳放在了门外。

……

房子装修完毕,我给全屋做卫生,很多高处够不着,当然小板凳再次派上了大用场。

墙面洁白一新,家具时尚得体,灯光温馨亮堂……旧貌换新颜,我四处欣赏,满心欢喜。门外收捡旧物件、拖运垃圾的大爷累得满头大汗。

"小板凳给我留下!"新家以后需要用到它的地方会不少,我赶忙跑出门从废物堆里找回了小板凳。

小板凳在我手上,有点沉,梨树木做的。老式的木方凳,四条腿、四根衬子,造型简单却大方结实,全为榫卯结构,找不出一颗钉子。面子很旧,磨破了,有五处裂痕。这是父亲当年亲手给我做的,共四个,还有三个不知哪次搬家给弄丢啦。时节如流,父亲离开我已快十年。我垫上一条毛巾,小心地坐在小板凳上,生怕夹屁股,头脑中闪出父亲慈祥的面容。

我锯来一块三夹板,用泡钉仔细地将它铺在小板凳的面子上,再用毛巾将它全身擦拭得干干净净,然后很虔诚地把它存放在了书房一个不太打眼的地方。

父亲曾对我说，有本事的人才能在社会上立得住。是啊，有用的东西才不会随意被当成废物给抛弃掉。

原刊责任编辑　田累

【作者简介】陈光，湖北省作家协会会员，国家二级编剧。创作多部戏剧作品并被搬上舞台演出。作品散见于《小说选刊》《北京文学》等。

就等你来说

曾宪涛

202 室的空调室外机肯定是出了毛病,发出轰炸机一般的响声。

轰炸机这一单元的住户都是同一个单位的,是当年单位集体购的房。轰炸机主人是单位的领导,对门 201 室是单位的主任,楼上 302 室和楼下 102 室都是单位的中层。

轰炸机已持续轰炸好几天了,似乎还没停下来的意思。轰轰的声音已叫相邻的住户吃不好,睡不安,坐卧不宁,他们不明白轰炸机主人咋就受得了,一天到晚开着,不浪费电吗?当然,受害最大的就是对门和楼上楼下了,西边人家已是另一个单元,且与轰炸机的位置还相隔一个房间。

几天下来,楼上 302 室的主妇实在受不了了,就对丈夫说,二楼空调坏了这么多天,怎么也不找人修修?你不敢跟你们领导说,我去找他。丈夫呵斥道,就你多事,空调坏了他自己会不知道?再说对门的不比咱还吵,他主任都不出头,咱干吗要管?丈夫一番呵斥，老婆不吭声了。

302中层猜得不错，对门主任家其实早就受不了了，女主人患有失眠症，自从轰炸机轰炸以来，她就睡不着觉了，早想去敲轰炸机的门。

对门是咋回事？他自己不吵吗？怎么老也不见他们家人？女的说着又想去敲对门的门，却又被主任拦住了。

忍忍吧，给你说多少次，吵的又不是咱一家，楼上楼下的不吵？你等着就是……

主任耐心劝阻着，叫家人等着，忍着。

等呀，忍呀……

一天，201主任遇到302中层，终于忍不住问道，你们楼上吵不吵？

什么吵不吵？302中层假装不明白。

你楼下空调外机坏了，楼上不吵吗？

哦，你说这个，是有点吵，不过还好，声音应该是往下跑的，关上窗就听不到了。

302中层说完他的理论，反问一句，你们对门住着，应该很吵吧？

不，不是很吵，最近刮东风，声音都刮西边去了。

哦，是吗——302中层拖长声音，抬头看看天，用手试试，根本没风，就在面皮下冷笑，上楼去了。

换了一天，主任在单元门口遇到了102中层，忍不住又问，你楼上空调外机坏了，吵不吵？

102中层道，唔，楼上空调机是有点毛病，声音不太正常，不过楼下还好，声音是往上跑的，关上窗就听不到了。

主任想起302中层的理论，看着眼前的102中层，真恨不能拉他们到一块儿辩辩，到底噪声往哪儿跑？

你们对门住着，声音一定很响吧？

没提防对方竟问起自己来了，忙辩道，不不，这阵子刮东风，声音都往西边跑了。

102中层抬头望望天，没感到一丝风，很有深意地笑了笑，东风压倒西风。说完就进自己家去了。

201主任终于明白上下都没指望了，只能寄希望于西面单元，西面单元住户都是外单位的，没有顾忌，没顾忌就好说话，才敢说话。

于是，201主任就盼着刮东风，他是受了自己的启发，刮东风，噪声就往西边跑了，风越大越好，把噪声都刮到西边去，西边住户受不了就会出面。

等呀，忍呀……

患失眠症的老婆已经快崩溃了，东风还不来，他终于体会到啥叫只欠东风了。

他每天都在劝老婆，安慰老婆。终于，起风了，好大的风，是东风！还真把噪声都刮西边去了，因为大风过后，西边单元的人就出面了，是位老太太。

老太太来到轰炸机门口，叫了老半天门也没叫开，老太太又使劲敲，楼上楼下都听到了，都关着门不出来。对门还从猫眼里看老太太敲门，心急老太太咋不知道按门铃。

轰炸机的门关得紧紧的，就是没人出来。老太太看实在敲不开，才嘟囔着走了。

对门失望极了。

没想到第二天又来个年轻女人,叫不开轰炸机的门,便叫开了对门主任家的门。她向开门的主任询问轰炸机主的情况,201主任热情地做了介绍,她说是老太太的女儿,周末来看母亲,母亲看到这家的空调机不停开着,非要她过来问问。

201主任连说,好好。不等对方说出下面的话就关了门。

老太太女儿本想把这事拜托出去,现在只好摇摇头,直接去了单位,见到轰炸机的主人,刚好今天值班的领导。

领导连声感谢,原来是早在别处买了房子,这段时间一直住在新居,离开旧房时,忘记关上空调。

领导回来关上了空调,下楼时在单元门口遇上了老太太和女儿。

领导忙趋步上前,十分感激地拉着老太太说,老人家谢谢您!不然,还不知空调要开多久。随后又气愤地提高了声音,您真是个热心肠,不像那些人,邻里之间,人情冷漠。

那些人此刻都在家里,都贴着窗关注着楼下的动静,当知道了真相,听了领导的话,都悔得不能再悔了。

然而老太太却说,你说啥?我听不清……

原刊责任编辑　于双慧

【作者简介】曾宪涛,祖籍德州,现居徐州。作品散见于《小说选刊》等报刊,有百多种被收入文集,连续11年入选年度选本,出版作品集3部。多次获奖。

鸡抱窝

江　明

那只芦花鸡是姜大娘家鸡屁股银行的超级大股东。别的鸡下蛋，都是每隔两三天歇一天，它一天下一个蛋，从不间断。姜大娘亲昵地称它为花花。每次花花下了蛋之后，拍着翅膀从鸡窝里跳出来，在院子里个个大个个大地叫嚷着邀功请赏的时候，姜大娘总是多喂它一把稻谷，让它吃得饱饱的。

姜大娘总共喂了十多只母鸡和一只公鸡。这十多只母鸡下的蛋积攒够半篮了，姜大娘就会提着篮子去一趟竹园镇，把鸡蛋卖了，买回来油盐酱醋、针头线脑。

每年夏天来临的时候，总有一只母鸡率先停止下蛋，趴在鸡窝里不出来觅食，发现鸡蛋就往翅膀下面扒拉。它开始抱窝了。抱窝似乎是一种极强烈的传染病，很快在母鸡中间流行，一只又一只母鸡开始抱窝。

当然，这是绝对不被允许的。每年孵小鸡的任务只能由一只母鸡来完成，别的母鸡只能打消这种天真的念头。

　　黄泥湾的女人们打消抱窝母鸡念头的做法大同小异。先是打。胆子小的母鸡，被打一两回，基本就正常觅食、正常下蛋了。也有比较顽固的母鸡，怎么打都打不醒，沉浸在当母亲的欲望中不能自拔。这就需要采取进一步的措施了，用水淹。倒提着母鸡，按在水塘里浸，浸个半死，放开之后，羽毛干爽了，也就好了。实在好不了，就用一根细麻绳拴着它的一条腿，倒吊半天，它扑腾累了，也就好了。

　　姜大娘对付抱窝的母鸡无外乎也是这几种办法，反正在她的手下，还没有顽抗到底的母鸡。一年又一年，她摆治好了不少幻想抱窝的母鸡。

　　这年，姜大娘的母鸡又纷纷要抱窝了。孵小鸡讲究的是母鸡具有超强的责任心，不能一时兴起，半途而废。她还是选择让那只大黄鸡继续抱窝。别的母鸡被她分别采取打、淹、吊等办法，都纷纷醒抱了。大黄鸡耐性好，总是趴在鸡蛋上纹丝不动，能够将二十八天左右的趴窝时间坚持到底，在它温暖的羽翼守护下，鸡蛋孵出鸡崽的成功率极高，几乎没有寡蛋。它孵了几年小鸡，积累了丰富的经验，深得姜大娘信任。

　　令姜大娘意外的是，她的花花也停止下蛋，抱窝了。这怎么可以呢？花花的任务是不停下蛋嘛。何况大黄鸡已经正式抱窝，不可能再让花花抱窝。

　　姜大娘打花花，一天打几遍，见它趴在鸡窝里，就往外轰；姜大娘淹花花，一天淹几遍，它身上的羽毛几乎没有干爽过；姜大娘吊花花，将它一吊大半天，只要解开麻绳，它就往鸡窝里扑去……

养了大半辈子鸡，姜大娘还真没见过如此冥顽不化的母鸡。花花坚持不懈，不改初衷，姜大娘不厌其烦，打淹吊等手段轮番使用，但是收效甚微。

花花和姜大娘之间的斗争旷日持久。大黄鸡已经孵出一堆毛茸茸的小鸡崽，每天咯咯咯地呼唤着，领着小鸡崽们，在房前屋后乐呵呵地刨蚯蚓、啄虫子吃了，花花还在极力挣扎着要当母亲。

夏末的一天上午，姜大娘的弟弟来探望姐姐。爷亲有叔，娘亲有舅。在黄泥湾，舅舅是顶顶尊贵的亲戚。因为家里穷，每次弟弟来了，姜大娘顶多去集上买块豆腐招待他。有一次，钱不凑手，姜大娘用豆腐渣炒韭菜招待了弟弟。

这件事传了出去，湾里的孩子们编了一段顺口溜，嘲笑姜大娘两口子：走亲戚，走自家，莫走湾里老姜家；老姜家弄碗豆腐渣，这个亲戚莫走他！

他舅来了，我去街上买块豆腐吧？姜大爷问姜大娘。

算了，你去杀只鸡。姜大娘沉吟了一下，对姜大爷说。

杀哪只？

还能杀哪只？别的鸡都在下蛋呢。

杀花花？你舍得？

它自己那么死性子，怨不得别人。

别的鸡都外出觅食了，只有花花趴在鸡窝里。姜大爷一把按住花花，掂到厨房，一刀杀了，扔到洗菜的瓦盆里。姜大娘已经烧好一锅开水，将开水均匀地淋到花花身上，从头到尾淋了个遍，趁着热乎劲儿，大把大把地揎鸡毛。

中午，姜大娘将满满一盆热气腾腾的炖鸡端上餐桌以后，头一低，悄悄走了出去。弟弟看一眼桌上那盆炖鸡，看一眼姜大娘的背影，迷糊了。这不年不节的，姐姐怎么舍得杀鸡呢？这可是破天荒头一次。莫非有什么事情？

姐，你怎么不吃饭？不知什么时候，弟弟出现在姜大娘身边。他拿一个鸡腿，往姐姐手里塞。

姜大娘正坐在厨房灶台边抹眼泪呢，眼圈儿泛红，欲言又止，没有接鸡腿，果决地冲弟弟摆摆手。

姐夫欺负您了？

姜大娘摇摇头。

外甥们不孝顺您？

姜大娘又摇摇头。

那您到底怎么了？

姜大爷走过来，一把扯住妻弟，说：走，趁着有好菜，咱们再去喝几盅。你姐呀，你别管她，过一会儿就好了。她这会儿正心疼她的芦花鸡呢。

芦花鸡怎么啦？

姜大爷拍拍自己的肚皮，哈哈地笑了，说：芦花鸡再也不能怎么样了，它在咱哥儿俩的肚子里呢！

原刊责任编辑　李艳慧

【作者简介】江明，1967年生，河南省商城县人，郑州大学中文系毕业。中国作家协会会员，河南省小小说学会副会长。

心 安

柴亚娟

我朋友大山，去年新买的三居室的大房子，装修完了一直没入住。前两天他突然告诉我说，想低价处理这套新房，问我买不买。

我问，为什么低价处理呢？

大山告诉我，他在俄罗斯租地经营蔬菜大棚亏了，现在急着用钱。大山又说：你不要认为是占朋友便宜，你不买我也是卖给别人，好事还是可着朋友来。

凑巧的是，当时，我儿子要结婚，正想买个这样的大房子。我和妻子商量后，同意买这个房子。

我告诉大山，两天后付清，首付三十万元。

我们自己已有二十万，又和亲戚朋友借了十万，凑够了三十万交付大山，其余每月交贷款。

其中，最让我感动的是，我从老叔那儿借的两万元，他再三叮咛：这两万元，不急着用，什么时候宽裕了什么时候还；实在没有，不还也行。

我激动地对老叔说：老叔，这钱是要还的，一定要还！

为了尽快地还清债务，我和妻子算计着我们该如何运用手里现有的买卖去赚钱。

我说，得改变一下咱们常规卖货的方式了，不能光出个早市卖几个被单被罩或者是几对枕巾枕套，这样赚不了几个钱，还债也没年头了。

妻子问，你有新套路？

我说，除了白天卖货之外，早晚再出摊。这样辛苦两年，就会挣钱翻几倍。

妻子说，辛苦些没啥，只要能挣钱就行。

我说，要么货同，就是在不同的市场卖同样的货；要么货异，就是在同一个市场换着样地卖不同的货。

妻子说，还可以打破一个常规，就是"以大见小"，比如一条枕巾，别人卖十块钱一对，咱卖十块钱三个，薄利多销。

我和妻子按计划运行。果然，这些办法很奏效。我们在家附近的早市夜市把货卖饱和了，就去离家远的地方卖。那两年，全市的各个早市夜市都留下了我们的身影。

我们边挣钱边还着外债。

两年后，我们几乎把所有的外债都还了，就剩下老叔这两万元。

等到又攒够了两万元，准备还我老叔钱时，天有不测风云，老叔突发脑出血，抢救过来之后，命保住了，却成了植物人。

从此，这两万元成了我的心病——还老叔这两万元，又怕老叔的儿子、儿媳妇怀疑我只借这两万元吗？不还这两万元，我心里又不安。思来想去，不知如何是好。

妻子看出了我的烦恼和不安。

她说，要是当时给老叔写个借条就好了。

我说，当时想写，老叔不让。

妻子说，要不，我们每周都去看老叔，把这两万元消费在老叔身上。消费一笔，记一笔，直到消费两万元为止。这样于情于理，我们也都心安。

我觉得也只能这样，除此，没有比这更好的办法。

后来，我和妻子去看望老叔，每次都是换着样买各种够档次的营养品，还时不时地甩个千八百块钱给堂弟。其间，质量和价位不菲的内衣裤，还有外衣，我们也买了多套，供老叔替换穿。

有一次，堂弟没在家，只有保姆一人护理老叔。我们去的次数多了，和保姆也就成为无话不说的熟人了。

保姆就直接问妻子：嫂子，你们每周都来看老爷子，真是够孝顺的，别说是侄儿，就是亲儿子有的也做不到。

我笑着说，是我亲老叔，我当侄儿的也应该尽孝心，况且我爸年龄也大了，也算是替老爷子尽一份他们兄弟之间的情分。

保姆听完我的话说，看你们两口子人挺好，我也就实话实说，你是这么想的，你堂弟未必这么想。

妻子听出保姆话里有话，就问，堂弟怎么想？

保姆说，我听你堂弟两口子聊天，认为你们两口子肯定是做了对不起你老叔的事，才每周这么尽心地来看。

我说，他们怎么想，那是他们的自由，我们于心无愧。

妻子也随和说，我们心安。

一年后，我们探望老叔所有的花销累计已达到两万多元时，我和妻子都长长地出了口气。

又一年后，老叔安详地走了。

原刊责任编辑　白荔荔

【作者简介】柴亚娟，黑龙江作家协会会员，东北小小说创作基地理事。作品散见于《岁月》《小说月刊》等期刊，多篇被《小说选刊》等刊转载。

价　值
砌步者

初春的下半夜，大山里很寒冷。锄奸队队长张德应借着微弱的月光察看山头的动静。突然，夜枭的叫声划破黑夜，钻入耳朵。他高度警惕的心情顿时宽慰了些，因为，这是湘南游击队接应的暗号。

张德应带着三个孩子。他挨个在孩子的脸上抚摸了一下。他知道孩子需要他的抚摸，这样可以获得安全感，因为，孩子们黑豆似的瞳仁告诉了张德应。为了抗日英雄的这三个遗孤，张德应的两个战友已经牺牲。现在护送孩子的担子，他独自担着。

张德应记得出发前，首长神情严肃地说："派你护送这些革命烈士的后代，你虽然是湘南人，但长期在岭南活动，群众基础好。记住，三个孩子一个也不能落下，要安全送到梅关，交给湘南游击队藩哲夫队长。"首长又安排了两个锄奸队战士，一个叫何小山，广东花县人，一个叫谢回平，湖南常德人。首长更嘱咐："你们到了珠玑巷，游击队有人来接头的。"张德应回答："一定完成任务，首长！"

可是，在横穿清远公路时，何小山牺牲了。当时，张德应指挥谢回平带着三个孩子穿越公路，何小山在后掩护。日本便衣队发现他们追了上来。何小山说："队长快走，我掩护。"

何小山像一枚楔子钉在路上。本来他可以跑掉的，但为了让孩子更安全，他跳上石头吸引便衣队。护送孩子跑上山头的张德应看到何小山子弹打光了，与便衣队拼刺刀，负伤被抓。便衣队将他吊在大榕树上一刀一刀剐他的肉，他也没哼一声。

谢回平是在晚上牺牲的。当时，是深夜，他们绕过英德的一个村子，孩子们饿得走不动。谢回平要去弄点吃的。起先，张德应说不行，危险。可是，当他看到孩子们饿得口水直咽，就从身上摸出两个银圆塞到谢回平手里，说："注意安全，快去快回。"谢回平摸到村边，谁知道村庄里驻扎着鬼子兵。鬼子的狼狗一叫，谢回平就被包围了。张德应想去接应，但三个孩子怎么办？突然，他听到"轰，轰"两声巨响，是谢回平拉响了身上的手榴弹，与鬼子同归于尽了。

张德应含着眼泪带着三个孩子一阵猛跑，直到累得瘫下来，才住脚。张德应歇了一会儿，看看没有危险，就将三个孩子安顿在山洞里，自己去田地里找了些半烂的山芋、红薯给孩子充饥，才带着孩子继续北进。好在这一路走来，山高林密，再没遇到多少危险。

张德应抬头看看，翻过丹霞山，就进入珠玑巷。现在，虽然听到山上传来自己同志的暗号，但张德应也不敢大意。他从腰里抽出两支快慢机，握在手里，带着孩子在密林中穿行。好不容易到了山顶，突然，从树上飘下四条黑影。张德应一摆手中快慢机，挡在孩子身前。

"桃花源陶渊明。"来人压低声音说。张德应一听，是接应同志的暗号，连忙回答："珠玑巷张九龄"。从树上飘下的四个人是湘南游击支队的同志，带头的是游击队支队长藩哲夫。藩哲夫让其他队员在梅关警戒，自己则带领三个队员下来接应。张德应握着藩哲夫的手说："可把你们盼来了。"

藩哲夫也摇着张德应的手说："辛苦了，张队长。上级交给我们的任务，是要不惜一切代价，接应你们，保证安全。"藩哲夫让同来的游击队战士取下背上背着的包袱，打开来，里面是用米粉烙的饼，让孩子们吃。三个孩子吃饱后，藩哲夫在前，三个游击队员背起三个孩子在中间，张德应殿后，一行人开始向珠玑巷奔去。

藩哲夫说："走过这段山路，前面的路平坦很多。"张德应听了，一愣，忽然想起多年来抗日的艰辛，就如这走路一样，走了这么多年艰难困苦的路，现在是该走平坦的路了，鬼子这几年的兵力捉襟见肘，在缅甸被国军击败，在中原，更被八路军打得焦头烂额，也许不用多久，就能将鬼子赶出中国。

"我们抗日的路也会平坦多了。"张德应接了一句。藩哲夫听了，会意地笑了。

一行人快到珠玑巷时，已是曙光初绽。张德应说："我们快点行动，翻过梅关，那边就是你们湘南游击队的活动范围。"话音未落，刹那间，两发炮弹从南雄县城那边呼啸而来，有一枚落在他们身后。

"快卧倒！"张德应急忙扑倒后面那个背着孩子的队员……张德应中弹牺牲。那时，正是一九四五年二月。

新中国成立七十周年，我在常德一所学校给孩子们讲课。当我讲完这个故事，孩子们都哭了。我想起多年前曾有人问过我"三个优秀战士为了护送三个孩子而牺牲，值不值得"这个问题。我走下讲台,一一抚摸这些孩子。我想我得告诉孩子们什么是生命的价值。我说:"孩子们,先烈们艰苦抗日,献出生命,就是为了孩子们有书读,有平安的日子过!"

这句话,不是我说的,是张德应烈士牺牲前说的。我就是三个孩子中的一个。

原刊责任编辑　秋泥

【作者简介】砌步者,本名余清平,广东省作家协会会员,广东省小小说学会常务理事,广州市花都区作协副主席。出版小小说集《自由行走》等。

赵七爷

蒋育亮

一夜狂风肆虐，小区里一棵大树的树枝被风吹折了。

最早发现的是赵七爷。这天一大早，赵七爷在小区散步时，一阵大风刮来，耳里便钻进"吱哩嘎啦"声。赵七爷仰头一望，瞬间惊出冷汗。半悬着的树枝，摇摇晃晃，随时都会断裂砸下。他赶紧后退几步，逃离树下。心想这事得赶紧处理掉，要是砸中来往行人，那可就糟糕透了。赵七爷边想边一路小跑着赶回家去。

赵七爷叫上儿子，扛着斧头，麻溜地蹿到树下。断枝随风摇摆着，发出"吱哩嘎啦"的声音，仿佛祈求赵七爷，赶快将它砍掉。赵七爷使个眼神，儿子便高高地扬起明晃晃的斧头。

"砍不得，砍不得。"突然一阵吆喝。赵七爷一瞧，原来是住在大树旁的侯老五。"咋砍不得？"赵七爷凶巴巴地反问，"树枝掉下来砸伤人，你负责？"侯老五解释说："要砍这树枝，得上面审批呢。""啥？砍个折断的树枝还要审批？"赵七爷疑惑地问。侯老五说："先前有枯枝被风吹折,眼看就要砸到我家房屋,我们把它砍掉了,结果——"侯老五稍做停顿,似乎想要赵七爷猜猜结果。赵七爷淡淡地说:"砍就砍了呗,这能咋样?""你说得倒轻松。"侯老五露出些许怨气,"被罚五百元,说是乱砍树木。"侯老五伸出一个巴掌,手背的青筋似蚯蚓在一条条蠕动,声音中透出满心的不服。

赵七爷远眺桃花江畔,望着十几排陈旧的瓦房,想着侯老五与病恹恹的婆娘及残疾女儿靠低保艰难度日,心生酸楚,凄凄地收回目光,望望儿子。儿子已从树上溜了下来,将斧头丢一旁,瞥来一眼,分明在问砍还是不砍。赵七爷扭头轻声问侯老五:"真要审批吗?"侯老五用劲点点头。赵七爷说:"谁审批啊?"侯老五挠挠头,思索片刻说:"应该是社区干部吧。"

赵七爷对社区干部都很熟,就吩咐儿子打电话给社区刘主任,刘主任二话没说赶了过来,现场拿出纸笔,写好申请报告,盖上社区公章,便往行政审批服务中心奔去。临走时,刘主任望着摇摇欲坠的树枝,千叮咛万嘱咐赵七爷和侯老五,要守在现场,别让树枝坠下来砸伤了行人。

"还好,一切顺利。"刘主任领着行政审批服务中心的工作人员,一溜小跑进了小区。老远就挥着手朝他们俩吆喝道。来到树下却见他俩蹲在地上,两眼无神,默默发呆。旁边断枝已坠落于地,再看侯老五的瓦房,朝天张开两个大口。见此情景,行政审批服务中心的工作人员一把抓过刘主任手中的申请报告,端端正正地写上了"同意砍伐"四个字。

赵七爷凝视着侯老五,从儿子手中接过五百元钱,递给侯老五说:"拿着吧,这五百元砍伐费,算是讨回的罚款,好好修补下

入围佳作　321

房子。"

侯老五拿着钱,看着大家,顿时泪水盈满眼眶。

原刊责任编辑　丘晓兰　张凯

【作者简介】蒋育亮,中国作家协会会员。作品散见于《读者》《红豆》等刊物。出版小小说集《剑魂》等。作品多次入选年度选本和作品集,多次获得国家级、省级奖项。

牡丹富贵图
郜爱巧

马上就要开学了,儿子上重点中学的事还没有解决,而我又不认识重点中学的任何领导。那天正在犯愁时,做疗养机构的闺蜜史英姐来了,我知道史英姐是个很有能力的人,就赶忙把我的心事告诉了她,看她能不能帮忙把儿子进重点中学的事解决了。

史英姐听我讲完,笑了笑,然后对我说:"楚瑶,重点中学的刘校长正巧是我老公的堂叔。我知道刘校长很喜欢字画,所以,孩子若想上他的学校,你要先准备两万块钱,然后我带你去正一堂书画院买幅字画送给他,以后的事情应该就好办了。"

我一听史英姐这样说,非常高兴,忙对她说:"史英姐,我这就带上钱,我们现在就去办这事吧,孩子的事解决不了,饭我都快吃不下了。"

于是史英姐开车直接把我带进了正一堂书画院,我俩挑选了一幅《牡丹富贵图》。交了钱后,史英姐让我在收据上写下了我的名字以及联系方式，一起放入档案袋，然后开车把我直接带到了刘校长的家。

见了刘校长之后，史英姐就把装有收据的那幅《牡丹富贵图》交给了刘校长，我们说明来意并喝了两杯茶之后，看了看时间已到了午饭点，便借机要离开。

在我们将要从沙发上起身的那一刻，刘校长对史英姐说："小史啊，字画我这里多的是，你不是要搬新家了吗？这幅画你带走装裱好挂新家里吧……"说着刘校长就从档案袋里拿出那幅《牡丹富贵图》递到了史英姐手里。

史英姐说："还是刘叔体谅人，那我就恭敬不如从命喽！您还别说，我家里的客厅还正巧缺少一幅《牡丹富贵图》呢。"

说完史英姐还真的把那幅《牡丹富贵图》带了回来。

在路上，我奇怪地问史英姐："你不是说刘校长喜欢字画吗？他怎么舍得把这么贵重的字画给了你呢？字画给了你，孩子的事还能解决吗？"

史英姐笑着对我说："傻瓜，你没看出来了吗？刘校长只是给了我《牡丹富贵图》，而档案袋里的收据却没给我吧？"

我更加疑惑地问闺蜜："刘校长喜欢的是字画，字画却给了你，留个收据有啥用？"

史英姐将嘴凑到我耳边小声地说："楚瑶，实话告诉你吧，那个书画院是刘校长老婆开的，收据给了刘校长，就是让他知道你已经付了钱买了他老婆的画。他老婆学画画的时间还不到半年，其实她的画一百元一幅都不值……"

开学的前一天，刘校长果真按收据上预留的手机号码给我打了电话。而开学那天,我儿子也顺利地进了重点中学。

原刊责任编辑　郑福荣

【作者简介】郜爱巧,现任湖北省文联专刊《今古传奇》微篇小说卷主编,主编出版图书《微篇小说百年经典》。作品散见于《神州文学》《参花》《当代文学》等报刊。

军功马

申 平

二十世纪六十年代，我家住在草原上的军马场附近。军马场，多么神秘的地方！在一座高墙大院之内，最多时养着上千匹军马。每到马儿出场时，首先会听到一阵雷鸣般的声响，然后是一阵烟尘腾起，成百上千匹军马在十几个马倌儿的押解下奔涌而出，气势磅礴，人喊马嘶，那场面极为壮观，简直惊心动魄。

这个场面结束后，就会有一个瘸子牵着一匹老马走出来。瘸子的年纪也很大了，就那么一瘸一拐地走在老马一侧。他腿脚不好，可是从来不见他骑马。那匹老马，是枣红色的，身架高大，隐约可以看出它年轻时的风采。但是现在它却显老，行动有点迟缓，它总是低着头默默地走着。这个场面，至今还清晰地印在我的脑子里。

那时我十三四岁，正是人嫌狗不爱的年纪。我对军马场，对那些军马，内心充满好奇。而且，我还着魔一般想骑马。看见那些马倌儿威风凛凛骑在马上，我简直羡慕得要死，夜里做梦经常骑在马背上飞驰。但是那些军马一匹匹生龙活虎的，我哪里敢碰，我的目光最后落在了那匹老马身上。

那两年学校都停课了,我和伙伴们整天无所事事,上树掏鸟,下河捉鱼,偷瓜摸枣,无事不干。那日看见瘸子又在山下放马,于是便凑了过去。

大叔,这马,让我们骑下呗!

瘸子抬头看了我们一眼,脸上瞬间写满不屑,他的嘴唇抖动半天才吐出几个字来:就就……你们几个……还想骑它?知知……道它是什么……马吗?

哈,原来还是个结巴!我们心里发笑,嘴上却专拣好听的说。但是他的头却一直摇得如拨浪鼓。软的不行就来硬的:我们扑上去抢他手里的马缰,硬往马背上爬。他一着急,嘴唇干动弹却说不出一个字来。

正在这时,忽听得"唉唉"一声马嘶,却见那匹老马突然暴跳起来。它身体一抖,脑袋一摆,就把我们这几个小屁孩甩得滚滚爬爬。随即它身子一横,扫帚般的尾巴又抽了过来。

我们落荒而逃。跑出好远还听见瘸子在吼:这这……回知……知道厉害了吧?告……告诉你们,这……是一匹……军功马,它……还有军功章呢!你们还……想骑……它,啊呸!

我们却不甘心失败。军功马,军功马有什么了不起的!现在大人们把那些立过军功的人都一个个地揪出来斗了,难道我们还会对一匹老马客气吗?

于是我们就开始挖空心思想歪点子。

先是起哄。每天瘸子牵着老马一出来,我们立即尾随,在后面学狼嚎鬼叫,又学瘸子走路,学他说话,编顺口溜骂他。几天之后,发现这招根本不灵。因为瘸子每天为老马选好草场之后,就坐下来

入围佳作

抽烟。对我们的叫嚣，他根本置若罔闻。老马呢，只管低头吃草，当然更不搭理我们。

接着是攻击。我们每人头上戴一个树杈圈儿，手里拿根树棍，提前在他们的必经之路旁埋伏好，等他们走近了突然冲出，口中高叫"冲啊""杀啊"，又学机关枪、手榴弹的响声，一口气冲到老马跟前，对着它就是一通乱打。就听见瘸子撕心裂肺一声大叫，冲过来拼死护住老马，转身和我们搏斗。我们的棍子打到他的身上他也不在乎。头两回，老马只是被动地挨打，可是那天，它突然又发起威来。

那天我们的冲锋才开始，没想到老马又是一声嘶鸣，它挣脱缰绳，高昂起头颅，瞪着两只铜铃般的眼睛，挺尾竖鬃，迎着我们就冲过来。我们先是被吓傻了，接着掉头就跑。老马却不依不饶，继续追赶。它大概看出我是领头的，就紧盯我追赶。它虽然跑得并不快，但是到底还是把我追上了，一口叼住我的后衣领，就那么让我悬空着，一直把我叼到瘸子跟前扔下。它大口大口地喘着气，一副累坏的模样。

我在地上哭喊、求饶，我听见瘸子在结结巴巴地教训我。直到他们走开我才爬起来。我看到老马这时回头看了我一眼，它的目光很奇特，宛如大人对犯错孩子的警告。

不过老马最后还是被我算计了，我用在电影里学会的一招报复了它。我们在路上挖坑，然后放上树杈，用土盖好，还脱下鞋来在上面印上脚印，伪装得就像路面一样。那天，瘸子和老马走过来了。我们藏在树林里，远远地看着。就见那匹老马忽然一头栽倒，接着传来瘸子的哭喊声。

我们几个坏小子，正在树林里欢呼雀跃。猛然，我们听见一种声音响起。那声音是那么高亢，那么悲愤，还带着英雄迟暮的无奈。哦，那是老马的嘶鸣声。它的声音在草原上回荡，一声接一声，穿云裂帛，震撼心灵。我们一时都被镇住，世界也一下变得安静起来，仿佛一切都瞬间凝固了一般……

多年以后，我重回故里，赫然发现，当年的军马场早已不复存在。那地方却矗立起一匹马的雕像。那马，高扬前蹄，鬃毛竖立，一副冲锋陷阵的姿态。我迫不及待上前查看，终于读到了后面的铭文：红云，军功马，勇敢聪慧，极通人性。战争期间为部队运送弹药，能自己卧倒隐蔽，躲避枪弹。后去河中运水，能自己侧卧灌水，送往火线。荣立二等功，部队终生养护，一九六七年因崴断前腿去世，终年三十岁。

啊，老马，你原来真的是一个大英雄啊！可是我……如烟往事在眼前闪过，我简直无地自容。我长跪老马雕像前，深深忏悔。同时我也在想，如果当年不那么混乱，有人给我们讲下军功马的故事，也许悲剧就不会发生了。

原刊责任编辑　许莹

【作者简介】申平，中国作家协会会员、文学创作一级，广东文学院签约作家，广东省作家协会理事，广东省小小说学会会长。出版中短篇和微小说作品集20部。

碎　壶

班琳丽

　　二次登门拜访，大师仍避而不见。大门在他面前关上的那一刻，他礼貌地挥了挥手，无奈地退回街上。

　　脚下的小镇，因出产上等的紫砂泥料得名紫砂镇。十多年前，因生于斯的了无大师荣归故里，更名为了无镇。

　　来拜见大师前，他倒是在各种官媒上做足了功课。传说大师早年为一家温饱计，仿制过供春壶，高价出手。成名后，他将此视为"劣迹"，一纸声明刊在报纸报眼上：一、此声明永久有效；二、恭候买家拿仿供春壶换了无壶。据说此声明一出，大师开在闹市的工作室日日门庭若市。不过，少有来换壶的，全是慕名来买了无壶的。

　　老实说，这个他不关心，他关心大师那把被拍出天价的了无壶，想知道它现在在谁手上，有没有可能捡漏。

　　这把天价壶他是"见"过的。壶的品相好，壶身、色彩、刻绘，哪儿都看着舒服。尤其是刻绘，了无大师精于书法和绘画，壶身一边是高士图，一边是苏子"松风竹炉，提壶相呼"的诗句，绘图与线条颇为精良,颇见折槛碎阶的艺术风骨。

坊间传说,了无大师做壶,每一道工序过手都在三十遍以上,每一把壶做下来,都似燕子衔泥筑巢。单单看这把壶的图片,你就不能不信,不能不被折服。

他原本是个商人,五年前突然厌倦了每天以各种面具应对搂搂抱抱实则暗箭冷枪的你来我往。更为可悲的是,一起打拼的发妻和一帮兄弟均成了商海混战的对手与仇人。去意决绝,他也是一纸声明,退出商界。先是跑去西藏,跟着人家转山,磕长头,趴到经堂上,圣徒似的背诵经书。到底是凡俗之人,执迷难悟,不久便落荒似的跑去西双版纳。在景洪市,他结识了一个自称"茶疯子"的当地茶人,受他影响,狂热地爱上了茶,爱上了紫砂壶,"人间珠宝何足取,宜兴紫砂最要得"。一年后,他重返城市,建紫砂藏馆,收藏各种紫砂壶。

近年,紫砂壶在拍卖市场行情一波一波猛涨,导致名家大师一壶难求。他不怕,他不差钱。而今,他的紫砂藏馆里,占满各大墙壁的博古架上,名家名壶,如闻名收藏界的"玩壶三宝",供春壶、西施壶、石瓢壶,也是应有尽有了。唯独缺少了无大师的了无壶。求之不得,只身来闯了无镇。

二顾吃了闭门羹后,他回了一趟老家。他出资捐建的老家周边四县十多所希望小学,等着他回去剪彩。

反哺社会,善莫大焉,一时,关于他的各种报道铺天盖地。就是这样的时候,他意外接到了大师助手的电话,说大师答应见他了。他连夜驱车赶回了无镇。

了无大师在家里热情地接待了他。大师穿着一身象牙白襻扣对襟休闲衣裤,手里把玩着两只文玩核桃,尽管年事已高,但精气神儿仍很足，浓眉如剑，目光如佛，尤其满头银发，气定神闲地背到脑后，给人一种鹤发童颜的真人风范。

但令他百思不解的是，做壶大师的家里，一把壶也见不到。四面洁白的墙壁上，挂满家人的相框，个人照、合影照、全家福。

两人的聊天从亲情开始。大师老眼濡湿地跟他谈起自己的妻子儿女。他礼貌有加地频频点头。当大师笑着问起他的爱人和孩子现在生活怎样时，他迟疑了一下，百般小心地谈起自己的发妻和兄弟。谈他怎样于商海中急流勇退，于西藏如何难以皈依，于景洪市如何爱上茶和紫砂壶，如何归来建紫砂藏馆，如何想收藏大师的了无壶……

他有些忘乎所以了，直至大师的助手礼貌地提醒他，大师年纪大了，不宜久坐，他方才"哦"的一声，识趣地打住话头，开始说出他想收藏一把了无壶几近成病的夙愿。

大师沉浸于品茶，无话。许久，大师示意助手。助手很快拿来一把了无壶，递给他。

了无壶拿在手上，他突然兴奋得想哭。从形制到刻绘，这把了无壶简直就是那把天价壶。但他没敢问，只是眼神发光地把在手上，爱不释手。

"什么价？"他开口问价，目光一边 X 射线似的，在壶嘴壶盖壶身各处，商人验货一般细细巡看。

大师伸出一个指头。

"一百万？"

大师摇摇头。

"一千万？"

大师没点头，也没有摇头。

他目光不易觉察地"宕"了一下,心上突然生出另一番盘算。他冲大师歉意地一笑,指着壶嘴处一道极细小极细小的条纹说:"这把壶到底有这么点遗憾,我说……要说……这也算不得瑕疵……然而,但是,它确实存在。要不,价格上……大师,您再……"

再看大师,接过这把壶,他指出的那处所谓"瑕疵",看都没看一眼,将壶举起,撒手丢下,即刻,壶身雨中落花般碎了一地。

他一下傻眼了,突然双膝跪地,心疼地左手捡起一片看看,右手捡起一片看看。迟疑许久,方才羞愧万分地告诉大师:这把壶原本没有瑕疵,他只是想压压价。

了无大师冲他朗声一笑,许久,说道:"年轻人,你们找壶,我也为壶找主人。可是有一点,壶可以碎,名声不可以。"说完,起身送客。

他呆呆地跪在原地,望着大师拂袖而走的背影,心潮急剧起伏起来。

原刊责任编辑　晋阳

【作者简介】班琳丽,笔名班若。中国作家协会会员,中国诗歌学会会员,鲁院网络作家班学员。现居商丘。

千年一镜

朱士元

　　星星，渐渐地散去。大地，仍是一片寂静。远处，偶尔传来几声虫鸣。

　　走到车马前的米芾，再一次查看了车上的家当，还用手在上面摸了摸。随即，他抬头看了看家人，示意可以出发了。

　　这次期满离任，真有点舍不得走啊。北宋时的米芾，到安东任知县，已整整两个年头，和这里的一草一木都结下了深厚的情感，令他遗憾的是还有好些事没有做完呢。

　　百姓夸他是个清官，是个为百姓谋幸福的好官，可他自己心里知道，为百姓做的事太少太少了。不觉中，米芾的双眼便模糊起来。

　　安东西南方有个靳园庄，方圆几百里地。庄主有钱有势，周围的很多佃户都租种他家的土地。

　　靳庄主家的三少爷是个无恶不作的地痞流氓，周围的人都恨透了他，可大家敢怒不敢言，只能在背地里骂他几句。

王石匠家有个女儿，正值芳龄，长得貌美如花。靳三少早已馋涎欲滴，一心想占为己有。

他找人去说合，王石匠听后没有同意。

后来，他带着家丁去抢人，在厮打中把王石匠推下河活活淹死了。王石匠的女儿拼命挣扎，还是被靳三少抢回了家。

王家人不服，来到安东县衙喊冤告状，可县衙哪里是他们喊冤告状的地方？安东知县每一次调任，都被靳庄主买通，王家告状无门，喊天天不灵，叫地地不应。

米芾接到这个案子以后，进行暗处走访，落实证据。不日，便将靳三少缉拿归案。有人说，归案又有什么用？知县还是会把他放回来的。世上哪有清官啦！王家人和周围的百姓仍是唉声叹气。

夜半时分，靳庄主托人给米知县送来了两套玉器、四块金砖。米知县见了笑笑说，想拉我下水啊，这是白日做梦！我只想为百姓办事，要不然，我这个知县就该回家种地了。听了知县的话，那个人，拿着玉器和黄金，灰溜溜地走了。

靳三少被处决那天，四面八方的人都跑来观看，都说，米知县是青天啦，是为百姓做主的好官啦。

城门外，前来送行的百姓跪成一片，好多人怀揣薄礼以表感念。有的人边哭边说，米知县，你来的这两年，刚刚让我们过上舒心日子，你怎么就走了呢？

米知县一看，着实有点慌了，他本打算不声不响地离开的，没想到还是让人晓得了。他立即从马车上走了下来，一一扶起跪着的百姓。他对大家说，礼物还是请你们带回吧。说实在的，我对不起你们，没让你们过上更好的日子，我的心里内疚啊。

米青天，我们舍不得你走啊！大伙的喊声响成一片。

父老乡亲们，我会回来看你们的。米知县边说边上了车。

大伙让开了一条路，米芾坐在车上不时地回过头来，依依不舍，慢慢地消失在大家的视线中。

车子行有十几里地，米芾忽叫车夫停下。车夫停下车问：怎么回事？米芾说：赶快掉转车头回去。为何？快回！车夫莫名其妙，只得掉转车头往回走。

安东城西有座五岛公园，园旁有个水池，是米芾常来的地方。他每次写完字，都会到这里来涮笔洗砚。之后，还会和前来休闲的人们聊上几句。

米芾在安东主政两年，用文雅为治，尚礼教，祛淫祠，得到了百姓的拥戴。他曾对一位老者说：我有不周之处，请您多多指教。

老者忙说：岂敢，岂敢，有你这个知县，乃我方百姓之福啊。

有人跟米芾随意间说了句这样的话，安东这个地方连年遭受水患之苦，要是把河道疏通一下那可就好了。米芾听后马上带人勘察河道走势，制定了疏浚方案，并进行了实施。当年，这里虽遇水灾，可还是获得了好收成。

来到水池边，米芾不声不响地从车上取下毛笔和砚台，放入水中洗刷起来。车夫看了，这才恍然大悟。米知县，这是在安东连公家的一点墨汁也不想留下啊。

几个练拳的老者，看到米知县又回来，蹲在水池边洗刷毛笔和砚台。他们都跑过来问：米大人，你这是干什么？米大人站起来说：我不想留下我不该有的啊。

几个老者你看看我，我看看你，都在心里发出同一个声音：米知县,你这是给我们留下了一池清风,更是留下了一面镜子啊。

第二年,人们在水池边立了一块"米公洗墨池"的碑,以示后人。

原刊责任编辑　赵莉

【作者简介】朱士元,江苏省作家协会会员,江苏省微型小说研究会副会长,《短小说》主编。曾在《小说月刊》等刊发表作品多篇,有作品被《小说选刊》选载。出版小说集《面对一朵花微笑》等12部。

丁　忧

相裕亭

夏天，晚饭以后，这城里男人为给家中的婆娘留个方便（闪个空当，让忙碌了一天的女人擦把澡），习惯于夹领破裹衣或是摇把软塌塌的旧蒲扇，到城东护城河里洗澡、纳凉。那里有说书的、打讲的，还有外乡来唱小戏的。时而，还会猛不丁地听到"扑通"一声——孩子们从桥上跳到河里洗澡了。

赶上这城里哪家死了人，孝眷们要到城东土地庙里送晚汤（寓意死者吃饱了、喝足了，好上路）。护城河的桥头上，原本脱个精光的男人们，会做一些遮挡，闪出一条通道，让死者的孝眷们打桥上走过。

这一年，大盐商沈万吉病逝，儿孙们一色的白孝袍，列队从护城河的桥上通过时，桥边书场上的唱词正欢。其中有一段俗媚的唱段，还引起了大伙的笑声。这让沈家兄弟的心里极为不爽。

当时，沈家二公子沈达霖已经考中进士，但尚未封官，只是在翰林院里行走，类似于今天国务院里秘书班中的普通职员（否则，父母去世,他要丁忧三年)。但此时的沈达霖,有权向吏部进言,甚至可以直接上书皇上。

是夜,沈达霖与大哥嘀咕:"是什么人在那儿唱戏?"

原本心中就很窝火的沈家老大,此刻听二弟那么一说,心中的火焰"腾"的一下就烧起来,他呼喊管家,带几个人过去看看。

很显然,沈家人要去砸场子。

而此时,正在里屋静守的沈家老太太,听到儿孙们要去惹事,便把他们都招呼到跟前,说:"我们沈家办丧事,与城里百姓有什么关系?"

儿孙们不语。

沈老太太说:"我们沈家死了人,是我们沈家的悲伤,不能让全城人都跟着我们悲伤。"沈老太太没好说,咱们沈家在这城里,比起大盐商吴三才、谢毓流还差着一大截呢!人家也有死人办丧事的时候,怎么就没有干扰百姓的欢愉呢?说到底,还是沈老二考中功名的那点光亮,惹得盐区父母官胡大安都登门来上了孝礼,此举给沈家人长了脸面,同时,也让沈家兄弟内心自我膨胀了,他们自认为沈家老二已经步入了仕途官道,这城里人就该尊敬他们沈家,岂能在他们沈家哭丧的时候听唱取乐!

沈老太太看出了儿孙们的心思,她指着二儿子沈达霖,说:"你是喝足了墨水的人,若是在你父亲的丧礼上扰民,惹得你父亲死后遭人骂,这可是大不孝!"

沈达霖站在大哥身后,空攥两把虚汗,任凭母亲数落,半天一句话不讲。大哥倒是把"过错"都揽下来,一个劲地冲母亲点头,说:"是,是,是!"

沈老太太沉思良久,指着几个儿子说:"你们若是真有那份孝心,别去扰民、搅民,想法子让人家来给你父亲多磕几个响头,送你父亲一程,那才是你们做儿子的大孝。"说罢,老太太掩面抹泪,挥手让儿孙们都退下了。

第二天,沈家丧事上陡然热闹起来。

前来沈家观望丧事的乡邻,一律留饭。沈府大门外,四口粥锅,"一"字儿摆开,乡邻们拾碗喝饱了粥,可以把碗筷带回家。前来沈家吊孝、叩头者,送九尺白孝布;能在灵堂守夜、哭喊出"表叔""表老爹"的,送九尺白孝布的同时,外加两块现大洋(当时,三块现大洋可以在盐区买一亩上好的盐田)。

至此,城东的护城河桥上,已无人听书、观戏。沈家放粥、大办丧事之举,一时间传为美谈。

数日后,即沈家丧事办毕,沈二公子沈达霖回到京城,回想起父亲的丧事,总觉得有什么地方办得不妥帖。说不清是哪一个京城华灯绽放之夜,沈达霖把父亲丧事上的积怨,归结到盐区父母官胡大安的身上。沈达霖觉得,在他父亲的丧事期间,胡大安作为盐区的父母官,光来上一份丧礼是远远不够的,他应该出面干涉一下地方百姓的娱乐。顺着这个思路想下去,沈达霖就觉得胡大安没有治理好盐区。于是,他奋笔疾书,给吏部上了一道公文,列举了胡大安在盐区管理上的"十大之乱"(这算是告恶状!或可以称作是背后捅人家一刀)。其中有一条,说盐区市民饮水,与妇人洗尿布同用一井。这原本是不可思议的事情。可吏部派人一查,确有其事。只不过市民饮水,是提井内之泉;而妇人洗婴儿尿布,是将井水提上来,在井台上淘洗而已。

由此,胡大安从盐区的五品盐政,贬至广西贺州,去做一个小小的通判。

这件事，对沈家二公子沈达霖来说，当时是解恨了！他甚至觉得胡大安是罪有应得。

可数年过后，也就是沈达霖由翰林出任邮传部右侍郎时（相当于现在邮电部的副部长），他忽而想起当年被他背后"捅过一刀"的胡大安，便在某一年广西官员进京述职期间，有一搭没一搭地打听胡大安的情况。其用意可能是想提携对方。

不料，所得到的结果是——胡大安早已经死了——胡大安到广西后，可能水土不服，加之心情郁闷，没过几年，便撒手西去。

沈达霖得到这个结果，几天都没有出门。他断定胡大安至死都在骂他。由此推理下去，他沈达霖遭人唾弃、爹娘遭人咒骂，是他对爹娘的大不敬和大不孝。顺着这个理念想下去，沈达霖的心事日夜加重。

不久，沈达霖在天津病逝。临终前，他交代儿女，有机会到安徽阜阳去看看。至于，沈达霖想让儿女们去安徽阜阳看什么，他尚未说清楚就咽气了。

后来，沈家后人在盐区志上查到，胡大安的家乡是安徽阜阳。

原刊责任编辑　黄灵香

【作者简介】相裕亭，中国作家协会会员。连续六届获全国小小说优秀作品奖。出版《盐河旧事》（人民文学出版社）等作品集二十余部。

拉锁事件

柳 林

松北县城从开发区通往火车站的主干道,是一条混凝土浇筑的道路。原来是沙石路,上面铺了层厚沙,看着平整,可一下雨,沙子不经冲,立时间变得坑坑洼洼,重车跑在上面直打误,人得跳着绕弯走,居民怨声载道,司机骂声不绝。

县长郝臣这才下决心,修一条水泥路。县长把筑路公司经理葛光明、城建局局长张海峰,以及分管副县长白守福找来核算这条路的造价、标准。他说,这是一条窗口路、门面路,也是展示政府形象的路,一定要高标准修建好,而且要在封冻前完成。说到这里,他冲着葛经理说:"现在离上冻仅有两个月的时间,能够完成吧?"葛经理信誓旦旦地说:"完成没问题,只要地下管线近期架设好,那就指定是木板上钉钉子——没冒。"

葛经理话音刚落,郝县长斩钉截断地对白副县长说:"由你主持开一个协调会,把城建局、电业局、电信局、自来水公司、排水公司、供热公司的头头脑脑都找来开个会。"说到这里，他沉默片刻，又说："把工程技术人员也找来，坚决高标准搞好地下管线埋设，避免前脚修好路，后脚又扒路。道路不是提包，可以安个拉锁，随意拉合。那是要动钱的，还会引起民怨。疏忽不得呀！你要牵头具体负责，精心组织，抓好落实。"白副县长连个锛都没打："坚决按县长的指示办，精心用力组织好。"

郝县长冷笑一声，戏谑地说："别说话刚刚的，抓工作软软的。我今天亲自召开这次会议，就是要求你们坚决杜绝马路上安拉锁的现象再次发生。"县长说这话时，脸色阴沉得要下雨，没有丝毫的缝隙。白副县长说："你就一条麻袋搁个心——放宽心吧，绝不让你给我擦屁股。"县长立即提高嗓音说："不是擦屁股，而是打板子。如果再在路上开缝安拉锁，主管领导就要主动辞职。"

郝县长见大家都表态，才笑了笑说："我要的是效果，不是表态。你们这些管事的领导一定要一竿子插到底，碾了倒了砸着磨来实的，用绣花的功夫，把工作抓到位，落实得严丝合缝。"

按理说，这个协调会开得很成功，工程也很顺利，按期完成了任务。副县长白守福陪同郝县长到现场视察，经过试水通电也没发现什么问题。郝县长笑盈盈地拍着筑路公司葛经理的肩头说："工程干得还不错，我挺满意。"

但谁也没想到，喜极生悲。供热管道一开栓供热，有一处就嘶嘶冒气，郝县长当即把供热公司经理冷洪斌找来问他是咋回事，冷经理迟疑地说："管道是冷的，一供热加压，管道膨胀了，便出现缝隙，运行几天会变好。"县长听了这话有些懵懂，疑惑地又问："那得几天会好？"冷经理说："顶多三天。"县长板着脸说："那咱们就

入围佳作　343

拭目以待吧！"

　　静观三天后，地下不但冒水，而且开始咕嘟咕嘟冒热气，整个路上一派浓雾，对面都看不见人，车辆只好绕行，骂声当然顿起。郝县长动怒了，要求立即查明原因，追究责任。供热公司冷经理说："管道用料都是合格的优质产品，安装时都是工程师现场指导，问题不会出在我们这里。"他沉思半刻，好像茅塞顿开地说，"可能往地槽里投放石头时管道被砸坏了，那些农民工干活毛愣，不管不顾，砸坏管道的可能性最大，扒开一看就明白了。"郝县长气得青筋暴跳，一股怒气冲上来："这是钢筋水泥铸就的道路，不是提包上的拉锁，一拉就开了。那得投入一笔不菲的资金，还会造成恶劣影响。"

　　不管咋说，当务之急还得扒路抢修，扒开一看真相大白，原来是管道的一个连接处螺丝没拧紧，处于松动状态，供热后一加压，出现了漏水冒气。这是典型的责任事故，很可能是故意而为，搞破坏。如果真是那样的话，问题就大了，要追究当事人的刑事责任。

　　现场工程师一听就冒汗了，头上的汗珠像豆花一样布满了额头，只好竹筒倒豆子和盘端出。他说："工程动工之前，筑路公司葛光明经理找到我说，现在快进入冬季，我们再没有筑路工程可干，公司的几十号人干闲，不能让他们白吃干饭，得找点活干。你在管道上做点手脚，道路一扒一填也能挣笔钱。当然也不能让你白干，说着他甩给我一个信封，里边装着五千元钱，我就偷偷松动了两个螺丝。"说着他狠抽了自己两个耳光，打得乒乓作响。

　　郝县长一听气炸了肺，恨不得再踹他一脚。从牙缝里喷出一股怒火："你们穿一条裤子，一个鼻孔出气，干这损害国家利益的蠢事，真是罪不可赦。等着法律严惩吧！"

为拧紧两个螺丝钉,赔进整整十万元,封道达半个多月。葛经理被判刑两年,工程师被判刑一年,白副县长受到记过处分,其他当事人也受到严惩。从此,松北县城道路再没出现过一道拉锁。

原刊责任编辑　谷海新

【作者简介】柳林,中国作家协会会员。致力于短篇小说创作,有上百篇小说见于《小说选刊》《北方文学》《北方名家》《鸭绿江》《小说林》等。

一碗方便面
源　泉

　　我的恋爱从方便面开始。

　　大二时，在一次系里举办的"我的故土"演讲比赛中，我看上了来自沂蒙山区的闻。他宽阔厚实的肩膀，像海浪起伏的胸脯，让我着迷。我多么希望我就是高尔基笔下高傲飞翔的海燕，去迎接海浪的澎湃。尤其是听完他演讲的解放战争年代，红嫂用带着自己体温的奶水救活了一位年轻战士的故事后，我的心飞翔起来，在海边长大的我决定追求这位从大山深处走来的闻！

　　闻很腼腆，可经不住我万千柔情的频频进攻，这位从具有光荣历史的土地上成长起来的男人乖乖地成了我的"俘虏"。教室、食堂、操场、图书馆，我们形影不离。他给我讲山的故事，我给他讲海的传奇，我们相约放假后去山那边，来海这里！

　　一个月光皎洁的夜晚，我们从图书馆出来，踏着树木遮掩的小径回宿舍，几对情侣手挽着手从身旁走过，我的心躁动起来。快到宿舍时，闻忽然停下脚步变戏法般地从挎包中掏出一样东西塞到我手里,借着路边的灯光我看到了是一袋方便面。"饿了吧,到宿舍泡了吃!"闻的声音像银色的月光掠过我的心房,我情不自禁地扑进闻的怀抱,感受着闻那跌宕起伏的胸膛对我的撞击!

从此,每晚从图书馆回来,闻都会给我一袋方便面。

然而这样的幸福没能维持多久。同寝室的姐妹们叽叽喳喳,特别是有几回陪闺蜜叶子熊吃夜宵,叶子熊的男朋友今天带她去 KFC,明天去麦当劳,还有麦肯姆、必胜客、汤姆熊,一周一个轮回,闻的方便面不再让我心动。

"现在的方便面虽然味道鲜美,但如果长期吃,会带来严重的健康危害。"微信上的信息让我彻底放弃了吃方便面。

闻很沮丧,几天不说一句话。我们之间有了裂痕,见面的次数越来越少。毕业前夕我们分手了。

我如愿应聘到省电台做了一名少儿节目主持人,而闻回到家乡做了一名山村老师。我们不再见面,只是保留了微信好友,从圈子里偶然看到对方的信息。

做主持人的日子,其实并不风光。特别是电台少儿节目主持人,听众是只闻其声,不见其人,做完节目后其实特别寂寞。尤其晚上值晚班,或是加班,单位的福利是清一色的方便面。同事们常常自嘲一句:"有了方便面,写出的文章全成了油炸面!"男朋友也谈了几个,是高不成低不就,一晃就是三年仍然孑然一身。

晚上躺在床上无聊的时候,我常常会翻开手机,看一看闻的头像。闻的头像就是一碗正在冒着热气的方便面,红彤彤的外包装上,颜色鲜艳的几片牛肉旁边醒目地印着几个大字"红烧牛肉面",让人垂涎欲滴。可我却有一种倒胃口的感觉!

为了扩大受众面,提升电台的影响力,我们在全省中小学生中开展了《我的生日礼物》征文活动，启事发出后，征文就像雪片一样飞来。无意间我看到一篇征文，题目就是《一碗方便面》。我不由自主地读下去，竟然泪流满面。征文是一位四年级的山区小学生写来的，他这样写道：爸爸为了给生病的妈妈采草药，不慎从山上跌下摔断了腿，我和妹妹常常吃不饱饭，从来没有过一个生日。这学期的一天中午，我和同学正要围着课桌吃饭时，顾老师忽然端来一个红彤彤的碗给我，我看到一行醒目的字"红烧牛肉面"。顾老师掀开碗上的纸盖子，一股香味直冲我的鼻孔，真香呀！我看到了碗里金黄的面条，还有红的、绿的、黄的东西，特别是有许多牛肉块，我的口水一下子就流了出来。顾老师说，小云你吃吧，今天是你的生日，这是老师和同学们送你的生日礼物。教室里顿时响起清脆的歌声："祝你生日快乐……"这是我第一次过生日！

我的双眼模糊了，我声情并茂的朗诵通过电波传到千家万户，收到了意想不到的效果。赞扬的、资助的、捐款的信息从四面八方汇集而来，台长决定让我做一档深度跟踪报道。

我和同事驱车前往二百公里外的山区小学，赶到小学所在的县城已是傍晚时分，县委宣传部新闻科的易科长热情接待了我们。得知来意后，他又给我们讲了一个发生在顾老师身上的方便面的故事。

十六年前，顾老师一家在一次山体滑波中被埋进废墟，父母用自己的身体为当年只有十岁的顾老师挡住了一块巨石。母亲临终前，用尽全身的力气从身下刨出一包方便面，那是他们家过春节的年夜饭。靠这包方便面，三天后，顾老师等来了营救的解放军，可他的父母却永远失去了生命。大学毕业后，他毅然回到山村做了一名小学老师，至今他仍然保留着那包方便面的包装袋。

我的心灵一次又一次被震撼。夜里我做了个梦，梦里第一次见到闻。第二天一大早,我就迫不及待地赶往顾老师所在的学校。山路崎岖,车子开不进去,我和同事在易科长的引导下,翻山越岭,五公里的山路我们走了三个多小时。

山嶂重翠,云光疏淡。在山凹一处平坦的山坡上有三间石块垒成的平房,这就是我要采访的山区小学。平房前的操场上空一面五星红旗迎风飘扬,红旗下,一位老师带着二十多名学生在向我们招手!

那是"闻"吗?我像见到亲人一样向他们奔去……

原刊责任编辑 吴莹

【作者简介】源泉,本名袁金泉。江苏省作家协会会员,如东县作协副主席。作品散见于《小说选刊》《新华日报》等报刊。出版《源泉文集》。

安顺娘

修祥明

安顺娘的丈夫三十几岁就走了,她只有安顺这一个儿,但最终还是分了家,和儿子两栋屋里过日子。

儿是好儿,孝心也有,这些安顺娘心里有数。只是媳妇一天到晚朝她横鼻子竖眼,时不时摔摔打打,指鸡骂狗,好像她是个余外的人。

安顺在媳妇的手里被掐得两头不剩,媳妇叫他向东,他不敢向西;媳妇说一,他不敢说二。他想孝顺娘,就要在媳妇那里多吃些气。为了不叫安顺受夹板罪,安顺娘主动提出分家。

只要安顺一家大人孩子安安乐乐,只要安顺不受媳妇的气,她这当娘的受点孤单、受点委屈没什么。

昨日把家分开,今日就是辞灶——小年。

吃了晌饭,安顺娘要到新屋去嘱咐安顺,今日要包饺子,送灶王爷上天。安顺娘讲了一辈子迷信,逢年过节,该烧香就烧香,该烧纸就烧纸,求祖宗和各路神仙保佑日子过得安安稳稳。安顺一家刚搬到新屋里,更得求祖宗和神保佑他们大人孩在那栋屋里一辈辈平安地住下去。

刚跨出门槛,孙子阳光像个蚂蚱般一蹦一跳地跑进天井来。安顺娘问:

"阳光,你娘今晚上包不包饺子?"

"包。俺娘在家剁馅了。包肉丸的。"

安顺娘的心放下了。她想,媳妇和婆婆,没有几个掰到一起去的,如今这社会,你还指望媳妇伺候你?你不伺候她就不错了,她能知里知表地过日子就行了。又想,既然媳妇在家包饺子,我就不去费事了。我吃不几个饺子,他们摆供的那几个,够我吃的了。

盘腿坐在炕上,安顺娘瞅着窗户纸一层层变暗,盼着孙子或儿子送饺子来。胡同一响起脚步声,她就朝天井里瞅一眼,把两眼都瞅涩了。

直到天黑透,安顺娘也没见儿和孙子来送饺子。她的心悬了起来:儿和媳妇吵架了?到现在还不吃饭,家里出什么事了?

何况,她也很饿了,人老比小,安顺娘馋饺子吃馋得偎下炕来走里走外,一刻也等不得了。

黑影里,她深一脚浅一脚,绊绊磕磕地来到安顺家。

灯光里,媳妇坐在炕上做针线活。安顺坐在门槛上低着头抽闷烟,脸色铁青。阳光伏在窗台上看小人书。

她的心揪了一下,问媳妇:

"阳光他娘,你吃饭了?"

"吃了,娘。你吃了?"

她的胸像叫猫爪抓了一下,强忍着没落下眼中打转的泪水说:"我早吃了。"

锅台上，放着满满两大碗饺子。安顺娘问儿道：

"安顺，今晚上是辞灶，这饺子，你供养了？"

沉了好一霎，安顺才说：

"供养什么！"

"过节能不供仰？这些礼道不能不讲。"

她知道安顺心里肯定不痛快，不想再埋怨他了，就转身向外走。

她抹着眼泪走回家，心里惶惶不安：安顺分了家第一个节吃饺子就不供养，不得把灶王爷得罪了？我捏碗饺子供养供养，替他补上吧。

她剁了棵白菜心，打上四个鸡蛋，抓上两把虾皮，和了一瓢面，急急火火捏了两碗饺子。

煮熟饺子，烧完纸，她一边在锅台前给灶王爷供养着，一边跪着给安顺一家祷告，求老天爷和灶王爷保佑儿子一家日子过得安安顺顺。

这时，阳光撞开大门一头扎进屋里说：

"嬷嬷，俺娘和俺爹在家里打仗。"

她的心一下子提到嗓子眼，问：

"阳光，你爹今晚上吃了几碗饺子？"

"俺爹一个饺子也没吃，他吃的地瓜。"

"剩那么多饺子，他怎么去吃地瓜？"

"俺爹要给你送碗饺子吃，俺娘不叫送。俺爹生气了，就没吃。"

她的心又酸又疼，捏了把鼻涕，擦去眼中的泪水，端起一碗饺子来到儿家，进了门她先跟媳妇说：

"阳光他娘，你看我都老糊涂了，刚才想给你送饺子吃，忘拿了，回家躺下才想起来。你快尝尝我包的饺子，挺鲜亮的。"

媳妇说:"娘,我吃饱了。"

她就对儿说:

"安顺,你快吃吧,你不吃,你娘一宿困不好……"说到这里,她呜咽了起来。

安顺问:

"娘,你这是哭什么?"

"我哭,是把我欢喜的,分家了,你们大人孩子和和睦睦的,我能不欢喜?你说是吧?阳光他娘……"

媳妇没吱声。

她把饺子放在儿子的身前,戳了他胳膊一下说:

"吃吧,安顺,你娘这把年纪,还能给你们包几回饺子?"

安顺拿起筷子开始吃饺子。

从吃过晌饭到现在她没吃一口东西。媳妇没送饺子给她吃,她不生气。她活着不是为了自己,她是为儿子一家日子过得好而活着。她觉得安顺在那里吃饺子是在孝顺她。

原刊责任编辑　张越

【作者简介】修祥明,中国作家协会会员,山东省小小说学会副会长。著有长中短篇及小小说集七部,中短篇小说多次被选刊类杂志选载。现居新加坡。

归去来兮

戴 希

艾羽留学德国归来，其父求爷爷告奶奶，好不容易帮她找到一家大型国有企业。

艾羽在这家国企当会计，工作量虽然不大，待遇却很丰厚。父母幸福得不得了，他们认为是祖上积了德，如今泽被后人。

哪料工作不到半年，艾羽竟执意要辞工。父母好说歹说，艾羽就是不听。问其辞工原因，艾羽三缄其口。

其父食不甘味，急得像热锅上的蚂蚁。实在想不出法子，便请我去做艾羽的工作。我和艾羽的父亲很要好，且是国内外有些影响的作家。艾羽从小崇拜文化人。其父相信我和艾羽好沟通，也能沟通好。

那就试试吧，做点好事，行善积德。我心想。

艾羽啊，你父母太不容易了，面朝黄土背朝天，含辛茹苦供你读完大学。你很争气，凭着优异的考试成绩，国内重点大学一毕业，又赴德国的名牌大学深造。你从农村走出去，如此努力刻苦读书，学成归来，不就是想找个好工作，好好地过日子吗？找到艾羽，简单寒暄几句，发现我们能聊，我便瞅准时机问她。

艾羽一笑：那当然啊！

可这么好的工作，你为什么不珍惜，还要坚持不做呢？我眉头紧锁。

您一定要知道？这个原因真有那么重要？艾羽反问我。

我轻轻点头：不只是我，你父母更想知晓。要不，他们会憋出心病的。

好吧，我说，艾羽的表情凝重起来，就一个原因，这家国企要做两套账：一套真的，企业自己掌握；一套假的，用来对外，主要是逃税。而且假账还必须做好，不能出丁点儿问题。

作为员工，你听领导的呗！我劝她。

她立马把头摇得像拨浪鼓：不行不行，坚决不能！

为什么？我急问。

她脱口而答：第一，财务账必须真实只能真实，这是我受的教育，德国人都是这样做的；第二，虽然在中国，但做假账和坑蒙拐骗一样不道德、遭天谴，而且违法，我良心未泯，寝食难安。叔叔，你说呢？

艾羽的话开门见山，确实在理。我不好再劝她，唯有点头。

艾羽的父母无可奈何，只好又硬着头皮到处找关系。费尽九牛二虎之力，终于联系上了国内一家大型私人企业。

同样是做财务工作，但这家私企给艾羽的待遇比那家国企还要丰厚！

这就好了，好了！其父母心里压着的一块石头很快落地，他们高兴得不得了，指望宝贝女儿从此再无二念，安心工作。

可天不作美，他们还是失望了：未出半年，艾羽又决心辞工，九牛二虎也拉不回头！

原因呢？她索性和盘托出，跟那家国企一样，这家私企也要做两套账：一套真的，企业自己掌握；一套假的，用来对外，主要是逃税。而且假账还必须做好，不能出丝毫问题。

怎么都要这样？怎么会这样呢？艾羽苦思苦索，觉得不可理喻。

我就微笑着启发艾羽："兴许你遇到的只是个别现象。你干吗不尝试把自己的简历直接投递给多家企业和公司？投递时主动申明，你只给不做假账不偷逃税款的单位打工。"

"是啊，试试也未尝不可！"艾羽拍拍脑门，眨了眨眼。

我的一句提醒就这样帮了艾羽，多家公司和企业很快给她抛来橄榄枝。三思之后，她选定了一家自己中意的，毅然放弃再去德国的念想，高兴地留在国内，留在了父母身边。

原刊责任编辑 李佳怡

【作者简介】戴希，中国作家协会会员。多篇作品被《小说选刊》《散文选刊》《诗探索》等报刊转载。作品入选《新中国六十年文学大系》等多种选本。

远去的驼鹿
蒋冬梅

祖母最后一次见到祖父，他正要去打猎。

雅鲁河湿漉漉地醒来，太阳点燃白色的水雾，林子里升腾着带涩味的潮气。

看到祖母眼里流淌的担忧，祖父像往常那样想法子逗她。他剥下一段新鲜的桦树皮，卷成哨子，吹出"呜欧、呜欧"的声音说："这是母犴，是你。"又吹出"嗯呜、嗯呜"的声音说："这是公犴，是我。"祖母就捂着嘴笑了。

祖父把木船拖进雅鲁河，连人带船，漂在深水里，安静得像一片树叶。祖母用柳枝扎了一个花环，用力抛向渐行渐远的祖父，正打在他的后背。祖父高兴地叫着："今天有财，不会空手回来喽！"木船载着他划开春水，缓缓落向森林。

他再也没有回来。

童年时，我无数次问过祖母："他到底去哪儿啦？"

她也无数次回答："他啊，回去啦！"

每个人问,她都是这样回答。

和很多祖母的屋子一样,我只是出生在那里,少年时代就离开了。当我再回去的时候,祖母已经病势沉重。我像一束春天的阳光,照进她阴暗狭小的房子,她像看着一束达子花那样盯着我,直看得我脸色绯红。她说:"嫁一个,少一个!"

我知道,她的意思是不希望族里的姑娘外嫁。她说汉话总是语法不对,只能大致听懂意思。可是,祖父失踪以后,她就不再说土话了。

有一天傍晚,我跟着邻家的羊群从田野游荡回来,在飘着烟火味的村庄里,突然听见一种声音,正从喧嚣中过滤出来,像一溪纯净的水,瞬间把我洗濯得干干净净。我像抓住一缕风那样循声而去,那声音却又在一瞬间戛然而止。

我把目光转向苍老的羊倌,他那张被岁月弄皱的脸平静而安详。我疑惑地问他:"你听见那声音了吗?"他好像刚刚察觉到有声音那样,做出侧耳细听的姿势,继而抬头笑着:"每天都一样,除了人的忙活声,就是牲口弄出的响儿。"我有些失望:"不是这些,这些我分辨得出来。"他的脸上突然有了一种神秘:"那你真有运气!不过,你说的声音不在这儿。""在哪儿呢?""去林子里找找看吧!"

我知道,他和祖母那辈人一样,他们看林子里的一切,都是有灵气的。他们相信孩子和生人能看见他们看不见的东西,能听见他们听不见的声响。不过,我离开村庄很多年了,对这些说法只是置之一笑。

有人说这是山神的召唤,我去问祖母,她听了突然变得非常生气:"山神走了!早就回去了!"她脸上刀刻般的皱纹里,泛着满满的忧伤。沉默了很久,她突然说了一句话,可是我却听不懂。我知道她说的是土话。我央求她教我,可她并不想理我:"那些土话都是我们的。到你爸爸他们,就剩下一个一个的词儿,到你们,就啥也没有了。"她说得对,我连一个词也不会说。我反问她:"不教我们,不就再也没有人会说了吗?"她摇了摇头,叹息着:"一只鸟唱不好,教了也没用!"

春日的夜晚,村庄沉入一片深邃的宁静。太静了,反而使声音听起来更有穿透力。我又听到那种神秘的声音了。那像是两个人的私语,一个是低沉的召唤,一个是柔软的应答。祖母在旁边发出了老人惯有的哼哼声,我知道,老人的心,在夜里也是醒着的。

我们俩都静止不动,静听那个声音越来越清晰。"呜欧、呜欧","嗯呜、嗯呜"的声音此起彼伏,像跳动的小鸟,欢快而热烈。祖母摸着墙壁艰难地起身,她因为激动开始喘息起来:"犴!公犴在寻母犴!"我知道她说的是驼鹿,村庄里很多年没听到过驼鹿的叫声了。

不久,祖母就过世了,一些老人穿上传统服装来吊唁,他们不停地哭诉着:"你是多么好的一个人哪,你怎么就回去了呢?"这句话,突然像雷电一样击中了我,让我瞬间想起,童年时祖母无数次对祖父去向的回答。

一个清早,下葬的队伍向着森林出发,路过雅鲁河边的时候,有位老者突然停下来,对着晨雾中的河水用土话唱起了歌。他们说,这是祖父的歌。那声音很纯,很软,就像林子本来的声音,连一片树叶也没有惊动。我仿佛又听见那个稚嫩的童声在问:"他到底去哪儿啦?"祖母苍老的声音在回答:"他啊,回去啦!"就在那一刻,我突然明白了,只有回到到林子里去,才能找到远去的驼鹿!

雅鲁河边那首祖父的歌是这样唱的:

"山间蜿蜒的小路,不知心上姑娘走了哪一条,柳树林里我去寻找过,榛柴丛中我也去找了,没有找到这位可爱的姑娘。林中清澈的河边,不知能否等到日思夜想的她。"

原刊责任编辑　鲁钟思

【作者简介】蒋冬梅,鲁迅文学院吉林省中青年作家研修班学员。曾在《小说选刊》《海外文摘》《小小说选刊》等刊物发表作品。多篇作品入选各种选本。

浸染鸟音的碰瓷

甘克明

"叽咕里,巧咕里……"

一只伫立夏日老樟树上的灰毛白头小鸟,正翘尾尖叫着。从停车位倒车出来的香樟警务区民警林子,丝毫没在意它的聒噪。"哎哟——"后面传来一声女子尖叫。林子肛门一紧,迅疾刹车。

"轧到人了,不下来看看?"一个戴墨镜的马桶盖头敲开林子的车窗,"不会因为你是警察,就……"

坐在林子车屁股右侧的披肩发女子,低着头一寸寸褪下沾血的长丝袜,疼得"嗖嗖"哈气。脱掉袜,脚背凸现一个瘀血馒头。被汗液黏住的刘海,已无力飞扬。

紧挨林子车停的一辆沪牌别克车里,下来一个颈箍金豆项链的黑脸汉:"怎么着也得先把人送医院,拍个片子,断骨头没?"

街上行人的目光,开始向这边聚焦。

以车身为圆心,作三百六十度扫描,周围没一个人影,倒车时车身没一丁点异样,怎么就撞到人了呢?"碰瓷"二字掠过脑海!林子一激灵：披发女很可能潜伏在别克后面，只等他的车一开动就……

碰瓷碰到警察头上，这伙人胆子也太大了吧？突然，一朵乌云飘来，扶住车身林子才没让自己倒下。这段时间，林子经常头痛，尤其在早上。还晕倒一次，虽然是一过性的，终归身体出了状况。去医院查过，大夫说他的病情很严重要立即住院，被他悄悄地瞒了下来。

也是在"叽咕里，巧咕里……"的鸟鸣中，林子下社区采集信息，刚跨入朱老伯家的院门，无意中瞅了一下歪脖树上那只瞎嚷嚷的鸟儿，眼前便一阵黑蒙……朱老伯扶起林子，一摸脑门烫手，正要打120，被很快清醒过来的林子制止。朱老伯递还他掉到地上的小本本时，林子几乎是抢过去的。他说忙完这阵子，会去看大夫的。

朱老伯，外号老诸葛，是个不按常规出牌的老头。他的逆向思维、反常主意，着实让他在生意场上火过一把，赚了个盆满钵满。也有过翻船的囧事：去年遭遇电信诈骗，险些把大半辈子打拼的积蓄全搭进去，差点踢翻板凳身子悬空。所幸醒悟及时，报案及时，林子很快帮他追回了被骗巨款。那时起，朱老伯把林子当救命恩人感激，当孝顺儿子疼爱。没想到，这对忘年交还挺投缘，能天南地北尿到一壶。

林子走后，朱老伯放心不下，一个电话打给香樟社区老大。刘主任一听，心也悬了起来。在刘主任眼里，林子就是工作狂，活脱脱一个拼命三郎！这不，把自己的健康都搭进去了。

刘主任立马拨通林子手机。然而，无论他怎么苦口婆心，林子就是油盐不进。还是那句话：忙过这阵子，会去看大夫的。

管辖着五六万人口的香樟警务区，就林子和一名协警员，事情繁杂，多如牛毛，不是说停就能停得下来的。辖区八十多岁的韩老爷子老年痴呆，走失三天；留守儿童陶狗子割铜线卖钱进网吧，把偌大一栋居民楼变成瞎灯户；宅基地纠纷，张、熊两家撕破老脸要拼命；刑释人员徐歪鼻，简直就是一颗定时炸弹……

这时候围观、看热闹的市民越来越多，总有那么一些人热衷于看警察笑话。还有人在用手机拍照，准备发网上赚点击率。

约好下午两点带徐歪鼻去一家厂子面试。时间已到，林子心急如焚。曾因持刀抢劫坐过八年大牢的徐歪鼻，出来大半年，找工作处处碰壁。一听他是从那里（监狱）出来的，没一家企业愿收他。入狱前吃香喝辣，在号子里也受用着难兄难弟们的进贡，出来后竟窘迫得连吃饭都成问题。

这几天，林子找遍辖区所有的厂子、商铺，一家家上门，求爷爷告奶奶，唾沫星子飞溅，末了还以他的警察身份作担保，才有一家厂子的老板勉强同意让徐歪鼻试试看。

林子摸出两张汗水浸湿的百元大票，让马桶盖头和黑脸汉先带披发女去医院，承诺随后就到。可人家压根不买他的账，还说两百块钱看个小感冒都不够。

无奈，只有禀报头儿（城关派出所所长）。不料，林子一拿出手机就被对方强行挡回："你今天必须先把人送医院，不然我喊警察撞人啦！"

现如今，喊"救命"，兴许没人搭理，喊"警察打人"往往一喊就灵。只有赶紧把伤者送医院，才能带徐歪鼻去面试，防止这颗定时炸弹爆炸。林子以退为进，只能秋后算账。

正是上班高峰，没拓宽的老县城路窄车多，时有中国式过马路的人群横穿街道。遇堵时四轮不如两轮快，两轮不如两腿快。弹丸大的小县城开了半小时，才到达目的地。

站在县人民医院门前那棵百年伞樟下翘首恭候的社区刘主任和

朱老伯，向他们迎了过来。

"爹——"披发女掠了掠风中飞扬的刘海，不久前还让人搀扶着的人，飞快地奔到朱老伯面前撒娇似的说了句什么，又飞快地钻回车上。

林子愣住了！忘记一直在"别别"跳痛的脑壳。

"她是我闺女，搬东西不小心砸到脚，皮外伤。"朱老伯解释道，又说小女身边的那两个男人，一个是女婿，一个是外甥。三人都在上海开铝合金店，怪不得林子没见过他们。

这时，朱老伯的女儿、女婿和外甥三人从车窗探出头，对林子歉意地笑了笑，"叭"的一声，别克开走了。

"我叫社区小舒陪你的部下协警员，去了你联系好的那个厂子。人家同意让徐歪鼻直接来上班，该放心了吧？"刘主任拍着林子的肩说，工作上的其他事情，也跟他们所长商量好了。

"既来之则安之，配合大夫，彻底把病治好！"朱老伯掏出一张事先挂好的专家号交给林子。那次，林子晕倒在朱老伯家门前，掉在地上的小本本里露出一张检查报告，"考虑肿瘤性病变"七个字赫然入目！可把朱老伯吓得不轻……

院门口那棵百年老樟的叶缝里，洒下一串节奏明快、浸染绿荫的鸟啼："叽巧里，叽巧咕里……"

原刊责任编辑　曾若水

【作者简介】甘克明，江西省作家协会会员。作品发表或转载于《人民日报·海外版》《文学故事报》《啄木鸟》等。出版中篇小说集《绿色的诱惑》。

家

侯发山

日头爬到半空中了,老党还没走到目的地。这条路天天走,虽是沙漠,却已经被他硬生生踩出一条路。其实,已经不能算是沙漠了,放眼望去,都是蓬蓬勃勃的沙棘,这些可都是老党几代人的杰作。汗水从老党的头上往下流,漫过黑红的脸庞,汇集到脖子那儿往下淌,被濡湿的衣服更像是一幅地图,花花搭搭的。老党喜欢这样的天气,因为沙棘喜欢阳光,有了阳光它才能生长。

走了十几里,老党还没有走到目的地——他今天是去种植沙棘的,一年三百六十天,都是围绕沙棘转圈,不是种植就是维护。经过父辈的实践,知道沙棘最适合在沙漠上生长,耐干旱、贫瘠、寒冷和炎热,再没有植物能比得过沙棘。路途越远,老党反而心里越高兴,说明他们种的沙棘越多。老党走得气喘吁吁,拄着镢头休息了一下。咳,老了,过去哪有途中歇息的?老党不知怎么就想到了儿子,想到儿子老党心里就一沉。

昨天,在城里打工的儿子回来了。父子俩就儿子的去留谈了大半夜。

"爹……"

"别叫爹,我是乡长!"儿子刚开口,老党就黑着脸打断儿子的话。

儿子忍不住笑了:"乡长,咱这个乡有多少人口,不就你一个人吗?"

"放屁!你的户口在这里,就是这里的百姓,一点觉悟都没有。"老党说得没错,他的乡长,是县上任命的。老伴儿死前,也是乡干部呢。

"爹,不,乡长,您这样做有意义吗?"

"龟孙,意义比天大。这里是边境,有人居住,就说明这里还是中国的土地。沙棘种到哪儿,就说明哪儿是中国的地盘,任何国家都别想侵占!"

儿子晃了晃手里的书本:"乡长,沙棘……"

老党打断儿子的话,说:"咱国家的边境线长,有的地方以牧代巡,咱这里兔子都不过夜,养啥都不行,只能种沙棘!"

儿子索性不再说话,似乎藏着满腹的心事。

临睡前,老党气呼呼地说:"你要明天敢走,就不是我的儿子。"

儿子痞着脸说:"是不是您说了不算。"

天还没亮,老党发觉儿子的被窝已经空荡荡的。儿大不由爷,翅膀硬了就要飞出去,老党能有什么办法?

老党叹了口气,把左肩上的镢头换到右肩。不去想这糟心事,还是欣赏眼前的沙棘吧。看着沙棘,老党的气就消了,眼里满是怜爱,满是欢喜。金黄色的叶片在阳光下闪闪发光;果子有的橘红,有的橙黄,虽然比鹌鹑蛋还要小,不到成熟的季节,已经散发出淡淡的香味。这些沙棘仿佛知道老党的心思，随着风势，挤挤扛扛地摇摆着，仿佛在说：老党，别生气，儿子走了，不是还有我们吗？我们都是您的子女，我们都是这个乡的子民。

老党呢，似乎也听到了沙棘的心声，浑身充满力量。他长出一口气，迈开大步往前走。

忽然，老党的眼睛变直了——昨天他种植沙棘的地方有个晃动的身影！他心里一紧，揉揉眼睛，原来是儿子！儿子在挖树坑。儿子光着膀子，衣服都没穿。

老党像吃了根冰棍，心里凉爽极了。他像个孩子似的跑过去。

"儿子，不走了？"

儿子狡黠地眨巴两下眼睛，说："乡长，谁说要走了？"

老党欲言又止，心里隐隐有一丝愧疚，觉得自己误会了儿子。

儿子说："乡长，我查了资料，知道沙棘为药食同源植物，沙棘果实中维生素C含量高，素有维生素C之王的美称，入药具有止咳化痰、健胃消食、活血散瘀之功效。沙棘的根、茎、叶、花、果，特别是沙棘果实含有丰富的营养物质和生物活性物质，除了食品、医药，还广泛应用于轻工、航天、农牧渔业等领域……"

"真的？"老党两眼一亮，继续说，"儿子，你是说，沙棘不但能防风固沙，还能帮助咱们乡脱贫？"

儿子点点头，甩了一把脸上的汗水，说："除此之外，乡长，还有大用处哩。"

大用处？老党给说糊涂了。

儿子说："乡长，沙棘赶走了沙漠，人会越来越多，家会越来越好……"

"傻孩子，这样会晒脱皮的。"老党拿起挂在沙棘上的衣服披在儿子身上，心疼地说。

"乡长……"

"龟儿子，别乡长乡长了，我是你爹！"老党上前抱住儿子，眼里的泪欢快地流了出来。

远远望去，老党父子两个已经与沙棘林融为一体，好像他们也成了沙棘。

原刊责任编辑　李佳怡

【作者简介】侯发山，河南省小小说学会秘书长，郑州商学院客座教授，巩义市文联兼职副主席、作协主席。著有小说集23部。曾获小小说金麻雀奖。

捏"疙瘩"

滕敦太

捏"疙瘩"是姜寡妇的祖传手艺。二十世纪八十年代山区医疗条件差，有人身体不舒服，姜寡妇就说你身上有"疙瘩"了。至于"疙瘩"是什么病，问她也不说。只说，捏捏就好。

姜寡妇捏"疙瘩"有讲究：穿得板正，洗了手再点火烘几下，不急不忙的。捏"疙瘩"时让不相干的人都出去，手劲也大，捏得人一个劲儿地叫，她也不管不顾，只管念一些别人听不懂的口诀，说她这套话是祖上传下来的。也巧，很多人经她捏几次舒服了，就送点鸡蛋、地瓜干什么的。姜寡妇是多了不嫌多，少了也不嫌少。

想当年，姜寡妇的生活还是滋润的。可一年年过去，村里有了卫生室，找她捏"疙瘩"的少了，当然送东西的也少了。姜寡妇孤身一人吃"五保"，一场大病差点丢了半条命。村里人叹息：没个儿女就是不行啊，自己都顾不了，还怎么给人捏"疙瘩"？

陈大干也在为姜寡妇的事着急。他小时候到冰面上捡冻死的野鸭，掉进水中。救出来后不知是冻的还是吓的，眼直直地不说话，

入围佳作　369

愣了。姜寡妇念着口诀在他身上狠命地捏了大半个小时，陈大干才"哇"的一声哭出来。陈大干的老爹当时就拉他跪在地上，认姜寡妇作干妈。

山区人实在，陈大干也不例外。干妈对自己有救命之恩，现在老了他不能不管。入冬那天，他推上小车把姜寡妇从小破屋挪到自己家里。陈大干的女人冷着脸接受了这个现实。毕竟是男人的干妈，她要是硬往外推，村里人还不戳断她的脊梁骨？山区人这点就比城里人强。

陈大干把姜寡妇抱上床，说：干妈，以后我们养你。姜寡妇那是相当的感动，一个劲地说：让你们家一人一百岁。等哪一天我这套捏"疙瘩"的口诀传给你，管用呢。陈大干的女人听了这话，马上给姜寡妇换了个新暖壶。

姜寡妇住在干儿家，吃人家的喝人家的，看陈大干的女人脸色不好，就说：别人还不知我住你家吧，有人找我捏"疙瘩"你告诉他们。太阳好时，就到外边转悠，遇人就说我住干儿家了，找我到他家找啊。

说归说，除了有老太太找姜寡妇拉闲呱，很少有人找她捏"疙瘩"。医学发达了，有了病自然去医院。

姜寡妇就有了心事。那边，陈大干的女人打骂孩子，或者说话嗓门大了，她就一阵不安。

终于有人来找姜寡妇捏"疙瘩"了。姜寡妇顿时浑身充满力量，使劲捏着，还说着干儿一家的好。那人就说，是好。当然来的人肯定会捎点东西，姜寡妇用干净布包了，瞅准干儿一家人都在的时机，很隆重地送过去。脸上，就有一种没吃闲饭的骄傲。

慢慢地，姜寡妇捏"疙瘩"有了固定客户，都是陈大干的耍友，来了还带东西。姜寡妇还是那样,把东西送给大干的女人,说岁数大了,这点手艺还有用,不白吃饭,等那一天,我传给你们。

那一天终于到了,姜寡妇躺在床上不能动了。来了几个老年人,说给你抬地上准备着,打发你走个满意。

姜寡妇懂这个,点头,说大干你过来。

众人就知道要留话了,自觉回避。

姜寡妇抓住干儿的手,说好孩子,给我养老送终,让你们家一人一百岁。我这辈子靠捏"疙瘩"的手艺,这么大岁数了还有人求我,这个口诀传给你,以后用得着。你记好:"我个手,五条龙,龙拧'疙瘩'也不淌血,也不淌脓;我个手,十条爪,爪抓'疙瘩'当时好,当时化。"要保密,传出去就不灵了。

陈大干重复好几遍,说记住了。

姜寡妇头一歪,没了力气。大干急忙喊来众人,七手八脚抬下床。有讲究,在地上走老人接地气。

姜寡妇的殡事办得挺场面的。村里人都说,姜寡妇有这个干儿养老送终,也算圆满。

瞅个空子,女人把陈大干叫到一边:那套"秘诀",告诉你了?

告诉了。

说我听听。

不能外传,外传就不灵了。

那,我这几天浑身不得劲,可能病了。你学会捏"疙瘩"了,给我捏捏吧。

不,咱去医院。

算你有良心,没用那套话糊弄我。

陈大干就一愣:有道道呢。

女人拧他一下：装什么大头鬼？那套口诀早年还有人信，现在有了医院谁还信这一套？也就是你，要报恩，接来家养着就是，还偏偏找了几个耍友，你花钱买东西让他们找老太太捏"疙瘩"，好让她吃住得心安理得。你还要瞒我多久？

陈大干又一愣：你怎么知道的？

女人得意地撇撇嘴：你那耍友喝醉了说的。你怕我知道，每次找我要钱报假账，都会习惯性地打个哈欠。你心里这个"疙瘩"，我捏得准准的！

原刊责任编辑　陈婕

【作者简介】滕敦太，江苏省作家协会会员，《小小说大世界》编辑。有作品被《小说选刊》选载。

大雪过后
尤秀玲

屋外的苞米架子、鸡窝上都落满了雪。看着那些雪，虎子心里直闹腾，整个世界都是白茫茫的，直晃眼睛，真够烦人的。

爹扫了一上午的雪，累了。此刻正躺在炕上眯着呢。虎子闲得难受，一会儿爬到炕上一会儿跳到地上，扑腾腾的。爹睁开眼睛呵斥道："臭小子，消停点，别像个野兔子蹦东蹦西的！"

爹这一嗓子把虎子吓了一大跳。自从娘过世后，爹和他说话时都是这种呵斥的口气，他都习惯了，已经不害怕了。他怕的是爹就这样一直眯着，不肯睡觉。那样，就糟了，那个人来屯子时，他就不能出去见他了。说来也怪，往天这时候，那个人都来了，可今天怎么还没来呢？是因为雪太大，三轮车进不来屯子吗？不能呀，去年有场雪比今天还大呢，那人都进屯子了。

还是消停地等等吧。不然，那个人来了，他爹也不能让他出屋去见他。

虎子坐在炕沿上，眼睛盯着窗外，呆呆地想着心事。

不一会儿，爹就睡着了，屋子里除了呼噜噜的鼾声，什么声音都没有了。

虎子从炕沿边上溜下来，鸟悄儿地推开房门来到了院子里，除了几个大雪堆，他什么也没看见。每天在院子里溜达的鸡，此刻都躲到窝里去了。推开院门，屯子唯一与外界连接的土路也被大雪盖住了，雪地上零星散布着脚印。很显然，大雪过后，有人出过屯子或者有人进过屯子。屯子边上有个人影，正猫着腰往雪地上撒着什么东西。虎子知道那是葵花婶子在撒谷子，每逢下雪天，葵花婶子都要在雪地上撒些谷子，谷子撒下去没一会儿，成群的麻雀就飞过来了。葵花婶子看着麻雀吃谷子，高兴得眉开眼笑。虎子跑过去，抓起一把雪，投到谷子上，惊得那些麻雀扑啦啦飞走了。

"虎子，淘气。"葵花婶子笑着，伸出巴掌拍了拍虎子的肩头，"大冷的天，还跑出来玩儿。"

"我不是跑出来玩儿的。"虎子脖子一梗，看着葵花婶子。

"那你出来干什么，你爹知道你出来吗？"葵花婶子看着虎子，又伸出巴掌拍拍他的肩头。

虎子自然不能告诉葵花婶子他出来干什么。他低头看着雪地上的谷子，突然想起爹说过的那句话："你那葵花婶子败家呢，居然把金灿灿的谷子扔到地上喂麻雀。亏得她没了男人，不然，还不得挨拳头。"

葵花婶子听了虎子的话，愣怔了片刻后，嘎嘎地笑了起来。

"你爹真是这么说的？"

"真是他说的。"虎子说着扭过头，虎子的眼睛瞪得特别大，他终于看见了那个他等了一上午的蹬着三轮车的中年男子，还有他车子上喇叭里传出的吆喝声："香酥糖啦，新出锅的香酥糖啦。"

虎子顾不上和葵花婶子打招呼，一溜小跑，回到家里。他鸟悄儿地推开房门，爹的鼾声依然此起彼伏。虎子退出房门，来到院子里，绕过苞米架子和鸡窝，推开仓房的门，踮起脚尖，摘下墙上挂着的葫芦瓢，把葫芦瓢伸进旁边苞米楂子口袋里，舀出大半瓢苞米楂子。端着葫芦瓢，虎子飞快地跑出了院子。

这时，那个蹬着三轮车的中年男子正好拐进了屯子里。三轮车的车把上竖着一小块用硬纸板做的小招牌，招牌上写着"黄金香酥糖"几个字。香酥糖是苞米楂子加上白糖做成的，爹领着虎子赶集时，虎子曾亲眼看见过香酥糖的制作过程：清洗干净的苞米楂子加上白糖倒在"轰轰"响的机器里，几分钟后，机器的出口处就会源源不断地喷出长条状的中间空心的金黄色的香酥糖，嚼在嘴里，咯吱吱直响，又甜又香的味道一直从喉咙蔓延到胃里。虎子一闻见香酥糖的味道，就会忍不住地流口水。可是爹是很少给他买香酥糖吃的，特别是娘死了以后，爹就没给他买过。爹说，那玩意儿死贵，花钱买就是败家子。

蹬着三轮车的中年男子每天都会进屯子叫卖他的香酥糖。想要爹给他买，是绝对不可能的。实在馋了，虎子就会从家里偷出些苞米楂子去换。换回来，背着爹偷偷吃。若是被爹发现了，顶多骂他一顿。

看到虎子端出苞米楂子换香酥糖，正在撒谷子喂麻雀的葵花婶子逗他，又背着你爹从家里偷米出来换糖吃啦！

"才不是呢！"虎子说完，脸就红了。他看着那些麻雀，它们吃饱了，呼呼啦啦地飞走了，雪地上一粒谷子都没有啦。

虎子今天的香酥糖吃不上了。三轮车上的男人说，大雪过后，蹬三轮车吃力，所以，只收钱不收苞米楂子了，收多了苞米楂子，车子的重量增加了,他就蹬不动了。

虎子偷摸地把米拿出来,卖香酥糖的又不收了。香酥糖吃不上了,回家送米时,若是爹睡醒了,免不了又要臭骂他一顿。虎子想着,脸更红了。

"香酥糖啦,新出锅的香酥糖啦!"三轮车上的喇叭又开始响了。

"大冷天的,小孩子嘴馋,你就给他换点吧。"葵花婶子往前走了几步,来到三轮车跟前。

"大妹子,真不行。"中年男人说着,就要蹬三轮车往前走。

虎子站在那里,小脸依旧通红,眼睛里泪光闪闪。

"虎子,别这样。"葵花婶子说着从衣兜里掏出一元钱递给三轮车上的男人。

那男人接了钱,捏在手里仔细看了一下,装进口袋里。然后,从三轮车上的大塑料袋子里掏出十支一尺长的香酥糖递给虎子。虎子接过香酥糖,一股甜香冲进鼻孔,他的眼泪差点就流出来了。他要回家和爹说,他想让喂麻雀的葵花婶子给他当娘。

原刊责任编辑 韩学会

【作者简介】尤秀玲,黑龙江省作家协会会员。作品刊发于《时代文学》等数十家报刊。多篇小说被《小说选刊》等刊转载。已发表作品一百多万字。

别样的父爱

段金林

红星猪场的葛洪庆养了上百头肥猪，个个长得溜光水滑，皮毛光亮，特别是臀肉饱满，用手一掐又很薄，搭眼一看，就知道是瘦肉型猪。所以在猪肉销售市场上走红，天天门庭若市，前来抓猪的商贩踏破门槛。可是这日情况突然反常，商贩纷纷越门而过，像躲避瘟疫似的对那些肥猪不屑一顾。葛洪庆不知何因。一个商贩说，你咋还蒙在鼓里呢？自己到村头看看就一清二楚啦。

葛洪庆连忙赶回村，一进村便看到一则广告，上面赫然写道：葛洪庆的猪，喂了瘦肉精添加剂，人吃了这样的猪肉，会导致多种病，最突出的是心律失常、肌肉震颤、代谢紊乱、血钾降低，弄不好还会患上癌症。人们看了心惊肉跳。因为当时媒体上这事正炒得火热，说这东西太蝎虎，自然再没有商贩敢来收购他的猪。这薄薄的一张纸可把葛洪庆害惨了，场里的肥猪已过了长膘期，现在是只吃食不长膘，如果再不出手，一天就得损失几百块钱都打不住。他连声怒骂，谁出的这个损招祸害自己。

葛洪庆连忙找人也写了张告示，无非是讲他办的是绿色猪场，绝对没使用过瘦肉精。可这告示显得苍白无力，没有人相信，还说他搞的是此地无银三百两的伎俩。

有人就给葛洪庆出招说，你自圆自梦不行，得找电视台制作新闻片，公开辟谣才奏效。于是他托人走门子把电视台的记者请来。那记者还真不赖，把葛洪庆绿色养猪的特色经验表达得淋漓尽致。可是新闻片播出后并没收到预想效果，人们还说电视上讲的那些都是忽悠人的，有几个广告片是真的，谁信谁是傻瓜。

这一招没管用，葛洪庆费尽口舌又把县质检局的人请来做检测。化验前还安排了一顿饭，招待检验员，暗地里给每人甩了一个"红包"，化验结果自然证实葛洪庆的猪确实没使用过瘦肉精。葛洪庆认为权威部门为自己洗刷了不白之冤，忙拿着检验报告找收购商叙说。收购商却说，连国家免检产品都有猫腻，这张纸能证明什么？说不定你是托关系弄来的。这也不中，那也不行，这真难坏了葛洪庆，难得他直搓搓脚没咒念。

这可怎么办呢？正当葛洪庆走投无路的时候，有人给他出招说，找乡政府采购员老马吧，食堂天天抓猪自己杀，只不过好处费得多给老马点。葛洪庆也认了，活马当死马医，总比憋在手里卖不出要强得多。他们很快达成协议，从此乡政府食堂开始从葛洪庆猪场抓猪给乡政府食堂。

奇迹顿时出现了，连葛洪庆也没想到，从马采购员找他买猪的第三天起，他的猪场又车水马龙般火爆起来，前来购猪的不仅有老客户，还来了许多新客户。可是火爆了几天以后，突然又消沉了，葛洪庆弄不清其中的秘密。这究竟是为什么呢？

一个老同学为他揭开了谜底，对他说："你看看这张传单就真相大白了。"说着老同学把传单递给葛洪庆看。

葛洪庆展开一看,上面写道:"红星猪场是我儿子葛洪庆办的,他给猪喂没喂瘦肉精,我知根知底最清楚,他为了猪好销,确实喂了瘦肉精,客户千万别上当受骗。"

下面署着名字,葛洪庆的父亲葛光明,还盖上了大红的印章。

葛洪庆见了火冒三丈,气得暴跳如雷。还有这么当爹的吗?专门祸害自己的亲儿子!他找父亲论理。葛光明笑笑说:"为这事我跟你说过几次,可你全当耳旁风,该咋做还咋做,迫不得已,我才出此下策。"说到这里,老葛板起面孔一字一板地说:"做人就应当诚实,弄虚作假无疑是上窟窿桥,自己跳火坑,早晚会弄个粉身碎骨的下场。正因为你是我儿子,我不能眼看着儿子毁了自己,这是当爹的责任。我实话告诉你,就连那张告示也是我贴的。如果你恨我,爹也认了。"

原刊责任编辑　刘福申

【作者简介】段金林,中国作家协会会员。庆安县作家协会主席。先后发表9部长篇小说、14篇中篇小说、上百篇短篇小说。

煮长寿面的小偷

黄 扬

凌晨,他躺在床上正在想心事。卧室的门把手轻轻地响了几声,门随即被人慢慢推开。进来的人踮着脚尽量不发出半点响动,当来到他床头柜前,正要拉开柜子门,屋里的灯突然亮了,进来的人不由惊得身体一抖。他从床上坐起来,面无表情地对那人说:"你找错人家了,我没钱。"

"没钱?"那人穿一身黑衣,蒙在头上的黑布袋子,在眼睛和嘴巴处,分别剪了三个不太规则的圆洞,手里还拿着一把明晃晃的匕首。那人与他对视了几秒钟又说,"你认为我会信你吗?少废话,快把现金拿出来。"

"不信,你尽管在屋里搜。"他冷笑一声,又在床上侧身躺下去,不再理会这个小偷。小偷注视了他一会儿,就开始在屋里翻来翻去。当小偷在柜子里翻到了几页纸,并看了几眼后,便随手拉把椅子在他床边坐下来。他说:"我说了我没钱,你走吧。"

"要不要来一碗长寿面?我来煮。"

"什么？"小偷冷不丁问他要不要吃长寿面，实在使他吃惊不小，他猛地坐起身，"长寿面？"小偷不说话了，从他卧室走到厨房。不一会儿，他听见厨房里传来各种声音，拿碗的叮叮当当，龙头的哗啦哗啦，切菜的嚓嚓嚓嚓，以及油爆葱姜蒜的香味。

"趁热吃吧。"小偷在厨房里忙活了一阵，便给他端来一碗面汤乳白、煎蛋金黄、青菜翠绿的长寿面。他深深地闻了闻这碗面，捧碗的双手有些颤抖。吃的时候，他的眼泪一颗颗落在长寿面里。

自从父母去世，十几年里他独自生活，早忘了长寿面的滋味。他吃完面，喝掉最后一口汤，真心实意地对小偷说："谢谢你的面！"他看不见小偷的表情，但通过小偷的眼睛和嘴巴弯曲的弧度，他知道他在微笑。他又不免疑惑地问："你为什么要给我煮长寿面？"

"我在你的柜子里看到了你的身份证，知道今天你生日。"小偷说着正要走出他的家，在门口又转身对他说，"要是我妹妹够幸运，她或许能够接受你肝脏的捐赠。"他的目光从小偷身上，移向打开的床头柜里，那儿有他的癌症诊断书和器官捐献书。

原刊责任编辑　朱永丽

【作者简介】黄扬，女，生于1985年，湖南岳阳人。因自幼患有徐动型脑瘫，无法说话和控制肢体。25岁时开始通过字典自学汉字并用鼻尖打字进行创作。出版《许我以微笑问候》。

附 录

2020"善德武陵杯"·全国微小说精品奖获奖名单

一等奖

老脸	王　炬
一品食享	安　谅
道士曹若虚	张晓林

二等奖

鸟医	聂鑫森
追逃	戴　希
赶庙会	王　往
兔冢	鲁兴华
手	天　晴

让座　　　　　　　　　津子围
晚秋　　　　　　　　　孟丰敏

三等奖

胡瑞鹤　　　　　　　　伍中正
舞美老孟　　　　　　　刘立勤
灭毒　　　　　　　　　孙春平
风筝　　　　　　　　　白小川
世事　　　　　　　　　刘　浪
月夜　　　　　　　　　李胜志
心窗　　　　　　　　　李春华
颠倒　　　　　　　　　柴亚娟
魔术师　　　　　　　　蔡中锋
避雨的蓖麻仙儿　　　　王彦艳

2020"善德武陵杯"·全国微小说精品奖终评委名单

白庚胜　全国政协常委，中国作协副主席
夏义生　湖南省文联党组书记、副主席，著名评论家
李晓东　中国作协社联部副主任
顾建平　《小说选刊》副主编
刘海涛　教育部"微文学与新读写"课题组负责人，岭南师范学院基础教育研究所所长、教授
秦　俑　《小小说选刊》主编
张　越　《微型小说选刊》主编